사도세자 암살 미스터리

3일

사도세자 암살 미스터리

3일

1

이주호 장편소설

예담

시간이 없다. 머뭇거릴 시간도, 고민할 시간도 없다.

세자를 지켜내는 것은 소론이냐, 노론이냐의 문제가 아니라 조선을 구하느냐,

못 구하느냐의 문제다. 누가 하늘의 이치를 거스르려 하는가.

격동하는 시대, 역사와 하늘이 지금 이 순간을 심판할 것이다.

영조 조선 제21대 왕(1694~1776). 여섯 살인 1699년에 연잉군에 봉해지고, 1721년에 왕세제로 책봉되었다. 탕평책과 균역법 시행, 신문고의 부활 등 많은 업적을 남겼지만 늘 형님인 경종을 독살했다는 의심에서 자유롭지 못하다.

사도세자 조선 후기 영조의 둘째 아들(1735~1762). 이름은 선愃. 태어난 지 1년 만에 왕세자로 책봉되었고, 열 살에 혜경궁 홍씨와 혼인했다. 세자 시절, 소론 계열의 학자들에게 학문을 배웠으며, 열다섯이 되던 해 영조의 명을 받고 서정庶政을 대리하게 되었다. 노론의 나라로 기울어진 조선을 바로잡으려 애쓰고, 부강한 조선을 꿈꾼다.

이산 사도세자의 아들이자 영조의 손자로서 훗날의 정조. 1759년(영조 35) 세손에 책봉된다. 1762년 열한 살의 나이에 아버지가 뒤주 속에 갇혀 죽는 광경을 목도해야 할 정도로 일찍부터 정치의 비정함을 알게 된다. 훗날 왕위에 올라 개혁 정치를 실현하는 임금이 된다.

유문승 병조좌랑. 우부승직이 갑작스러운 죽음을 맞자 이를 수사할 위관으로 임명되어 연달아 일어나는 살인 사건을 조사한다. 중립적인 입장으로 치밀한 살인 수법을 하나하나 찾아 추적하며 사건의 배후를 밝혀나간다.

이정균 관시를 준비하는 성균관 유생. 생리의학에 뛰어나 살인 사건 피해자의 부검을 맡게 되고, 놀라운 솜씨로 사체에 숨겨진 증거들을 하나씩 찾아낸다.

원찬식 우직한 충성을 지닌 병조의 주사. 유문승을 도와 연쇄 살인 사건을 함께 조사한다.

은이 내의원의 탕약의녀. 낙마 사고로 다친 유문승을 간호하며 만난 인연으로 서로 정분을 나눈다.

최헌직 내시부 우부승직이자 사도세자의 측근. 봉수군들의 비밀 조직을 통해 연통을 보내다 연쇄 살인의 첫 번째 피해자가 된다.

윤성환 도화원의 화가. 세자의 행차에 동행한 이력이 있다. 두 번째 피해자가 되고 그의 집에서 역모를 나타내는 그림이 발견된다.

한영석 송상의 차인. 타고난 추진력과 사람을 다루는 기술로 젊은 나이에 한양 지부의 차인이 되지만 세 번째 피해자가 된다.

홍봉한 영의정이자 혜경궁 홍씨의 아버지. 사도세자의 장인이자 영조의 총애를 받는 노론계 대신으로, 나라와 임금보다도 풍산 홍씨 가문을 지키는 것을 목숨보다 더 소중히 여긴다.

김상로 강경 노론의 수장. 사도세자와 대척점에 있는 대신으로서 건곤일척의 대결을 계획한다.

조재호 소론의 영수. 사도세자가 위험에 처한 것을 알고 한양으로 향한다.

정휘량 우의정. 왕의 탕평책에 반대하고 소론의 제거를 끈질기게 주장한다. 소론인 조재호를 배신하고 홍봉한의 그늘로 들어가 간악한 처세술을 편다.

박필주 내시부 상선으로 최헌직의 상관. 세자를 가까이에서 모시며 궐내 일을 관장한다.

김양택 어영청 제조 겸 병조판서. 홍봉한을 모시며 늘 그와 정치적인 입장을 함께한다.

가선 사도세자와 운명을 같이하는 비운의 여인. 그림과 불교에 열성을 다하는데 그녀가 그린 호작도가 살인 사건에 연루된다.

혜경궁 홍씨 정조의 어머니이자 사도세자의 부인. 세자를 등지고 훗날 홍씨 가문을 위해 『한중록』을 집필한다.

죽음으로 시작하다

차가운 어둠 속에서 최헌직의 눈꺼풀이 파르르 떨리기 시작했다. 축 늘어진 머리를 세우기 위해 그는 목에 힘을 주었다. 하지만 짜르르하며 뒷목을 끔찍하게 짓누르는 고통이 바로 엄습했다. 힘겹게 눈을 떴다.

머리는 돌덩이처럼 무겁고 가슴은 누가 쥐어짜기라도 하는 것처럼 답답했다. 팔을 움직이려 했으나 욱신거리기만 할 뿐 옴짝달싹할 수 없게 묶여 있다. 고개를 돌려 주변을 살폈지만 주위에는 어둠만이 가득했다. 칠흑처럼 깊은 어둠은 아니지만 오랫동안 어둠에 잠겨 있던 그의 눈은 거리의 원근조차 구분하질 못했다.

최헌직의 입에서 본능에 가까운 신음 소리가 고통스럽게 흘러나왔다. 맞은편에서 최헌직을 말없이 응시하던 존재가 천천히 다가오기 시작했다.

해가 뜨기 전, 땅의 온기는 찾을 수가 없다. 오월의 흙이 이토록 차가웠단 말인가. 묶여 있는 손바닥이 찌릿하게 울리고 땅바닥은 더욱 차가워진다.

최헌직의 몸이 한기를 견디지 못하고 사시나무 떨듯 떨리기 시작했다. 서늘하고 섬뜩한 기운이 그를 감쌌다.

어둠에서 나온 사내는 묵직하면서 굼뜨고 어슴푸레하면서 지독히도 차가운 기운을 지니고 있었다. 사내는 확실히 주변과는 다른 기운을 풍기며 다가왔다. 침묵을 타고 흐르는 불가사의한 기운은 침착함과 열정이 뒤범벅이 된 것처럼 보였다. 최헌직의 눈에는 묘하게도 그것이 보이는 것만 같았다.

사내가 최헌직 바로 앞에 선 뒤 날카롭게 물었다.

"이곳이 어딘지 알겠나?"

송장의 목소리가 이러할까. 감정이라고는 찾아볼 수 없을 정도로 차가운 목소리였다. 섬뜩할 정도로 냉정한 목소리에 최헌직은 고개를 저었다. 익숙한 듯 보이지만 어딘지는 알 수 없다. 최헌직이 다급하게 말했다.

"왜……. 왜? 넌 누구냐!"

"……."

"내가 누군지 알고 이러는 것이냐!"

묶여 있는 사람의 목소리라고는 믿을 수 없을 정도로 우직하고 강한 소리가 흘러나왔다. 그렇지만 그의 외침은 멀리 퍼져 나가지 못한 채 어둠 속에 빠르게 묻혔다.

최헌직은 간신히 등 뒤로 묶여 있는 손을 꼼지락거렸다. 찬 기운을 품고 있는 부드러운 흙이 손을 긁적거린다. 나무밑동에 기대앉은 그는 고개를 들어 사내를 보려고 애썼다. 하지만 그의 눈에 비치는 것은 검은 옷을 입고 있는 사내와 사내의 뒤로 아스라이 펼쳐진 길, 그리고 그 길을 호위하듯 따닥따닥 붙어 서 있는 흐릿한 건물들뿐이다. 최헌직은 이곳이 어딘지 도대체 알 수가 없었다.

"잠시 뒤 조정의 백관들이 지나다닐 길이지. 그리고 네가 죽을지도 모르는 길이고."

낮고 빠른 목소리가 어둠을 뚫고 최헌직의 몸을 강하게 때렸다. 어디선가 바람 소리가 들려왔고 목소리가 점점 희미해졌다. 백관들이 지나갈 길이라니. 그는 몸을 부르르 떨었다.

최헌직이 애써 의연한 표정으로 어둠 속을 더듬으며 말했다.

"누구냐, 네 뒤에 있는 자가?"

"네가 알 수 있는 것은 없다. 내가 묻는 것에만 답하면 된다."

차분하고 절제된 말투, 손짓 하나까지 모두 계획된 것이다. 침착한 하수인. 답답한 마음이 차오르기 시작했다.

최헌직은 일단 기억이 단절된 부분을 빠르게 더듬어나갔다. 퇴궐하여 집으로 돌아간 뒤 늘 그랬던 것처럼 아내에게 정표를 전하고 나서 움직였다. 정확한 기억의 끝은 인적이 끊긴 종운가를 지나 북쪽으로 바삐 발을 놀리던 순간이다. 대로에 인접한 길에서 당한 것이다. 그 후로 얼마나 지났을까. 얼마나 정신을 놓고 있었던 것일까.

사내가 이런 최헌직의 생각에 찬물을 끼얹듯 말했다.

"어디의 누구에게 파발을 보냈는가?"

최헌직은 사내를 올려다봤다. 복면을 두른 사내의 얼굴에서 확인할 수 있는 것은 눈뿐이었다. 그것은 마치 고요한 호수의 수면과도 같았다. 아무 일도 없었다는 듯, 그리고 앞으로도 그럴 것이라는 듯 침착하고 차분하다. 하지만 그 고요함 밑에 들개처럼 사나운 빛이 거침없이 흐르고 있다. 그것은 마치 가슴을 시원스럽게 훑고 지나가는 알싸한 감홍로ᅢ紅露*처럼 감렬하기까지 했다.

사내의 시선이 최헌직의 얼굴로 향했다. 최헌직도 사내의 시선을 피하지 않았다. 그 순간 온몸이 마비되는 느낌, 온몸이 얼어붙는 느낌이 강하게 그를 덮쳤다. 무릎이 후들거리고 속이 메스꺼워진다. 학질에라도 걸린 것처럼 몸이 떨리기 시작했다.

사내의 복면이 조금 실룩거리듯 움직였다.

"어디로, 누구에게 연통을 보냈는지 물었다."

"말할 수 없다."

사내가 최헌직의 말이 끝나기도 전에 몸을 휙 돌렸다. 육 척에 조금 못 미칠 정도로 키는 훌쩍 큰 편이고 길게 쭉 뻗은 팔과 다리, 군살이 없는 몸은 가냘프지도 그렇다고 비대하지도 않았다. 결코 수련을 게을리하지 않은 무사의 몸처럼 근육으로 뒤덮인 체구는 아니지만 일대일 싸움에서는 적수가 없을 정도로 날렵해 보인다.

'생각을 해라, 생각을!'

최헌직은 이를 악물었다. 눈앞의 사내를 제압할 수 없으니 두 발로 서서 돌아갈 수는 없을 것이다. 복면한 이 사내는 자신을 살려 보낼 생각이 있는 것일까? 가슴은 살 수 있을 것이라 위로하고 머리는 그럴 리 없다고 확신한다.

사내가 고개를 사방으로 휘돌렸다. 무언가를 기다리는 것 같았다. 아니, 무언가를 피하려는 것인가?

"마지막으로 묻겠다. 누구에게 보냈는가?"

최헌직은 고개를 가로저었다. 천천히 다가오는 사내의 복면이

---

* 온갖 약재를 넣어 향기가 좋고 달콤한 약용주.

입꼬리를 따라 움직였다. 웃고 있다. 한쪽 입꼬리만 올라가는 차가운 웃음이다.

"실토한다면 풀어줄 것을 약속하마. 넌 이런 곳에서 죽을 필요가 없다."

"과연 그럴까? 시간의 차이만 있을 뿐, 죽음은 피할 수 없다."

최헌직은 어금니를 굳게 물었다. 자신을 납치한 뒤 늦은 새벽 이곳으로 데려온 이유가 이것이었다. 목숨을 담보로 회유하는 것.

이 사내가 원하는 대답을 준다면 어쩌면 당장은 살 수 있을지도 모른다. 하지만 이런 일은 그렇게 간단하지 않다. 최헌직은 서서히 죽음을 받아들이고 있었다.

자신은 오늘 이곳에서 치욕스러운 죽음을 맞이할 것이다. 두고 두고 많은 사대부와 환관들, 궁궐 사람들이 오늘의 죽음을 들먹거릴 것이다. 불명예의 표본이 될 것이다.

'죽음의 구덩이에 갇히면 그뿐이리라. 하지만 조정은? 그리고 그분은?'

최헌직은 여태까지와는 달리 완연하게 떨고 있었다. 그의 눈 속에는 절망이, 신음 속에는 슬픔이 가득했다. 그는 온몸을 떨면서 주변을 둘러보기 시작했다. 온통 어둠뿐이다. 그 외에는 아무것도 없다. 최헌직은 눈을 질끈 감아버렸다.

사내가 씹어서 내뱉듯 말했다.

"결코 지킬 수 없다. 그 비밀, 그리고 그놈까지."

"감히 네놈 따위가……"

최헌직이 갑자기 소리 없이 웃기 시작했다. 그런 최헌직을 보는 사내의 눈빛이 잠시 반짝거렸다.

"너희가…… 결코 닿을 수 없는 곳이다."

사내가 최헌직의 머리를 두 손으로 잡아 눈을 마주한 채 말했다.

"닿을 수 없는 곳은 없다!"

사내가 빠르게 정강이에서 단도를 꺼냈다. 눈부시게 빛나는 칼의 푸른 살기. 순간 칼이 피부 속으로 깊숙이 미끄러져 들어갔다. 얼마나 깊이 들어갔는지 칼이 몸을 관통한 것 같았다.

최헌직의 눈이 휘둥그레졌다. 그는 사내의 눈에서 불꽃을 보았다. 그러고는 얼굴 왼쪽 전체가 불에 덴 듯 화끈거렸다. 통증은 두더지가 굴을 파는 것처럼 그의 눈 속으로, 머릿속으로 스며들고 그의 가슴을 까맣게 태우기 시작했다.

착각이었을까. 갑자기 온몸이 뜨거워졌다가 나른해지기 시작했다. 최헌직은 입을 꾹 닫은 채 신음을 삼켰다. 닿을 수 없는 곳은 없다던 사내의 말이 최헌직의 귓가에서 봄날 아지랑이처럼, 다 타 버린 장작에서 힘없이 떠오르는 불꽃처럼 아른거린다.

최헌직의 입에서 선홍빛 피거품이 쏟아져 내리기 시작했다. 물끄러미 바라보던 사내가 널브러진 최헌직의 등을 타고 앉았다. 그러고는 부지런히 손을 놀려 품속에서 작은 물건을 꺼냈다.

잠시 후 최헌직이 더 이상 움직이지 않자 사내는 굵은 나뭇가지에 미리 걸어놓은 새끼줄을 그의 목에 둘렀다. 그러고는 나뭇가지 아래로 움직여 반대쪽 새끼줄을 힘껏 잡아당겼다. 최헌직의 몸이 땅에서 허공으로 조금씩 떠올랐다. 매듭을 마무리한 사내가 최헌직의 입에 무언가를 밀어 넣고 어둠 속으로 사라졌다.

1

영의정 홍봉한이
왕세자의 접견을 저지하다

세자가 잔뜩 굳은 얼굴을 하고 빠른 속도로 발걸음을 옮기고 있다. 내명부의 환관들과 세자부에 속한 궁녀들, 약방의 의원들이 차례 대로 늘어서 뒤를 따르고 있었다. 영춘헌과 집복헌 사이로 북악산 좌측 자락의 바위 기반 위에 지은 양화당을 돌아 나가니 환경전의 추녀가 보였다. 세자가 발걸음을 더 재게 놀리기 시작했다.

떠오르는 해도 어둠을 몰아내지 못하고 있다. 어둡고 우중충한 하늘은 아침이 다 되어도 해를 보여주려 하지 않는다. 비라도 한바탕 퍼부을 것처럼 먹빛 구름이 잔뜩 몸집을 부풀리며 다가오고 있다.

군데군데 밝혀놓은 횃불이 사이가 뜨지 않게 촘촘히 위치하고 있다. 하지만 어느 한곳에 구멍이라도 뚫려 빛이 모조리 빨려나가는 것 같다. 미로처럼 뻗어 있는 길도 검고, 흰 꽃이 층층이 피어 아름다운 자태를 뽐내는 꽃담도 검고, 퀴퀴한 근심 따위 완강히 뿌리치려는 듯 어금니를 질끈 깨문 나인들의 얼굴도 검다. 어둠이 소낙비처럼 쏟아져 내려 온 세상을 적신 것 같다.

적막이 흐드러진 버들가지를 적시며 흐르는 새벽, 깊은 산울림처럼 간드러지는 이름 모를 새의 울음만이 간헐적으로 들려온다. 세자가 정문으로 점차 다가감에 따라 환경전을 물샐틈없이 지키고 서 있는 어영청 군사들의 얼굴에 긴장감이 피어오르기 시작했다. 한 병사가 문을 열고 재빨리 안으로 들어갔다. 문은 급하게 다시 닫혔다.

세자는 정문 앞에 똑바로 서서 병사들을 응시했다. 뒤에 서 있던 내시부 상선尚膳* 박필주가 뛰쳐나와 목소리를 높였다.

"길을 비켜라. 눈이 달리고도 세자 저하의 앞길을 막고 있단 말인가!"

박필주의 거친 목소리에도 어영청 군사들은 길을 비켜줄 생각이 없는 듯 미동도 보이지 않았다. 그중 가장 지위가 높은 자가 몸을 낮추지도 않고 대꾸했다.

"송구하오이다. 영상 대감의 허락이 없이는 그 누구도 이 문을 지날 수 없소."

"아니, 이놈이……. 감히 어느 안전이라고 함부로 입을 놀리느냐. 어서 길을 열지 못할까."

박필주와 어영청 군사가 티격태격하는 도중에도 세자는 낯빛이 조금 더 어두워졌을 뿐, 한 걸음도 움직이지 않은 채 상황을 예의 주시하고 있었다. 더욱 목소리를 높이며 다그치려는 박필주를 세자가 막아 세웠다.

"그만. 전하께서 병환으로 누워 계시는 곳이다. 함부로 소리를 높이지 마라."

• 종이품 내시부의 으뜸 벼슬로 궐내 일을 관장하고 내시부의 관원을 감독함.

세자의 말에 박필주가 분한 눈빛을 거두지 않은 채 뒤로 물러났다. 세자를 확인하고 들어간 자가 문을 열고 나오자 뒤를 이어 어영청 제조 겸 병조판서인 김양택이 굳은 표정으로 차분히 걸어 나왔다. 몸을 한껏 숙인 김양택이 세자에게 아뢰었다.

"저하, 송구하옵니다. 지금은 전하를 알현하실 수 없사옵니다."

세자가 납득하지 못하겠다는 듯 물었다.

"이유가 무엇이오?"

"영상 대감의 허락이 없이는 그 누구도 출입이 불가합니다."

"병판도 들락거리고 병사도 오가는 곳을 원량인 내가 들어갈 수 없다는 것이오?"

"송구하옵니다, 저하."

세자가 허리를 굽힌 김양택에게서 시선을 떼지 않으며 말했다.

"아바마마의 환후를 살피고자 탕약을 들고 왔는데 접견이 안 된다? 게다가 그 명을 쥐고 있는 자가 영상이다?"

"그렇사옵니다."

세자가 성큼 앞으로 나서자 김양택이 움찔했다. 그와 동시에 뒤에서 한 무리의 발소리가 어지럽게 들려왔다. 세자가 몸을 돌려 살피니 영상 홍봉한이 빠르지도, 또한 느리지도 않은 걸음으로 다가오고 있었다.

"저하, 신이 그리했사옵니다. 미처 기별을 넣지 못한 점 널리 양해하소서."

"어영청의 병사들도 제 집처럼 들락거리는 곳을 내가 들어갈 수 없다는 것이 말이나 되오?"

홍봉한은 세자의 말에 눈 한번 깜빡거리지 않고 차분하게 입을 뗐다.

"저하, 그 누구의 접견이나 인견도 허락지 않는 것은 갑진년(1724년)의 일이 두려워 그리한 것이옵니다. 그러니 조금만 차분히 생각하시어 혜량을 베푸소서."

홍봉한의 말에 세자의 눈에서 서늘한 기운이 쏟아져 내리기 시작했다. 갑진년의 일이라니. 영조가 즉위하던 해가 갑진년인데, 즉위 내내 시달린 경종 독살설이 대두된 해였다. 경종이 병환으로 오래 누워 있는 데다 한열의 증후까지 보이자 어의의 반대에도 왕제王弟(임금의 동생)인 영조는 게장과 곶감을 올렸다. 그로 인해 병환에 차도가 없어 수라를 올리는 것도 싫어하던 경종의 식사량이 일시적으로 늘어났다. 하지만 그날 밤부터 경종은 가슴과 배에 조이는 듯한 아픔을 느끼기 시작했다. 이에 영조는 다시 인삼과 부자附子*를 급히 쓰도록 명했고 어의는 그 명에 정면으로 맞섰다. 어의가 처방한 약을 진어하고 다시 삼다蔘茶(인삼차)를 올리게 되면 기를 움직여 돌리지 못할 것이기 때문이었다. 영조는 어의를 꾸짖고 결국 뜻대로 삼다를 올렸는데 그로부터 닷새 뒤 경종이 승하했다. 일의 전말이 이러했기에 영조는 늘 형님인 경종을 독살했다는 의심에서 자유롭지 못했다.

홍봉한이 세자에게 더욱 극진히 설득하듯 말했다.

"저하께서는 새롭게 왕위를 이으실 분입니다. 전하께서 재위 기간에 얼마나 마음고생이 심하셨습니까. 그것을 누구보다도 잘 아시지 않습니까. 도대체 그로 인해 몇이나 불귀의 객이 되었습니까.

---

* 독성이 강한 약재로 동통, 신경통, 관절염 등에 쓰인다.

더 이상 그런 비극이 생겨선 안 됩니다. 훗날 혹여 있을지 모를 의심과 불신의 뿌리를 제거하기 위한 고육지책임을 헤아려주소서."

영조 4년, 왕의 정통성을 부인하며 이인좌가 난을 일으켜 수백 명이 형장의 이슬로 사라졌다. 게다가 영조 31년엔 왕을 비방하는 괘서가 붙는 나주괘서의 변이 발생했다. 또한 괘서 사건의 평정을 기념하는 과거시험 자리에서 조정과 영조를 비방하는 글이 발견되었다. 참여한 자들을 국문하는 자리에서 "갑진년 이후로는 게장을 먹지 않으니 이것이 나의 역심이다"라고 심정연이 말해 파행을 불러왔다. 영조는 게장이라는 말과 더불어 임금 앞에서 '나'라고 말한 것에 더욱 큰 분노를 느꼈다. 임금 앞에서 신(臣)이라 하지 않고 나(我)라 하는 것은 왕을 왕으로 인정하지 않는다는 것을 의미하기 때문이었다. 그렇게 영조와 조정은 지금까지 지독한 피의 몸살을 앓았다.

홍봉한의 말은 훗날 세자가 왕이 되었을 때 독살의 가능성을 제기할 수 없도록 원천을 봉쇄하자는 의미였다. 그러나 아들로서, 세자로서 아버지인 왕의 죽음을 가까이에서 살피지 못하는 것은 예를 따르고 의를 좇는 관점에서 잘못된 일이 아닌가.

"물론 영상의 말씀도 일리가 있습니다만, 아바마마의 마지막일지도 모르는 자리를 지키지 않았다는 질책이 터져 나올 터인데 그것은 어떻게 생각하시오?"

"저하, 그런 소리는 무릇 몇의 목소리에 불과하고, 의심은 천, 만의 목소리와 같습니다. 능히 크고 작은 것을 가리셔야 하옵니다."

예를 지키지 않았다고 비난할 자는 몇에 불과할 것이고, 독살이라는 의심을 보낼 수 있는 자들의 목소리는 천, 혹은 만에 이를 것이라는 말. 파총 벼슬에 감투 걱정한다고, 하지 않아도 될 걱정을 하는 것은 아니다. 오히려 사태의 경중을 가리자면 능히 영상의 생각이 옳다. 조선의 왕은 반드시 정통성을 지녀야만 한다.

세자의 목소리가 조금 누그러졌다.

"증세는 어떻소?"

"신열이 있습니다. 가래와 어지럼증을 호소하다 정신을 잃으셨지요."

"담증痰症*이 도지신 것인가?"

홍봉한이 아랫입술을 지그시 깨물면서 고개를 끄덕였다.

"열담이 아닌 풍담이옵니다."

낯빛이 급격하게 어두워진 세자가 말했다.

"전하께서 아껴 가까이하시던 인삼을 조제한 것이오. 약이 의심된다면, 그저 용안을 살피는 것 정도는 괜찮지 않겠소?"

"저하의 효성은 조선 팔도가 알고 전하께서도 알고 계십니다."

그래도 안 된다는 홍봉한의 말에 세자는 미간을 찌푸렸다. 아버지가 위독한데 아들이 만날 수 없다니. 왕과 세자라는 권좌가 주는 비정함이 비극이 되어 가슴으로 깊이 스며들었다.

"백성들의 귀에 들어간다면 마치 역모라도 꾸미고 있는 줄 알겠소. 도대체 이 많은 병력이 개미 한 마리 빠져나갈 틈 없이 지키고 있는 이유가 의심스럽소."

"저하, 훗날 신의 결정이 옳았다 여기실 것입니다."

세자가 고개를 들어 환경전 주변을 눈길로 쓰다듬었다. 환경전의 뒤와 왼편으로는 담장이 있고, 앞과 오른편으로는 빼곡하게 행각이 들어서 있다. 환경전은 특별한 용도로 사용하기보다 그때그때 형편에 따라 왕과 왕후, 세자가 사용하던 공간인데, 인조의 맏아들이자 효종의 형인 소현세자가 세상을 떠난 곳이기도 했다.

물끄러미 편액을 바라보던 세자가 몸을 돌려 발걸음을 옮기기 시작했다. 상서로운 여덟 가지 보배八寶*가 횃불의 빛을 받아 편액에서 춤추듯 붉게 이글거렸다. 물러가는 세자를 미동도 하지 않고 하염없이 바라보던 홍봉한은 어제의 늦은 밤을 떠올렸다.

1762년 5월 20일 오전 1시

늦은 밤 환경전에서 영조가 맞은편에 앉은 영상 홍봉한을 지그시 바라보며 물었다.

"영상, 우리가 가족의 연을 맺은 것이 몇 해나 되었소?"

홍봉한은 만면 가득 미소를 지었다. 재위 기간 내내 어려운 정국의 연속이었지만 백성의 아버지이자 신하의 어머니 역할을 그 어떤 임금보다 충실하게 해내신 분이다. 하지만 이렇듯 좋았던 기억을 새무룩하게 떠올리는 상감을 뵈니 심신이 약해지신 듯해 마음이 편하지 않았다.

"십삼 년 전이옵니다."

"그래, 그래."

---

* 구슬, 돈, 악기의 일종인 경쇠, 상서로운 구름, 네모나게 만든 매듭 형태의 방승, 물소 뿔로 만든 술잔, 글씨, 붉은 단풍잎, 쑥 잎, 파초 잎, 솔, 영지버섯, 옛날 돈, 은화인 정 등.

연신 고개를 끄덕이는 영조의 눈이 추억에 젖어 허공에 머물러 있다. 천생연분이라 생각할 정도로 너무나 잘 어울린 한 쌍. 조선의 역사에 길이 남을 현군감인 왕세자와 어리지만 총명하여 마치 세자빈이 되기 위해 태어난 것 같은 왕세자빈의 가례. 그 아름다운 결합이 벌써 십 년도 더 지난 일이라니.

옥안에 아스라한 미소가 떠올랐다. 하지만 그도 잠시, 이내 표정이 어두워진 영조가 양손을 번갈아 바라보며 회한 어린 목소리로 말했다.

"왼손에 피가 흐르니 오 년이 휙 지나버리고 오른손에 피가 넘치니 오 년이 도망해버렸소. 시간이란 과인에게 그런 식이오. 늙을 틈도 없었지. 그러나 이제 보니 죽음은 그 어떤 신하보다도, 친자식보다도 더 가까이 있었음을 깨닫게 되는군."

"전하, 어찌하여 그런 말씀을 하시옵니까."

"과인은 충분히 늙었소."

"전하!"

"보위에 오른 지도 어언 삼십 년. 선정에 백성들이 안도의 숨을 내쉬기 시작했고, 정쟁으로 인한 옥사도 눈에 띄게 줄었소. 더 바랄 게 무엇이겠소? 남면南面(왕 노릇)하기를 즐기진 않았으나 아우성치는 백성의 고충이 두 귀에 천둥처럼 울리기에 간신히 버티고 있소."

감정이 북받치는지 영조의 목소리가 가늘게 떨리고 있었다. 한 차례 밭은기침을 토해내는 동안 홍봉한은 조용히 눈을 감았다.

영조는 치세에 자신감이 충만한 왕이었다. 그리고 선정을 펼치기 위한 노력을 결코 게을리하지 않았다. 왕의 자신감에는 그 누구도 이의를 달지 못할 터였다.

"그렇사옵니다. 전하께선 태평성대를 이루셨사옵니다. 그러니 언제까지고 옥체를 보하시어 조선의 광영을 당겨주옵소서."

"영상에게는 세자의 훈육을 맡겼소."

갑작스럽게 화제를 바꾼 영조의 말이 홍봉한의 가슴에 비수처럼 꽂혔다. 홍봉한은 부랴부랴 몸을 낮추었다.

세자의 장인이 되기 전, 홍봉한은 번번이 과거시험에서 떨어진 한량이나 다름없었다. 그러나 딸이 간택된 해에 을과의 으뜸으로 등과하게 된다. 그 후 홍봉한은 영조의 지원을 받아 마치 달리는 말에 날개를 단 격으로 빠른 승차를 보였다. 급제 후 정구품 세마洗馬 직에서 정오품인 세자시강원 문학으로 승차할 만큼 파격적인 행보였다. 영조의 의도는 간단했다. 세자의 훈육을 그에게 맡김으로써 세파로부터 세자를 지키는 방패 역할을 해주기를 바란 것이다.

"전하, 소신이 부족하여 잡소리를 막지 못해 어심을 상하게 하였사옵니다."

"잡소리란 말이오? 그것이 전부 잡소리였소? 입이 있는 곳마다 사실이라 외치고 있소. 모든 눈이 보았다고 말하고 있소."

"전하, 조금만 생각해보시면 간단한 일이옵니다. 세자 저하에 관한 망측한 말 중에 입증된 것이 하나라도 있사옵니까? 그저 상궁 나인들의 입방아가 심한 것이고, 대전 내관들의 추악한 입이 아무렇게나 뱉은 말이옵니다. 궐 안에 난무하는 흉측한 풍설은 전하의 심중을 어지럽게 부추겨 옥사를 일으키고 패거리의 이해를 챙기면서 입신하고자 발호하는 것이옵니다."

"그래요? 그것이 모두 낭설이라……. 그렇다면 그 낭설의 근원지를 파헤칠 수 있겠군."

홍봉한은 영조의 추궁에 침을 꿀꺽 삼켰다. 오해를 불식시키고자 한 말이지만 지금부터 혀뿌리를 조심해야 한다는 것을 홍봉한은 잘 알고 있었다.

"전하, 그것은 산을 오르는 것과 다르지 않습니다. 육안으로 보기에도 먼 산은 실제로는 더 멀고 험합니다. 산을 오르려 하면 많은 생명이 위태로워질 수 있습니다."

영조의 눈썹이 꿈틀거렸다. 날카로운 눈빛으로 홍봉한을 바라보던 영조가 단호하게 말했다.

"이 나라와 조정을 위한 일이오. 대가를 치러야 한다면 능히 감내할 수 있어요. 그리고 풍산 홍문을 위한 길과도 맞닿아 있을 것이오."

"전하!"

홍봉한은 직접 답하지 못했다. 어렵고도 어려운 문제다. 조정이 쑥대밭이 될 수도 있고 노론의 피가 당청을 적실 수도 있는 일이다. 그도 아니라면 세자께서 보위에 오른 뒤 재위 기간 내내 시달릴 정적을 만드는 일이 될 수도 있다. 그만큼 소문의 진원지를 캐내는 것은 득보다 실이 많은 일이 될 수 있었다.

말하면서도 영조는 확실히 피곤해하고 힘들어했다. 자꾸만 몸이 기울어지려는 것을 간신히 막으며 버티고 있는 것처럼 보였다. 안면에는 홍윤기紅潤氣가 짙어 전체적으로 붉은 기운이 감돌았고, 약간 치켜 올라간 눈매를 따라 코와 입으로 이어지는 부분이 짙은 암갈색이어서 병색을 완연하게 드러내고 있었다. 또한 한 올 한 올 늘어진 수염이 입술을 따라 부르르 떨리고 있었다. 홍봉한은 그런 영조를 두려움 반, 걱정 반으로 바라보며 어떻게 답할지 궁리하고 있었다.

영조는 세자를 노론에게서 보호하고자 홍봉한을 우대하고 아꼈다. 하지만 그런 편애가 노론을 두 토막으로 갈라놓는 빌미가 되리라고 어찌 짐작이나 했을까.

전하께서는 정녕 악소문의 근원지를 모르시는 것일까? 그럴 수 없다. 그럴 리 없다. 홍봉한은 속으로 전하의 의중을 파악하느라 여념이 없었다.

영조가 병색이 완연한 얼굴로 홍봉한을 바라보며 갈라진 목소리로 말했다. 거친 숨소리가 가래 끓는 소리와 섞이기 시작했다.

"영상, 조정이 세 토막이 났어요. 쿨럭. 그런데 가장 큰 토막이 다시 두 개로 갈라선 모양이오."

홍봉한은 적잖이 당황한 얼굴로 엎드렸다.

세 토막이란 노론과 소론, 그리고 남인을 뜻한다. 이 사실을 모르는 자 누구일까. 그러나 노론의 분열을 언급하는 대목에서 홍봉한은 숨이 막혀왔다.

영조는 노론의 분열을 직접적으로 언급한 적이 한 번도 없었다. 노론이 공한파(홍봉한을 공격하는 무리)와 봉한파(홍봉한을 받드는 무리)로 갈라져 조정이 소란스럽던 순간에도 그에게 세자의 교육 문제를 논했을 뿐이다. 그 때문에 노론이 갈라서는 것을 두 눈으로 직접 보면서도 그것을 고의적으로 모른 척했다.

그런데 지금은 직접 하교하시었다. 전하께서는 자신을 질책하고 계시는 것인가. 노론의 분열을 일으킨 장본인에게 책임을 물으시려 하심인가.

영조의 심중을 알 수 없기에 홍봉한의 얼굴은 더욱더 근심으로 물들어갔다.

영조가 몸을 눕히려 하자 홍봉한은 큰 목소리로 급히 어의를 불렀다. 환경전 주위가 더불어 부산스러워졌다. 영조가 간신히 보료 위에 누워 홍봉한을 가까이 부르는 손짓을 했다.

"요즈음 하루가 멀다 하고 양사에서 영상을 탄핵하기 시작했소. 태종대왕의 선례를 들먹이면서……."

영조의 목소리가 잦아들었지만 홍봉한은 번개를 맞은 듯 멍하니 용안을 바라볼 뿐이었다. 태종은 외척이 성하면 나라가 망한다 하여 네 처남에게 사약을 내리고, 사돈인 국구에게는 자진을 명하지 않았던가. 그리하여 세종대왕의 치세에 길을 열어준 것이 아닌가.

식은땀이 가슴골을 타고 흘러내려 명치에 맺히기 시작했다. 벼락같은 왕의 목소리가 죽음과도 같은 침묵을 타고 서서히 흐르고 있었다.

"경이 필요하오. 그러니……."

홍봉한이 어의를 을러대듯 소리를 질렀다.

"어의는 무엇을 하고 있는 것이냐!"

동시에 영조가 눈을 감으며 홍봉한의 손을 잡았다. 아직은 따뜻한 손이지만 언제 식을지 모른다는 생각에 이르자 홍봉한은 벌떡 일어나 소리를 질렀다. 어의와 상궁들이 다가오는 소리가 빠르게 행랑을 울리자 홍봉한은 영조의 머리맡으로 다가갔다. 영조는 그런 홍봉한의 귓가에서 몇 번 입술을 달싹거렸다. 잠시 뒤 어의가 혼 빠진 얼굴로 대전에 들어서자마자 그마저도 멎어버리고 말았다.

2

세자가 대신과 비국당상을 인접한 자리에서
흉악한 살인 사건을 묻다

두 칸짜리 편전의 공기가 무겁게 가라앉아 있다. 간혹 세자의 옷자락이 좌상에 쓸리는 소리만이 텅 빈 공간이 아니라고 말하고 있었다. 부지런한 해 덕분에 세상은 이미 밝아져 있다. 불안한 마음을 억누르듯 형조참의 이해중의 목소리가 떨린다.

"저하, 끔찍한 일이 벌어졌사옵니다. 급급한 마음에 우선 형판께 이 사실을 알리고 곧장 달려오는 길입니다."

불안하고 다급한 이해중의 목소리에도 세자는 좌상에 올라온 각 서류에서 눈을 떼지 않았다. 아랑곳하지 않는 세자의 행동에 편전의 기운이 더욱 무겁게 가라앉았다.

서글서글하게 둥근 얼굴이다. 가는 눈썹이 획처럼 길게 그어져 있고, 얼굴 한가운데를 가르며 거침없이 내려간 코는 균형이 잡혀 있었다. 하지만 툽툽한 곰국처럼 새하얀 낯빛과 굳게 다문 작은 입술이 그를 병약해 보이게 했다. 그럼에도 움푹 파인 크고 시원한 두 눈은 그의 얼굴을 둘러싼 유약함을 다소 완화시키고 있는 듯했다.

세자는 문서들을 뚫어지게 쳐다보았다. 형참이 가져온 소식이 어찌 궁금하지 않겠는가. 그러나 세자는 동요하는 모습을 보이지 않기 위해 갖은 애를 써야 했다. 자신을 물어뜯기 위해 안달이 난 세력의 앞잡이 같은 자가 형참이다. 그들에게는 아무리 중대한 일이라도 경망한 모습을 보여주고 싶지 않았다.

눈길도 주지 않은 채 세자는 무감하고 덤덤하게 말했다.

"나랏일에 중요하고 덜 중요한 일이 어디 있겠는가. 원량이 책정策定(정책을 심의하여 허가를 내주는 일)하는 이 시간이 사소하다 말하는 것인가."

"저하, 그것이 아니오라……."

"기다리라."

책정의 시간은 길고 지루했으며 쉽사리 진전이 되지도 않는 엄청난 고역이었다. 하지만 평생을 해야 하는 일이었다. 왕이 될 세자에게는 숙명이자 고통이기도 했다.

세자는 왕을 대신해 해야 하는 고된 업무가 힘들기도 했지만 현 조정의 상황이 더 받아들이기 힘들었다. 한 발짝도 나아가지 않는 자신의 처지가 조정을 더욱 불안에 떨게 하고 있었기 때문이다.

세자가 대리청정한 지 벌써 십삼 년이 지났다. 그 기간에 중요한 의결 사안, 즉 인사권과 병권은 전부 영조의 허가가 있어야 하는 일이었고 비교적 경미한 사안만이 세자의 결정권 아래 있었다. 대리청정을 처음 명한 십삼 년 전의 상황과 조금도 달라지지 않은 지금이었다. 왕은 그에게 오히려 십삼 년 전보다도 힘을 실어주지 않고 있었다. 세자를 눈엣가시처럼 생각하는 노론의 입김이 크게 작용한 탓이기도 했다.

"저하, 화급을 다투는 일이옵니다."

마지막 서류까지 꼼꼼히 살핀 세자가 고개를 들어 이해중을 말 없이 응시했다. 서늘한 눈빛이 쏟아지자 이해중은 몸이 오그라드는 것만 같았다.

"인신 사건이옵니다."

"인신? 누가 죽었기에 그러시오. 그리고 삼법사三法司(형조, 의금부, 한양부를 통칭함)에서 맡으면 될 일을 어찌하여 원량에게 직접 보고하는 것이오?"

세자의 눈썹이 치켜 올라가자 이해중은 마른침을 꿀꺽 삼켰다. 누가 뭐라 해도 눈앞의 인물은 대리청정을 하고 있는 소조小朝(섭정하는 왕세자, 또는 그의 집무실)요, 왕이 될 수순만 남겨두고 있는 세자였다. 가뜩이나 혼란한 시국에 처리하기 곤란한 살인 사건이 발생했으니. 보고하는 이해중의 겨드랑이에서 땀이 흘러내렸다.

"저, 그것이……."

답하기 곤궁스러워하는 이해중을 보고도 세자의 눈빛엔 변화가 없었다. 언제나 침착한 세자를 두고 신하들, 그리고 호사가들은 우유부단하다며 말이 많았지만 그것은 직접 대면해보지 않고 말하는 희언에 불과했다. 숨소리 하나도 무의식적으로 흘리지 않는 세자였다. 세자의 입에서 나오는 명은 그만큼 단호했고 꺾일 줄 몰랐으며, 결코 뒤로 물러서지도 않았다. 그 앞에만 서면 늙고 젊음에 관계없이 무형의 벽에 가로막힌 것 같은 압박감을 느껴야 했다.

"말씀하시오."

"예. 내시부 우부승직이…… 사체로 발견되었습니다."

역시 침묵이 이어졌다. 이해중이 자라목을 하고 있다 가까스로 세자의 얼굴을 살폈다. 약간은 창백해진 얼굴. 하지만 흐트러진 모습은 아니었다.

"다시 말씀해보세요."

세자의 목소리는 격앙되진 않았지만 믿을 수 없다는 심중이 느껴질 만큼 가늘게 떨리고 있었다. 더욱 움츠러든 이해중이 납죽 엎드린 모양새로 간신히 고했다.

"우부승직의 사체가……."

때맞춰 영상과 병조판서를 위시한 대신들이 다 함께 쏟아져 들어오자 이해중은 뒷걸음치듯 엎드린 채 물러났다.

김양택이 불편한 신색으로 예를 갖추고는 답했다.

"신 병판, 소조께 아뢰옵니다."

세자가 흩뿌린 시선을 거두고는 물었다.

"병판 대감, 대조 마마의 환후는 어떻습니까?"

"송구스럽게도 진어만 가능한 정도입니다."

진어가 가능하다는 말은 약방의 제조로 약을 받아 복용한다는 것이었다. 달리 생각해보면 때에 따라 위독해질 수 있다는 말이기도 했다.

세자는 근심으로 입을 다물었다. 김양택은 어영청 제조를 겸직하는 자격으로 왕을 최측근에서 보좌하고 있었다. 그런 김양택의 보고에 육조의 판서들과 좌의정 신만, 우의정 정휘량, 양사의 사간들 역시 감히 말을 잇지 못했다. 영의정 홍봉한도 마찬가지였다. 어쩌면 참담한 심정이야 이곳에 모인 모두가 같을 것이었다.

"불충입니다. 여기 계신 여러 대신뿐 아니라 세자인 저 또한 불충이란 말입니다. 대조의 근심을 모르시겠습니까!"

본격적인 세 가르기에서 편전에 있는 사람치고 책임 없는 자는

사도세자 암살 미스터리 3일

아무도 없다는 세자의 말에 일순간 침묵이 찾아왔다. 모두 다 죄인이라는 말의 무게가 선뜻 입을 열고 나설 수 없게 만들었다.

세자가 침통하게 물었다.

"어의의 말은 어떻소?"

얼굴이 각지고 두터워 단단한 바위 같은 느낌을 주는 좌의정 신만이 아뢰었다.

"대조께서는 마음을 잘 다스리셨다면 아마도 벌써 완쾌하셨을 터입니다. 다만 신들이 불충으로 올바르게 모시질 못하여 재발하신 것이옵니다. 마음으로 얻은 병, 마음이 치유되지 못하면 방법이 없사옵니다."

"그렇다면 원량이 모르는 무슨 일이 있었던 것이오? 작일 밤에 병세가 심해지신 이유라도 있는 것이오?"

"어찌 저하께서 모르시는 일을 소신들이 알 수 있겠사옵니까. 다만 풍담이라는 것이 워낙에 악화되었다가도 좋아지는 것을 반복하는 병이라 그렇사옵니다."

대신들 중에서 가장 우둔하고 순진한 신만의 대답이었다. 세자가 얼굴을 찡그렸다.

"항시 어의가 만전을 기해야 할 것이오."

"예, 저하."

좌의정 신만 역시 진땀을 흘리며 뒤로 물러섰다.

영조는 마음의 병을 앓고 있었다. 풍담은 그저 영조의 고민과 마음의 고통을 따라와 몸을 괴롭히고 있는 것일 뿐이었다. 그렇지만 그래서 더욱 큰 문제였다. 마음으로 살고 마음으로 죽는 것이 사람이 아니던가.

세자는 잊지 않고 덧붙였다.

"인삼이 부족하니 넉넉히 준비하라 이르시오."

세자의 말에 대신들이 일제히 고개를 숙여 명을 받들었다.

"판의금, 내시부의 우부승직 최헌직이 사체로 발견되었다는 말이 사실이오?"

판의금부사 한익모가 편전 끝머리에 자리 잡았다. 대신들 틈바구니에서 불편하고 이질적인 느낌이 피어났다.

당상관 이상의 관직에 있는 자들은 대부분 여러 관직을 두루 제수받는다. 그렇기에 대신들이 편협함에 빠지지 않고 나라의 여러 사정에 능통할 수 있는 것이다. 그 범주 안에 분명히 판의금 자리도 있었다.

하지만 판의금이 여타 관직과 다른 점은 역모를 정면으로 다룬다는 것이었다. 조정에 피바람이 불어닥치는 것은 순간이었다. 그래서 그 자리에 앉은 자는 때로 날카롭고 포악한 성정이 생기기도 했다. 그만큼 자리가 주는 압박감이 상당했다. 언제든지 형편에 따라 의금부에서 취조를 받는 자가 이 가운데 나오지 말라는 법은 없다. 모함이든, 실제로 그랬든 의금부에 붙들리면 판의금의 보고가 끝나야 진정 끝이 나는 것이다.

살인 사건. 역모와 더불어 그에 연루되는 것만큼 피곤한 일도 없었다. 편전의 대신들 표정이 어두워지기 시작했다.

"그렇사옵니다. 사체를 인수하여 확인한 결과, 우부승직이 맞사옵니다."

한익모가 숨도 고르지 못하고 얼떨결에 대답하자 세자가 여러 대신에게 물었다.

사도세자 암살 미스터리 3일

"대신들의 생각은 어떻소? 어떻게 처리하면 좋겠소?"

세자의 목소리에 차분함이 깔리기 시작했다. 대신들은 오히려 세자에게 복안이 있을 거라고 확신했다. 세자가 침묵을 깼다는 것은 심중이 섰다는 뜻이다. 어떤 신하도 섣불리 말을 건네지 못하는데 세자가 먼저 뜻을 전했다.

"판의금, 우부승직이 살해된 것이 확실하오?"

살해된 것이라는 말에 편전의 공기가 싸늘하게 식어갔다. 우부승직이 살해되었다는 단편적인 사실만 보면 의금부나 한양부가 맡아 일을 처리하면 될 일이었다. 하지만 우부승직이 누구인가. 그는 세자의 곁을 지키던 그림자요, 세자가 움직일 수 없는 곳까지 뜻을 전하며 수족처럼 활동한 환관이었다.

세자가 좌중을 둘러보며 묻는다.

"아무리 가까이 두었던 환관이라지만 의례적으로 금부에서 맡는 것이 어떻겠소?"

세자의 말이 떨어지자마자 소론 강경파 출신인 사간이 강경하게 답한다.

"저하, 아니 되옵니다. 균형을 갖고 처리하는 것이 우선일 때가 있습니다. 지금이 바로 그때인 줄 아옵니다. 아무리 공명정대한 의금부라고 하나 시기가 민감하옵니다. 그러니 마땅히 재고하셔야 하옵니다."

"의금부가 못 미덥다고 말씀하시는 것이오?"

"그것은 아니옵니다. 하지만 의금부가 노론 일색인 것은 부정할 수 없는 사실이옵니다."

사간의 말이 강경하게 편전을 울렸다. 사간의 말처럼 의금부는 노론 일색으로 개편되어 아직 변변한 체제를 갖추지 못하고 있었다. 채 정비도 되지 않은, 노론 일색인 의금부가 조사한다면 세간의 시선이 곱지 않을 수도 있다는 의견이었다.

"그렇다면 생각을 말씀해보시오."

다른 대안이 없는지라 사간의 표정이 굳었다. 의금부를 포함해 조정을 거의 노론이 지배하다시피 장악하고 있는 상태였다. 자기 밭에 물을 대고 싶지만 소론에게는 밭이라 할 만한 곳이 사라져버렸으니 뾰족한 수를 낼 수 없었다.

때를 놓치지 않고 신만이 사간을 거칠게 쏘아붙였다.

"이치에 맞지 않는 말이옵니다. 금부의 역할과 권위를 무시한다면 과연 어느 곳에 이렇게 중요한 일을 맡길 수 있단 말입니까!"

세자는 신만의 말에 눈썹도 까딱하지 않고 생각에 잠겨 있다. 편전에 모인 노론과 소론이 서로 보이지 않는 신경전을 펼치고 있다.

"좌상 대감의 말도 틀리진 않습니다. 하여 소신은 금부의 경계 안에서 새로운 인물을 조사관으로 천거하는 것도 하나의 방법이라 생각하옵니다."

잠잠하던 영의정 홍봉한이 새로운 의견을 제시하자 노론의 대신들은 뒤통수를 맞은 표정이었다. 반대로 소론은 의아해하면서도 일리가 있다는 표정을 지었다.

세자가 마른 가지 부러지듯 홍봉한에게 물었다.

"의금부의 체계를 따르면서 외부 인원을 임시로 채용하여 쓴다는 말씀이시오?"

"그렇사옵니다. 그렇게 한다면 의금부의 명성에도 금이 가지 않습니다. 또한 조사관에 대한 예우도 임시직이긴 하나 전권을 부여

한다면 독립적인 기능을 유지할 수 있사옵니다."

세자가 고개를 끄덕이며 다른 대신들에게 재차 물었다.

"영상의 의견이 어떻습니까?"

바로 답이 나오지 않자 세자는 답답하다는 듯 목소리를 높였다.

"화급을 다투는 일입니다. 도대체 무슨 연유로 우부승직이 죽었는지 모르겠으나 어떻게 죽었는지, 누가 죽였는지 한시라도 빨리 밝혀야 합니다. 서로를 못 믿고 있으니 제삼의 세력이 중간다리를 놓아 그의 죽음에 다가가야 하지 않겠습니까?"

누구의 손도 절대적으로 들어주지 않으며 절충안을 내세우는 세자 앞에서 노론과 소론 모두 섣불리 이견을 내지 못하고 있다. 다수의 횡포를 막고 소수의 억지를 잠재울 수 있는 절충안을 들고 세자는 쉬지 않고 몰아붙였다.

"위관委官* 으로서 누가 적합하겠소?"

홍봉한이 조심스럽지만 거침없이 대답했다.

"병조에 있는 유문승이 적합한 인물로 사료되옵니다."

세자가 눈썹을 찡그리며 묻는다.

"유문승? 병조좌랑을 말씀하시는 게요?"

"그렇사옵니다. 좌랑은 비록 지금은 병조에 근무하고 있으나 조정 업무를 시작한 곳이 형조인 데다 의금부도 거친 인물이옵니다. 또한 정대한 품성에 결코 허언을 하지 않는 성격이니 적격하다고 사료되옵니다."

"좌랑이 살인 사건을 조사할 능력을 갖추고 있소?"

---

* 사건을 조사하고 죄인을 신문할 수 있는, 임시로 뽑아 임명한 재판장.

"그렇사옵니다. 좌랑은 금부 시절 맡은 다섯 건의 사건을 탁월하게 마무리 지은 경력이 있사옵니다."

"판의금의 생각은 어떻소? 좌랑이 적합하다 생각하시오?"

한익모는 세자의 말에 잠시 생각에 잠겼다. 적격한 것과 적합한 것에는 분명 차이가 있었다. 때에 따라 뱉은 말에 책임을 져야 할 수도 있는 상황이었다.

"그렇습니다. 유문승보다 유능한 조사관은 현 의금부에서 찾기 힘듭니다."

세자는 고개를 돌려 김양택을 향해 물었다.

"병판, 불편하지 않겠소?"

잠자코 있던 김양택이 서슴없이 아뢰었다.

"불편함은 없사옵니다. 다만 협력하는 것과 주도하는 것의 차이가 있을 뿐입니다."

"응당 사건을 주도하여 해결하는 모양새가 되어야 합니다."

한익모가 김양택에게 설명하듯 세자에게 간했다. 신만이 신중하게 듣고 있다 날카롭게 한마디 했다.

"청에서 상단이나 따라다니던 자입니다. 어찌 그런 자를 온전히 믿고 맡길 수 있단 말입니까? 누군가 옆에서 중심을 잡아주지 않는다면 나중에 크나큰 오해의 소지가 있을 수 있사옵니다, 저하."

"판의금이라면 중심을 잡아줄 수 있지 않겠소."

마치 기다리고 있었다는 듯 세자가 답했다. 노론 내에서도 온건파에 속하는 한익모이니 중도를 잡아줄 수 있으리라는 계산에서였다.

세자는 천천히 좌중을 둘러보았다. 서로에게 유리한 방향으로 이끌어가는 정치 기술은 인재를 길러내는 양각의 기술뿐 아니라,

사도세자 암살 미스터리 3일

이미 벌어진 일을 불리하지 않게 매듭짓는 음각의 기술도 매우 중요한 법이다. 하지만 뾰족한 수를 내지 못한 채 모두 제각기 골머리를 싸매고 있었다.

영조가 병환으로 드러누운 예민한 시국에 갑작스레 맞은 우부승직의 죽음이었다. 이 사건이 노론의 지배와 소론의 저항, 탕평당의 협력 정국에 어떤 영향을 끼칠지 아무도 짐작할 수 없었다. 그래서 그 누구도 쉬이 반론을 펴지 못하고 있었다.

"그렇다면 병랑 유문승을 금부의 위관에 임명하겠소. 분명 전하께서도 이와 같은 결정을 내렸을 것이오."

대신들 간에 불편한 기색이 엿보이긴 했지만 이미 명이 떨어진 마당이었다. 아쉽지만 불만은 없는 타협안에 대신들은 슬금슬금 물러나기 시작했다. 세자가 그런 그들을 차분히 지켜보다 한익모를 불러 세웠다.

"당장 유문승에게 명을 전하여 입궐토록 하시오."

"명을 받들겠습니다."

대신들이 모두 빠져나간 편전에 앉아 동이 튼 뒤의 세상을 세자는 물끄러미 내다봤다. 해는 뜨고 있다. 하지만 음습한 어둠이 빛을 빨아들이고 있다. 얼마나 깊고 깊은 어둠이기에, 온 세상을 비춰야 할 해가 힘이 없어 기진맥진해 보이는 것일까.

시시각각 변하는 눈빛으로 세자는 좌상의 끝을 으스러지게 움켜쥐었다.

3

병조좌랑 유문승, 어명을 받들다

이른 아침, 북촌에 밥 짓는 연기가 피어오르면서 세상이 빠르게 깨어나기 시작했다. 커다란 거북이 등의 무늬처럼 나뭇가지 형태로 갈라진 길이 북촌에 빼곡하게 늘어서 있다. 미로와 같은 길 사이를 바삐 오가는 시종들 사이로 남루한 차림의 젊은 양반이 길을 꺾어 한 가옥으로 들어섰다. 문지기 하나가 그를 보고 예를 갖췄다. 거침없이 들어서는 모습이 평소에도 자주 왕래하는 듯했다. 몰락한 양반의 후세인 것 같은 젊은이가 헛기침을 흘리고는 문고리를 잡아 열고 들어섰다.

그는 방 안으로 들어서자마자 유문승의 뒷모습을 보았다. 천천히 자리에 앉으며 방 안을 둘러보았다. 꼭 필요한 물건만 있어 방은 꽤 넓어 보인다. 입식 자명종과 한 손으로도 무겁지 않을 천리경에 시선을 멈춘 사내가 짧게 헛기침을 흘렸다.

입궐을 준비하던 유문승이 멋쩍은 웃음으로 젊은이를 맞았다. 조금 일찍 채비를 마쳐 만나지 못한 적이 몇 번 있어 그의 방문은 조금씩 빨라졌다. 요새는 아예 동이 트기도 전에 유문승의 집에 불쑥 걸어 들어오기 일쑤였다.

"덕보德保, 이 친구. 어떻게 이리 부지런한가."

"어이쿠, 높으신 나리를 뵐라 치면 그리해야지, 암. 그런데 지체 높으신 나리의 집이 찾아오는 사람 하나 없어 이리 적막하기만 하누. 은이 낭자는 어디에 숨겨두었는고."

홍대용이 손에 든 책보를 풀어 책상에 올려놓으며 곁눈질과 함께 농으로 대꾸했다. 홍대용이 서른둘이니 유문승보다 한 살 어렸지만 말은 서로 편하게 하기로 한 터였다.

목을 길게 빼고 방 안을 두리번거리며 숨어 있는 사람을 찾는 듯 익살스러운 눈빛에 유문승도 방그레 웃었다.

"하여튼 너스레는 대단하단 말이야. 은이 낭자는 어젯밤 급히 내의원으로 갔네. 그나저나 그걸 벌써 독파했는가?"

홍대용의 얼굴에서 웃음기가 걷혔다.

"내의원에?"

은이는 유문승과 정분을 나누고 있는 내의원의 탕약의녀였다. 은이 낭자와의 인연은 병조좌랑으로 승직하고 난 직후의 일로, 오 개월쯤 전부터 시작되었다. 병조의 군량과 병기 등 총체적인 재정을 조사하러 오가던 중 낙마 사고를 당한 유문승은 당시 다리 하나를 절단해야 할지 모를 위기에 처했다. 말의 배에 깔려 정강이뼈가 심하게 골절된 것이다. 부러진 뼈가 살갗을 뚫고 나올 듯 불거져 희망이 없었다. 그때 내의원 의녀인 은이 낭자가 유문승을 찾아왔다. 왕명으로 내려온 의녀가 바로 그녀였다.

방 안을 가득 메운 철쭉꽃의 마취 성분에 정신을 잃고 한참 뒤 깨어났었다. 그때 부목을 대고 있는 은이 낭자의 얼굴을 보았다.

내의원에서 파견된 의원의 솜씨겠지만 분명 눈앞의 그녀는 은인이었다. 영조는 계속하여 은이 낭자를 보내주었고 그녀의 세심한 치료 덕에 완치될 수 있었다.

유문승은 고개를 흔들어 현실로 돌아왔다. 맞은편에 앉은 홍대용의 얼굴에서 넉넉한 표정이 사라지고 학과 문을 갈구하는 선비의 표정이 떠올랐다. 그것은 청나라로 전해진 문물이요, 서구의 발달된 문명이며, 현세에 적용할 수 있는 경세학經世學이었다.

"세상의 이치를 배우는 데 몸의 고단함이 문제겠는가? 아, 특히 운동법칙運動法則*과 우주론宇宙論*은 정말 놀랍더군. 끊임없이 반복하여 읽어도 벅차오르는 가슴을 추스르기가 힘들 정도였어."

"지구가 스스로 돈다는 자네의 말*도 내겐 비슷한 이야기지."

"아닐세. 두 개의 혼천의와 자명종을 농수각이라 이름 지었을 무렵보다 더 벅찬 기분이었네."

"사문난적斯文亂賊*이 되는 것은 두렵지 않지만 자네의 끈질긴 성격만큼은 가끔 질리는군."

홍대용이 유문승의 말에 거칠게 고개를 저었다. 과거를 포기하고 아무 욕심 없이 고요하게 마음을 세속 밖에서 놀게 한 홍대용이었다. 그를 흠모하는 선비들은 그가 거문고와 비파를 켜며 숨어 살

---

* 뉴턴이 《자연철학의 수학적 원리(*Principia*)》라는 책에 기술한 물체의 운동을 설명하는 3대 기본 법칙.
* 우주의 기원과 발전에 관한 자연철학적 가설과 이론의 총칭.
* 홍대용의 지전설은 동양 최초로 지전설을 주장한 김석문의 이론을 비판적으로 받아들여 창조적인 체계를 세웠다. 이는 조선의 대표적 천문학·역상학 서적 《동국문헌비고》에서 지전설을 인정하지 않는 상황이었기에 새로운 개가였다.
* 유교 교리를 어지럽히고 사상에 어긋나는 언행을 하는 사람.

기를 즐기는 것으로만 알고 있을 뿐 하늘과 땅, 시간의 이치를 끝없이 파고드는 자연과학적 통민은 잘 알려지지 않은 무렵이었다.

홍대용이 심각한 얼굴로 정색하며 물었다.

"놀라운 서구의 문물이나 서책이 이토록 더디게 조선에 전해지는 이유는 무엇인가? 조선의 선비들은 과연 이런 세상이 있다고 상상이나 할 수 있겠는가?"

유문승이 붓을 들어 간략한 지도를 그려냈다. 그러고는 지도의 서쪽에서 동쪽으로 선을 그으며 인도와 조선, 왜국을 가리켰다.

"아라비아를 경유한 구주歐洲(유럽) 국가들은 인도, 청과의 교역에 집중하고 있었지. 뒤로 희망봉을 발견해 인도로 가는 새 항로를 찾았지만 그 항로를 따라가다 보면 조선을 만나기 전에 왜국을 발견하게 되네. 그러니 찬밥이었을 수밖에. 게다가 조선은 아직도 머릿속 공론에 불과한 인성 부분이나 신분제를 철저하게 지키고 있네. 문을 열지도 않는 곳을 찾을 필요는 없지 않은가. 하지만 조선에도 절호의 기회가 있긴 했네. 놓쳐서 안타까운 그런 기회 말일세."

"절호의 기회?"

"소현세자 말일세. 탕약망湯若望(중국에서 활약한 독일 선교사 아담 샬)과 친분을 맺고 발전된 문물을 들여와 조선을 발전시킬 꿈을 꾸었지. 갑작스럽게 죽음을 맞아 유일한 교역의 기회는 허무하게 날아가버렸지만 말일세."

홍대용의 표정이 묘하게 일그러지기 시작했다. 안타까움을 넘어선 분노가 그의 눈을 가득 채웠다. 세종대왕으로 인해 조선이 바로 섰다면, 소현세자로 인해 조선은 강국으로 탈바꿈할 수도 있지 않았을까.

복잡한 표정의 홍대용을 차분히 살피던 유문승이 문득 물었다.

"자네, 칼에 맞아본 적이 있는가?"

"칼?"

"난 칼에 맞아보아서 그 고통을 알고 있지. 청에 들어온 서구의 문명은 그런 것이야. 칼에 베이면 상처가 나고 피가 흐르며 아프다는 것은 삼척동자도 아는 사실. 그렇지만 단지 알고 있는 것에 그치는 것일세. 수박을 겉만 열심히 핥고 있는 셈이지. 사신으로 가서 잠시 보았다 하여 도깨비 같은 그들의 문명을 안다 할 수 있을까? 소현세자처럼 발달된 문명을 팔 년이나 직접 겪은 분도 다 모르는 세상일세. 선진을 먼저 알게 된다는 것은 꽤나 고통스러운 일이지. 결코 특권이 아니야."

유문승은 열다섯이 되던 해에 살기 위해 청으로 갔다. 목숨을 걸고 넘어간 청국에서 수많은 책에 파묻혀 주자를 신봉하던 세월도 잠시였다. 얼마 지나지 않아 진정한 의미의 세상은, 소용돌이처럼 매일 휘몰아치며 변해가는 세상은 책 속이 아닌 바깥세상에 있다는 것을 깨달았다. 눈이 푸른 자들과 막힘없이 대화하는 청 상인 틈으로 본 거대한 범선, 대포, 자명종, 유리그릇, 사람보다 큰 천체 기구 속의 무수한 별, 모든 존재의 이유를 밝히는 논리, 서로의 이익을 배려하며 손잡는 백인과 청 상인의 웃음. 분명 청은 전 대륙의 무역 선박을 끌어들이는 세계의 중심이자 신세계였다.

유문승은 변하는 세상에 맞춰 자신을 바꿔야 했다. 아니, 주자를 맹신하고 선택되었다 믿는 선비의 우월 정신, 그 껍질을 벗어야 했다. 그것을 버리고 나니 청의 말이 드문드문 들렸고, 곧 능숙하게 말할 수 있었다.

귀와 입이 트인 유문승은 자그만 상단에 들어갔다. 차근차근 순서를 밟아 자리에 올라섰는데 그의 성실함을 좋게 본 상단주가 유일하게 구주와 교역이 허가된 광저우 공행公行(청나라 조정이 지명한 공식 상점)의 한 행수에게 다리를 놓아주었다. 상단의 행수를 따라 청에 입국한 구주 상인에게 비단과 차, 도자기 등을 팔다 보니 십 년이라는 세월이 훌쩍 지나가버렸다.

죽을 고비도 숱하게 넘겼다. 색목인이 광저우의 청인 사회를 타락시키지 못하도록 그들은 업무상 필요한 경우를 제외하고는 정해진 구역에 거주해야 했는데, 일 때문에 그들을 만나러 갔다가 살인 사건에 연루되어 타국으로 끌려갈 뻔하기도 했다. 포도아葡萄牙(포르투갈)의 지배를 받는 오문澳門(마카오)으로 비단과 차를 팔러 갔다가 해적을 만나 조총에 맞은 적도 있다. 간신히 살아남긴 했지만 변덕을 부린 해풍 때문에 불가마처럼 끓는 나라, 인도에서 고생하며 방황한 일도 있었다.

청나라 의복을 입고, 그들의 언어를 쓰며, 그들의 술과 음식을 먹으며 산 시간이 십오 년이었다. 상단이 지나친 과욕과 조정의 과한 간섭으로 문을 닫지 않았다면 어땠을까.

정신없이 신세계에 빠져 살다 보니 유문승은 자신을 잊고 조선을 잊고 있었다. 잠시 여유가 생기자 유문승은 모든 생활을 정리했다. 그리고 사 년 전 조선에 돌아왔다. 쫓기듯 떠난 조선이었지만, 그래도 조국은 조선뿐이었다. 조선을 잊고 살았을지언정, 조선인의 피는 식지 않은 것이다.

유문승은 조선에 들어오면서 희망을 품었다. 십오 년이 넘는 세월로 도망치듯 조국을 등져야 했던 일을 묻을 수 있을 것이라고 생각했다. 만약 그렇다면 조선에서 다시 뿌리내리고 살 수 있지 않을까, 어쩌면 자신의 경험이 조선의 국력에 미약하게나마 보탬이 되지 않을까 하는 희망.

유문승은 꿈이 있었다. 그리고 희망도 놓지 않았다. 조선도 언제까지고 개방의 문을 닫고 있을 수만은 없으리라, 그렇다면 우왕좌왕할 조정의 길잡이가 될 수 있으리라 여겼다. 자신의 위치는 그것으로 딱 족했다.

하지만 유문승이 돌아와 본 조선은 급격하게 변하지도 않았고 변할 조짐도, 의지도 없어 보였다. 두 눈을 가리고 귀를 막아 자꾸 뒷걸음질하면서 흐름을 거부했다. 오직 조선만이 변화를 두려워하고 있었다. 결국 희망과 꿈을 안고 돌아온 유문승에게 개혁의 앞자리는 없었다.

"덕보, 잘 듣게. 사람이든 나라든 자족하는 순간부터 도태되기 시작하네. 조선의 선비들이 미학이라며 지키는 가치는 곧 미개의 상징과도 같은 말이네. 소중화小中華? 선비? 명분? 우스꽝스러운 소리지. 구주와 청의 입장에서 보면 조선이 오랑캐일세."

"자네가 그 징검다리가 되어준다면, 지금이라도 늦지 않았네."

"그럴까? 난 한 알의 씨앗이 되고 싶을 뿐이네. 씨앗이란 자고로 비옥한 토양에 뿌려야 싹이 트고 꽃이 피는 법. 그래서 자네와의 인연은 실망 뒤에 찾아온 작은 희망이라 생각한다네."

홍대용은 알아주는 노론 가문의 후손이었다. 또한 집안 대대로 과거에 급제하여 높은 관직에 올랐기에 든든한 배경을 지니고 있었지만 백성과 현실을 먼저 생각하는 괴짜 사대부이기도 했다. 유문승은 그런 홍대용이 앞장선다면 개화의 불을 지필 수 있으리라 생각했다.

홍대용이 유문승을 보고 활짝 웃으며 답했다.

"어디 나만 할까. 자넨 내게 신세계를 알려주는 바람과도 같은 사람일세."

유문승은 미소로 대꾸한 뒤 두 그루의 난을 그린 그림을 쳐다보았다. 청나라 양주 지방의 괴물 화가로 소문난 이방응이 그린 '전도춘풍'이라는 이름이 붙은 그림이었다. '봄바람에 뒤집힌다'는 뜻으로 난초 한 그루는 똑바로 서 있고, 한 그루는 거꾸로 서 있었다. 꼿꼿한 난과 뒤집힌 난이 한 화폭에 공존하는 희귀하고도 괴팍하기 그지없는 그림. 아무리 이방응이 그렸다지만 볼 때마다 낯설기 짝이 없다.

홍대용이 문득 유문승에게 물었다.

"조선은 지금 제대로 서 있는 난일까, 거꾸로 서 있는 난일까?"

"거꾸로. 그런데 난 저 그림을 볼 때마다 궁금했네. 왜 북풍한설도 아니고 만물이 소생하게끔 부추기는 봄바람에 난이 뒤집힌 것일까?"

그때 밖에서 급하게 유문승을 찾는 집사의 목소리가 들렸다. 급한 일이 아니라면 집사가 둘의 대화에 감히 끼어들 생각은 못할 터였다. 병조의 수하 관원, 원찬식이 당도했다는 말에 유문승은 미리 싸놓은 책 꾸러미를 홍대용에게 건네며 일어섰다. 홍대용도 볼일을 마쳤다는 듯 자리를 털고 일어났다.

해가 떠올랐음에도 어둡던 하늘이 언제 그랬느냐는 듯 희붐하게 밝아오기 시작했다. 이제 막 의금부로 입궐하기 시작한 대소 신료와 유사시 병사로도 대체 가능한 나장들이 수십 명씩 열을 맞춰 들고나는 바람에 북새통이 따로 없었다. 유문승은 원찬식을 통해 다급한 의금부의 부름을 전해 받고는 거침없이 말을 타고 달려온 길이었다.

입구에서 번을 서고 있는 병사에게 좌랑의 직책이 적힌 호패를 보여주고 유문승은 곧 한익모의 집무실로 들어섰다. 한익모와 형조참의 이해중이 대화를 나누다 유문승을 맞아 건너편 자리를 권했다.

"아, 왔는가."

"병랑 유문승이라 합니다. 승정원의 하명을 받고 왔습니다."

위아래로 뜯어보는 이해중에게 공손하지만 단호하게 유문승이 말했다. 바삐 온 만큼 서론은 생략하자는 말투였다. 참의가 정삼품이고 좌랑이 정육품 관직이니 품계만으로도 다섯이나 차이가 난다. 들어서자마자 자기소개만 마치고 마치 이해중은 안중에도 없다는 듯 구는 유문승의 태도에 이해중이 미간을 찌푸리며 연신 헛기침을 해댔다.

한익모가 반갑게 웃으며 물었다.

"놀랐는가?"

"아닙니다, 대감."

이해중이 한참이나 훑듯이 바라보자 유문승은 머쓱한 기침을 했다. 한익모가 이해중을 가볍게 책하는 목소리로 말했다.

"이 사람아, 면전에서 이게 뭐하는 행태야? 무안스럽게. 흠흠."

"들리는 말과는 다르기에 신기하여 잠시 넋을 놓았습니다. 송구합니다."

"무슨 말을 들었기에 그러는 것인가?"

"우리와는 피부색이 완연히 다르고, 사람을 홀리는 눈을 하고 있으며, 신장은 육 척 칠 촌에 이른다는 소리를 들었습니다."

"그럴 리가 있겠습니까."

유문승이 이해중의 말에 무표정으로 응수하자 한익모가 탄성과 함께 잔잔한 미소를 흘렸다. 확실히 다른 이들보다 키가 크고 팔다리가 길어 그렇게 보일 법도 하다. 게다가 여느 문신들과는 달리 피부색도 건강한 구릿빛이었다. 몸놀림에도 제법 강건한 자신감이 비친다. 하지만 편하고 선해 보이는 조금 처진 눈꼬리가 강돌처럼 단단해 보이는 유문승을 조금은 부드럽게 보이게 했다.

이해중이 대놓고 불쾌한 기색을 흘렸다. 유문승은 가볍게 목례만 한 후 준비된 의자에 앉았다. 그의 자리는 자연스레 이해중을 마주 보는 쪽이었다.

"피부색은 확실히 우리와 다르지 않은가. 또한 어지간한 장정도 내려다볼 만큼 키도 크고, 부드러우면서도 도도한 눈빛 역시 그렇고. 다 그른 말은 아닐세."

"혹자에게 회자될 인물이 아님에도 그리되고 말았습니다."

유문승은 세인과 조정 관료들의 지나친 관심이 부담스럽다는 듯 말했다. 어려서 청으로 건너가 새로운 세상을 몸소 겪다 조선으로 돌아와 관직을 수행하고 있는 특이한 그의 이력에 사람들은 첫째로 주목했다. 그리고 무너져버린 탕평책의 마지막 보루로서, 영조의 두터운 신임으로 승승장구하는 신진 세력임에 둘째로 주목하고 있었다. 갓 조정에 들어온 신출내기 관료에게 어진이 내려간 적은 없기에 더욱 화제에 오르내리는 인물이었다. 그만큼 영조의 두터운 신임을 받고 있는 터였다.

"과연 새로운 세상을 본 사람답군. 마음을 미혹하는 천한 물건과 오랑캐 사이에서 자네는 무엇을 보았는가? 성은에 힘입었음인가, 아니면 나이가 어려 세상의 이치를 모르는 것인가! 볼품없이 콧대만 높던 하루살이 관리들이 많았지. 그렇다면 그들의 말로도 잘 알고 있는가?"

"말로를 염려하며 권세가의 주구 노릇을 하고 싶진 않습니다."

"뭐야!"

한익모가 얼굴색을 달리하며 이해중을 달랬다.

"이보게, 그만하시게. 좌랑 역시 급변하는 세상에서 하나의 이치를 터득한 것일세. 그 점을 전하께선 응당 높이 보신 것이고. 모르지 않는 자가 왜 이러나!"

흔들림 없는 눈빛으로 유문승이 말했다.

"송구합니다. 소인이 예에 부족하고 학문에 일천하기에 그러합니다."

"자네가 나를 능멸하려는 것인가!"

이해중이 버럭 언성을 높였다. 정중하게 이야기한다고 하지만 말 속에 가시가 불쑥 불거져 있었다. 겸손으로 자신을 낮추는 자의 눈빛이 아니라는 생각에 역성이 머리끝까지 치솟아 오른 것이다. 그는 삼 년마다 한 번씩 치르는 대과에 갑으로 급제한 삼인 중 하나였기에 그리하지 못한 이해중에게는 괘씸한 말일 뿐이었다.

"어허! 그만들 하시게."

한익모의 다그침에도 이해중은 표정을 풀지 않았다. 그의 눈에 표독한 의지가 강경하게 드러났다.

　유문승은 병조의 인사권을 쥔 좌랑의 자리에 일 년 가까이 재직하고 있었다. 아직 별다른 움직임은 없으나 조만간 노론과 소론이 아닌 탕평당의 인물로 병조가 채워질지도 모르는 일이다. 인사권이 없는 병조의 판서나 참판은 노론과 소론이 번갈아가며 재직할 테지만 좌랑은 다르다. 역모에 관련되지만 않는다면 파직할 수 없는 직책이 좌랑이다. 또한 이조의 전랑권을 혁파한 금상도 병조의 전랑권만은 그대로 두고 있었다. 분명 조금씩 개혁을 위한 의지가 모락모락 피어나는 모양새였다.

　아무리 판서라 한들 그들의 전랑천대법銓郎薦代法*을 막을 도리가 없었다. 그토록 막중한 좌랑의 자리에 있는 유문승이라면 역모에 휘말리지만 않는다면 일가를 이룰 수 있을 것이다. 이해중은 그것을 참을 수 없었다. 권세가의 대문이 닳도록 드나들며 처세를 한 자신보다 벌써 몇 발자국은 앞서나가는 유문승을 보니 속이 뒤틀린 것이다.

　재상의 자질이 있는 사람은 주요한 요직을 두루 거친다. 그 과정에서 인물의 적성과 자질을 검증한다. 대체로 언관, 육조의 낭관, 승지, 판서, 정승 순이기에 유문승을 가리켜 판서는 따놓은 관직이라 수군거리는 사람도 있었다. 하지만 그의 뿌리가 청에 기반을 두고 있기에 대신들은 강한 불만을 품고 있기도 했다. 어느 순간 굴러 들어온 돌을 그들이 반길 이유는 하나도 없었다.

　이해중이 불쑥 몸을 일으켰다.

---

* 현임 전랑이 후임 전랑을 추천하도록 하여 전랑의 임면에 판서들도 간여하지 못하게 한 법.

"대감, 그만 물러가겠습니다."

"그러시게."

일그러진 표정으로 유문승을 잠시 노려보던 이해중이 찬바람을 날리며 빠져나갔다. 한익모가 수염을 쓰다듬으며 따뜻한 눈빛으로 유문승을 보았다.

"정국이 자주 뒤바뀌고 또 안으로는 외척과 붕당이 심한 세상일세. 널뛰기가 심한 형국에 재주를 가진 선비에겐 선망과 질투의 시선이 공존하는 법이지. 그래서 그런 말이 주인도 모른 채 허공을 떠도는 것이고. 자네만은 난맥상의 탁류에 휩쓸리면서 아유구용阿諛苟容*하며 살지 말게."

"명심하겠습니다."

한익모는 이렇게 따뜻하면서도 의표를 찌르는 사람이었다. 스승이라 부르기엔 연이 짧고 배움이 얕지만 의금부 관원 생활을 시작할 무렵부터 마음의 텃밭에 물을 주고 잡풀을 제거해준 분이다. 그러니 마음의 스승이라 할 수 있다. 한익모와 나누는 대화는 유문승에게 시원한 대청마루에 강화 화문석을 깔고 날렵한 모시옷을 차려입고 앉아 한여름에 밀수蜜水(꿀물)에다 수박을 동동 띄워 먹는 기분을 느끼게 해주곤 했다.

"혹시 자네에게 이번 일이 감지坎止가 될까 염려가 이만저만이 아닐세."

한익모는 가끔 흐르는 물과 괴어 있는 물에 비유해 세상사를 강론했다. 감坎이란 북쪽이라는 뜻도 되고 팔괘의 하나로 삼의 괘가

---

* 남에게 아첨하여 구차스레 구는 모양.

되기도 한다. 하지만 가장 두루 쓰이는 뜻은 구덩이다. 한편 물은 잘 흘러가다가도 일단 구덩이를 만나면 더 흐르지 못하고 멈춘다. 이렇게 구덩이에 물이 괴어 있는 상태가 지止이니, 때를 얻지 못하고 위험한 지경에 이르러 더 이상 일을 할 수 없는 상태를 뜻한다. '흐르게 되면 흐르고 구덩이를 만나면 그친다'는 뜻으로 군자가 때를 얻어 세상에 나아가 출세를 하다가도 난세를 만나면 돌아와 숨어 지내는 것을 빗댄 말이었다.

유문승은 빙그레 웃으며 정성스레 답했다.

"나고 듦에 뜻을 두지 않았습니다. 혹여 그런 일이 있다 치더라도 자그마한 움막에 살며 낚싯대를 빈 웅덩이에 던져놓고 겨울이 지나기를 기다릴 생각입니다."

묵묵히 한익모가 고개를 끄덕였다. 젊고 재기 넘치는데 마음마저 허허로우니 욕심이 없다. 한익모는 유문승의 이런 점을 높이 사고 아꼈다.

"정확한 경위는 안치소에 가면 알 수 있을 것일세."

"그전에 여쭙고 싶은 게 있습니다."

"그러시게."

아닌 밤중에 홍두깨라고 벼락 치듯 의금부 도사보다도 높은 위관에 임명되었으니 돌아가는 형세가 궁금하지 않을 수 없다. 한익모가 이해한다는 눈빛으로 유문승의 얼굴을 천천히 더듬었다.

"저하의 하명임은 알겠습니다만 갑작스러움을 감출 수 없습니다. 의결된 사항입니까?"

한익모가 무겁게 고개를 끄덕이며 눈빛을 달리했다.

"그렇다네. 피살된 자가 보통 인물이 아닐세. 그래서 노와 소는 물론 탕평당까지 신경을 곤두세우고 있는 상황일세. 섣불리 금부에 전권을 일임할 수 없다는 것이기도 하고."

의금부의 역사는 홀로 푸르게 빛나고 있는 것처럼 보이지만 실상은 그렇지 못했다. 왕명을 하늘처럼 떠받드는 성격상 편협함으로 치우치기 십상이었다. 그렇기에 죄 없는 목숨을 거두는 일이 밥상을 받아 숟가락을 드는 것만큼이나 빈번했다. 연산군의 폭정 때는 우매한 군왕을 돕는 도구로 전락하여 충신을 잡아 처단하는 공포정치의 집행부가 되었다가, 중종반정 이후 조금씩 제 기능을 회복하기 시작했으니 소수당은 늘 의금부를 다수당의 사냥개로 취급하며 격하하기 일쑤였다.

"피해자는 누굽니까?"

"내시부 우부승직인 최헌직일세."

"그래서 제가 선택된 것입니까?"

그리 묻고 유문승은 생각에 잠겨 있다. 확실히 이해와 판단이 빠른 사내다. 받아들이는 데 오랜 시간이 걸리지 않는다. 또한 하나를 답해주면 둘을 짐작해내며 용할 정도로 눈치가 빠르다.

"저를 천거한 분을 알고 싶습니다."

쓸데없는 질문이라 할 수 있으나 한익모는 마치 예상이라도 한 듯 빠르게 대답했다.

"영상이 천거하셨네."

"이유를 여쭈어도 되겠습니까?"

"말이라 함은 사흘의 말미를 두고 품어야 한다는 말이 있네만. 그 순간이나 지금도 내 머릿속을 가득 채우는 인물은 자네뿐일세. 영상께서 자네를 추천한 것이 경솔하지 않았음은 다른 대신들이 반대하지 않음으로써 드러났네. 중도를 지키면서도 능력 있는 인물이 지금은 그리 많지 않으니 말일세. 나에게 결정권이 있었더라도 같은 판단을 내렸을 것이야."

"위관이라 들었습니다."

"그렇다네. 모든 것을 자네에게 일임할 걸세. 금부의 나장을 불러 쓸 수도 있고 자네가 부리는 사람을 쓸 수도 있네. 저하가 아니고는 누구도 자네를 제지할 사람은 없을 걸세."

파격적인 조건이었다. 그만큼 이번 사건의 의미가 막중하다는 것을 알 수 있었다. 임금이나 세자가 아닌 누구의 입김도 통하지 않는 위관. 사건이 종결되면 다시 병조로 돌아갈 터이니 의금부 관료들도 견제할 필요가 없을뿐더러 의금부로서는 전혀 손해가 없는 일이기도 했다. 조사가 허술할 경우 온전히 책임은 유문승에게 돌아갈 뿐, 의금부 입장에선 손을 빌려주지만 언제고 책임 없이 거둘 수도 있는 일이었다.

"저하께서도 자네가 맡아주면 한시름 놓을 수 있다 말씀하셨네."

"무겁고도 무거운 명이십니다."

막중한 임무라면서도 부담스러워하지 않는다. 오히려 눈빛이 밝고 시리게 빛난다.

세자께서 앉아 하명하셨다면 신하 된 자로서 마땅히 서서 받아야 한다. 일의 경중이 중요한 것이 아니라 나라에 갚을 수 있는 것이 목숨뿐이라 하더라도 능히 기쁜 마음으로 내어줄 수 있는 자세가 중요하다. 쥐가 소금을 먹듯, 먹으나 마나 하게 혀만 대고 마는 것이 아니라 다른 잡념 없이 직무에 충실할 수 있는 생각의 알맹이가 탐스럽게 익어 있는지가 중요하다. 그런 의미에서 유문승은 조정의 녹을 먹는 동료의 입장에서 계우契遇(서로 뜻이 맞아 믿고 일하는 것)의 즐거움을 알게 하고, 붕우 사이의 상음常音(심정을 알아주는 것)을 구하지 않아도 되는 듬직하기 이를 데 없는 사내였다.

"해가 떠올랐으니 서두르시게."

한익모가 느릿하지만 똑 부러지게 말했다.

"곧장 안치소로 향하겠습니다."

오월이 되고도 스무 날이 지났다. 해가 점점 땅에 가까워지며 만물이 신열에 들뜨기 시작하는 무렵이다. 인신 사건은 외기外氣와 밀접한 상관관계가 있다. 검시를 해야 하기에 시체가 부패되기 전에 착수하는 것이 무엇보다 우선이었다.

유문승은 예를 차리는 것을 잊지 않고 급하게 자리를 떴다.

4

의금부 안치소에서 조사를 개시하다

의금부의 가장 깊숙한 곳을 돌아 서북쪽으로 스무 걸음도 채 안 되는 곳에 을씨년스럽게 두 팔을 벌리듯 서 있는 건물이 안치소다. 현판도 없고 지표도 없어 외부인은 전혀 알 수가 없는 곳이기도 했다. 이중 미닫이문의 걸쇠를 벗겨내고 천천히 시체 안치소로 들어선 유문승은 시체를 지키고 서 있는 나장을 불러 붓과 먹, 종이를 대령하라 일렀다. 유문승을 안내하여 들어온 하도下都* 최동수가 시체를 뉘어놓은 침상으로 다가서며 반가움이 묻어나는 목소리로 물었다.

"나리께서 이 사건을 맡으신 것입니까?"

"그렇다. 네놈도 이제 어엿한 금부도사 티가 나는구나."

최동수가 멋쩍은 듯 뒷머리를 긁적거렸다. 유문승이 인사는 이 정도만 하자며 손을 내저었다.

---

* 영조 22년 편찬한 법전 《속대전》에 이르러 경력이라는 품직을 없애고 종육품과 종팔품의 도사로 나누었다. 상을 종육품, 하를 종팔품이라 일컬었다.

"처음으로 시체를 발견한 자는 형조의 당직 근무자였습니다."

"나장 하나를 보내 그자를 데려오게."

"알겠습니다."

유문승은 안치소의 시체 앞에서 빠르게 안정을 찾아가고 있었다. 안치소는 그만의 익숙한 풍경이 있다. 의금부의 깊숙한 곳에 위치하고 시체를 안치하는 곳인 만큼 인적이 드물고 소음이 적었다. 작은 새소리, 까치발로 걷는 발소리도 쉽게 들릴 만큼 고요한 이곳은 생각을 가다듬는 장소로는 으뜸이었다. 벌레나 쥐 등이 시체를 갉아먹지 못하도록 하는 석회石灰*의 어렴풋이 답답한 냄새도 반갑기만 했다.

하도 최동수는 이 년 전 유문승의 가르침을 받은 신입 도사 중 한 명이었다. 유문승은 살인 사건을 포함한 인명 사건을 조사할 때는 어떻게든 직선으로 풀어내는 것이 가장 중요하다고 가르쳤다. 곡선으로 보인다 할지라도 그것을 풀어 직선으로 재배치해야 한다고. 점점 영악하고 치밀해져가는 범인과의 수 싸움에서 뒤지지 않기 위해서는 그것이 최선이라고. 최동수는 영특하진 못할지언정 우직하고 몸놀림이 날랜 편이어서 가르치는 재미는 없어도 부리는 자로서는 안성맞춤이었다.

유문승은 시체를 덮고 있는 누렇고 거친 거적을 들추었다. 살아 있을 적에는 세자 곁에서 책임과 사명을 심장에서 온몸으로 발칵발칵 뿜어 보내던 자다. 하지만 지금은 싸늘한 시신이 되어 의금부 깊은 곳에 버려지듯 방치되어 있다. 순간의 차이로 삶과 죽음의 경

---

* 어떤 동물이건 석회 냄새를 싫어해 시체를 보호하는 데 효과가 있다.

사도세자 암살 미스터리 3일

계를 넘어버린 최헌직을 생각하자 유문승의 입에서 낮은 한숨이 흘러나왔다.

지필묵을 가져온 나장이 종이를 활짝 펼쳤다. 희고 깨끗한 중앙의 사람 모양 그림을 에워싸기라도 하듯 네 구석에 진녹색으로 무無라는 글자가 허허롭게 자리 잡고 있다. 원망을 없애고 억울함을 없애고자 하는 의금부의 취지였다.

유문승이 낮고 빠르게 말했다.

"사체를 전체적으로 세심하게 그려야 한다. 한 치도 어긋남이 없어야 해."

앙면仰眠(얼굴 앞면)은 머리 꼭대기인 백회, 즉 정심에서 시작하여 머리 좌우, 두정골頭頂骨*, 이마로 내려와 액각額角, 양 태양혈 등으로, 두부 그리고 얼굴 부위에서 차례로 아래로 향하여 그 상태를 적을 수 있도록 공란으로 준비되어 있다.

전체적으로 시체의 외상과 내상을 살핀 뒤, 죽음의 흔적 그리고 단서를 기록으로 남겨야 한다. 유추는 조사관의 머릿속에서 이루어질 뿐, 기록은 명명백백한 사실만을 남길 것이다. 예민한 시기에 중요한 내관이 죽은 사건이다. 정확하고 꼼꼼한 기록만이 혹여 이 사건의 재검, 삼검이 이루어질 경우 혼란을 대비할 수 있을 것이다. 그런 면에서 초검의 기록은 가장 중요하면서도 강력한 정황이 될 터였다.

나장이 소매를 걷어 올리고는 조심스레 붓을 들고 먹을 찍어 발랐다. 시체의 머리와 가슴, 배 그리고 다리를 살펴 비교한 내용을

---

* 뇌두개의 뒤쪽 위를 덮고 있는 사각형의 편평한 뼈.

적어내리는 붓에서 바람에 흔들린 나뭇가지가 창을 쓰적거리는 소리가 났다.

"시체의 훼손 정도는 어떤가?"

"보시다시피……."

"아니. 시체를 발견하고 옮기는 과정에서 훼손을 말함일세."

"아, 제가 직접 나장들과 병사들을 데리고 육조거리 입구에서 인양했습니다. 시체가 발견되었을 당시 상황과는 조금 다르다고 말씀드릴 수 있습니다."

"육조거리 입구라고 하였는가?"

"예."

유문승의 눈이 커졌다. 관리들의 발길이 끊이지 않는 곳이다. 그렇다면 이자가 죽은 시간은 밤일 것이다. 육조거리 입구라면 장소의 의미가 남다르다. 사체를 보여줌으로써 경고의 의미를 전하려 한 것인가. 아니면 원한에 의한 살인으로 환관에게 수치심을 주기 위한 것인가. 어느 쪽이든 지금은 확신할 수 없었다.

"흠, 무엇이 다르다는 것이지?"

충직함이 가장 큰 장점인 최동수가 침을 꿀꺽 삼키고는 말을 이었다. 그는 얼굴의 하관이 급하고 돌출된 느낌이 있어 금부에서는 누렁이(黃犬)라 불리고 있었다.

"육조거리 초입에 보면 기백 년은 족히 되었을 커다란 미루나무가 있지 않습니까. 상서롭게 여겨 누구도 쉽게 손을 대지 않는 나무 말입니다. 그 나무에 걸려 있었다고 들었습니다. 팔뚝 두께의 가지에 새끼줄로 목이 매여 있었다고 하는데 그 밑 흙엔 피가 내를 이루어 흐를 정도였습니다."

사도세자 암살 미스터리 3일

"목이 매여 있었다? 자네는 목이 매여 있는 것을 보지 못했다는 말인가?"

최동수가 억척스럽게 고개를 끄덕거렸다.

"그렇다면 시체는 어느 쪽을 향하고 있었는가?"

갑작스레 시체의 방향을 물으니 최동수가 우물쩍거렸다. 중요하지 않다고 여겼는지 기억이 가물가물한 모양이다.

"남쪽으로 기억합니다."

"그렇다면 신하들이 입궁할 때 시체의 정면을 볼 수 있었겠군."

남면南面이라. 시체가 남쪽을 향하고 있다면 확실히 눈에 띄기 쉽다. 입궐하는 자들이 바로 남에서 북으로 올라오기 때문이다. 시체를 그렇게 걸어둔 이유는 확실히 처형의 의미에 가까워 보였다.

시체의 목을 자세히 살피니 잔 상처가 몇 개 보이고 목을 둥그렇게 옭아맸을 새끼줄의 자국이 하얗게 떠 있다. 그 자국을 부드럽게 쓰다듬은 뒤 다른 부분을 살폈다. 손목에 결박한 흔적이 보인다. 하지만 그 자국을 제외하고는 상흔은 비교적 깨끗한 편이었다.

"시체의 상태는? 옷은 이대로 입고 있었는가? 눈을 이렇게 뜨고 있던가?"

유문승의 입에서 질문이 쏟아지기 시작했다.

"발견 당시 그대로입니다. 그 무엇도 바뀌지 않았습니다. 단 하나, 따로 보관해둔 것이 있습니다."

"따로 보관한 것?"

최동수가 직접 가져올 요량으로 몸을 움직였는데 그의 성격처럼 발걸음도 성큼성큼 큼직하고 우직스러웠다.

최헌직은 최동수의 말대로 외출하였다 변을 당한 모양이었다.

연거복燕居服(평상복)이나 출입복으로 입었을 붉디붉은 직령直領 안에, 철릭이라고도 부르는 청첩리를 받쳐 입고 있었기 때문이다.

최동수가 자그만 함을 가져와 유문승에게 열어 보였다.

"이것이 시체의 입에 물려 있었습니다."

유문승은 함 속을 자세히 들여다보려다 코를 톡 쏘는 강렬하고 매운 냄새 때문에 급히 코를 가리며 말했다.

"이게 무슨 냄새인가? 아니, 분명 꽃으로 보이는데 왜 이리 독한 냄새가 난단 말인가."

유문승은 미간을 찡그리며 함 속에서 꽃잎을 달고 있는 작은 가지를 살피기 시작했다.

새로 돋은 가지, 혹은 어린 가지다. 그 끝에 흰빛으로 핀 꽃은 원뿔 모양의 꽃차례가 밑으로 갈수록 처지는 모양이다. 연초록 잎을 위로 하고 무리 지어 하얗게 피어 있는 모습이 마치 피어오르는 뭉게구름 같기도 했다. 잎의 선은 어긋나기로 달리고 전체적인 모양은 거꾸로 세워놓은 달걀과 비슷했으며 끝이 뾰족하고 가장자리에 톱니가 있었다.

유문승은 고개를 갸웃거렸다. 벚나무와 비슷하지만 벚나무는 아니었다. 벚나무는 대개 사오월에 연분홍 꽃을 피우는데 그에 비해 이 꽃은 순백에 가까울 정도로 흰빛이다.

유문승은 고개를 돌려 최동수에게 물었다.

"꽃을 그대로 함에 잘 보관하게. 그런데 내가 초검하는 것이 분명한가?"

"판의금께서 엄히 시체를 살피지 말라는 분부를 내리셨습니다."

"그러셨는가."

사도세자 암살 미스터리 3일

민감했으리라. 다른 누구도 아닌 세자께서 친히 아껴 가까이 둔 내시다. 게다가 관직도 내시부 우부승직이다. 종육품으로 품계는 그리 높지 않으나 내시부에서 하는 전반적인 일에 참여하는 직책이었다. 특히 궁중에 공급하는 각종 음식물의 감독, 왕명의 전달, 대궐 안의 들고 나는 문에 대한 수직守直, 청소까지 궐 안 관리를 도맡아 하는 관직이다. 그러니 조심에 또 조심을 할 수밖에 없었을 것이다. 유문승에게는 오히려 잘된 일이었다. 남의 손을 타면 정황과 증거는 왜곡되기 마련이기 때문이다.

유문승은 시체의 얼굴을 꼼꼼히 살피기 시작했다. 미남자라 할 순 없으나 오밀조밀하게 모여 있는 눈, 코, 입은 타협을 모르는 우직한 성격을 말해주고 있는 듯하다. 지금은 비록 창백한 안색이지만 티끌 하나 없이 깨끗하고 부드러운 피부는 마치 마흔이 훌쩍 넘은 나이를 완강하게 거부하고 있는 듯하다. 상투 밑으로 삐져나온 두발이 어지럽게 흐트러져 있고, 입과 눈을 크게 벌린 채 양손을 살짝 쥐고 있다. 고개를 좌우로 섬약하게 돌려보니 아직 사후경직이 진행되지 않아 부드럽게 움직였다.

유문승은 직접 옷을 벗기기 시작했다. 나장과 최동수가 시체의 상체를 들어 올려 받치고 있으니 한결 편하게 벗길 수 있었다. 직령을 벗기고 청첩리를 벗기려는 순간이었다. 첩리가 가슴을 타고 어깨를 넘어가 있다. 유문승은 손을 들어 나장과 최동수의 행동을 막았다.

첩리가 등에 검질기게 달라붙어 있다. 반드시 상처가 있으리라. 유문승은 걸음을 옮겨 등을 바라보며 섰다. 확실히 첩리를 끈질기게 붙잡고 있는 오른 등에 상처가 있었다. 하지만 피의 흔적은 한

곳이 아니었다. 오른 등과 왼 옆구리. 두 줄기의 핏물이 그의 옷을 적셨는데, 왼 옆구리에서 더 심한 출혈이 있었던 모양이다.

허리를 숙이고 고개를 들이대자 피비린내가 역하게 풍기기 시작했다. 상처는 무척이나 길고 깊었다. 날카로운 무언가가 휘저어놓고 지나갔는데 흔적이나 모양새로 봐서는 아무래도 검에 가까운 것 같았다.

유문승은 상처를 더욱 가까이에서 살피기 시작했다. 검붉은 피와 누런 흙이 덕지덕지 붙어 첩리를 붙들고 있다. 핏물보다 붉고 어둠보다 검은 핏자국이 손바닥을 쫙 펼친 크기로 일그러진 채 번져 있다. 상당히 많은 피를 흘린 것이다. 그리고 상처와 옷의 잘린 흔적이 일치한다. 옷을 벗기지 않은 상태에서 흉기를 사용했다.

유문승은 씹어뱉듯 말했다.

"벗긴다."

질겨서 서민들도 두루 입는 첩리가 찢어질 듯 비명을 질러댄다. 옷을 벗겨내자 왼 옆구리에 등의 상처보다 작긴 하지만 확실한 상흔이 있었다. 오른 등의 커다란 상처와 왼 옆구리의 작은 상처. 두 곳의 상흔이 유문승의 머리를 복잡하게 했다.

"폐를 찔렸나? 한데 상당히 많은 피를 흘렸군."

탄탄하게 단련된 몸은 아니지만 군살이 없고 늘씬하다. 최동수와 나장이 상체를 내려놓고는 바지저고리를 벗겨냈다. 깨끗하다. 너무나 깨끗하다. 하체엔 상흔이 보이지 않았다. 잠시 후 눈치 빠르게 둘이 시체를 돌려 눕힌다. 순간 유문승의 눈이 찢어질 듯 커졌다.

"꿰맸어? 상처를 꿰맸다……."

고운 무명실로 상처의 맨 아래와 중간 그리고 윗부분까지 세 번을 꿰맸다. 첩리가 등에 붙어 있을 땐 핏빛 실 조각이 보이지 않다가 이제야 모습을 드러낸 것이다.

유문승은 냉정함을 찾기 위해 잠시 머리를 흔들었다. 시체는 새살이 돋지 않기에 상처가 모양을 바꾸지 않으니 실만 제거하면 무엇에 당한 것인지 역으로 추적할 수도 있다.

하지만 문제는 그것이 아니었다. 왜 상처가 두 군데이고, 어째서 등의 커다란 상처만 꿰맨 것일까. 또 어떻게 이리 많은 피를 쏟을 수 있었을까. 폐만 찔렀다면 다량의 피를 쏟을 일도 없다. 분명 왼 옆구리의 상처가, 지금은 설명되지 않는 비밀을 안고 있다는 말이다.

유문승은 상처를 쓰다듬듯 어루만졌다. 볼록한 것이, 실 끝이 곧지 않고 매듭의 모양도 투박하기 그지없다. 올망졸망하여 완숙한 솜씨가 느껴지지 않는다. 소를 때려잡는 백정이 눈 감고 바늘을 놀리면 이런 모양새가 될까.

온몸이 푸르뎅뎅했다. 한겨울에 얼음을 깨고 냉수욕을 한 사내의 입술처럼. 머리는 흔하게 긁힌 상처 하나 없었다.

"상흔이 비교적 명확하구나. 옆구리의 상처가 문제겠지만."

"그렇습니다."

최동수가 답하자 시체를 그리는 나장의 손놀림도 덩달아 바빠지기 시작했다. 그려 넣어야 할 시체의 부분은 뇌후腦後, 발제髮際 등 머리 뒤부터 귀, 목 부위를 지나 어깨, 손 그리고 다시 척추를 따라 내려가다 엉덩이, 다리 부분으로 이어지는데, 앙면과 합면合面을 합하면 일흔 개의 항목에 해당했다. 각 신체 부위를 세밀하게 묘사해야 하기에 느긋할 수가 없었다.

유문승이 나장에게 물었다.

"검시관은 대기하고 있는가?"

"그렇습니다. 검안을 시작하시겠습니까?"

"들라 하여라."

잠시 뒤 대기하고 있던 늙은 검시관이 유문승 앞에 섰다. 유문승이 시작하라는 눈짓을 보내자 검시에 필요한 도구를 차례로 꺼내고 사체에 다가섰다. 검시관이 등의 상처를 보더니 조심스레 검시용 칼을 손에 쥐었다.

유문승이 침착하게 말했다.

"보이는가? 상처를 낸 뒤 꿰맸어. 조심에 또 조심을 해야 한다."

"나리, 저…… 위치로 보아하니 아마도 폐를 찔린 듯합니다. 폐를 살피시겠다면 그 주위의 근육과 살, 핏줄은 물론 심장과 비장, 흉곽, 간의 일부마저 훼손될 것입니다."

"폐가 아니라 다른 장기를 살펴야 한다고 해도?"

"역시 그 장기를 제외한 많은 것을 포기해야 하지요."

"자네가 아닌 다른 검시관이라면?"

"마찬가지입니다."

"의관은?"

늙은 검시관이 고개를 내저었다. 유문승은 이마에 손을 얹은 채 얼굴을 찡그렸다. 검시관이 변명하듯 말했다.

"인체 내에 있는 장기의 특성상 그것들은 조금씩이라도 겹친 채 존재합니다. 그러니 다른 장기를 손상치 않은 채 특정 장기를 살피는 것은 조선의 의원으로서는 불가한 일입니다."

"내의원에도 할 수 있는 자가 없는가?"

검시관의 태도에 유문승은 답답함을 느꼈다. 시체의 등에 있는 상처는 위치상으로 폐에 걸쳐 있다고는 하지만 폐만 살피면 되는 것인지 아직 확신이 서지 않았다. 폐를 선택하였는데 다른 장기를 살펴야 한다면? 진실과는 영영 멀어지고 만다.

"반드시 범인이 의도한 것이 있을 거야. 무엇을 포기해야 한단 말인가?"

검시관이 늙은 자라처럼 눈을 껌뻑거리며 말했다.

"가능할 법한 인물이 있긴 하옵니다. 광의狂醫라 불리던 안승주라는 자와 성균관 유생 이정균이라면 가능할지도 모릅니다."

"안승주? 그자는 지금 어디 있는가?"

확실히 의원에게 더 믿음이 간다. 하지만 검시관의 말이 유문승을 불안하게 했다. 광의라 불리던 의원이라. 지금은 그렇지 않다는 말이기도 했다.

늙은 검시관이 난처한 표정으로 답했다.

"그것이…… 행방이 묘연한지라. 두세 해 전까지만 해도 종루 바닥에서 본 적이 있다고 들었사옵니다."

유문승은 헛바람을 들이켰다. 늙은 검시관이 자신의 말에 민망한지 유문승의 눈치를 슬금슬금 살폈다.

"이정균이라는 유생은?"

"사실 저도 그자를 본 적은 없습니다. 다만 인체생리人體生理*를 극으로 익혔다는 풍문을 들었을 뿐이지요. 귀신같은 솜씨를 가졌

---

* 명나라 말 선교사 샬이 로마 갈레노스의 '인체생리설'을 소개했는데, 이것이 이익의 《성호사설》에 실리면서 조선에 전해졌다.

다고······."

검시관은 한시라도 빨리 이 일에서 손을 떼고 싶은지 유문승에게 독촉하듯 물었다.

"나리, 그렇게라도 검안을 하시겠습니까?"

책임 소재를 명확히 하려는 검시관의 태도에 유문승은 얼굴을 찡그렸다. 하지만 방법이 없다. 유생도 불안한 선택이지만 행적을 알 수 없는 자를 찾는 것은 더더욱 악수가 될 것이다. 또한 시간은 시간대로 지체될 것이다.

"아니, 검안은 잠시 뒤로 미룬다. 잘 들어라. 난 이 길로 성균관에 다녀올 것이야. 하니 잡인의 출입을 엄히 금한다. 판의금 대감도 아니 된다. 저하의 명이니 소홀히 할 시에는 죽음으로 죄를 갚아야 할 것이다. 알겠는가!"

유문승이 눈을 부릅뜨고 가을날 서리처럼 따끔히 이르자 모두 황망히 명을 받는다. 원찬식을 따로 불러 최헌직의 집으로 가서 행로를 더듬을 것을 명했다. 어디에 가다가 봉변을 당한 것인지, 어디에서 종적이 끊긴 것인지, 혹 목격자는 없는지. 또한 안승주의 행방을 수소문하고 그와 관련해서도 최대한 정보를 모으라고 덧붙였다.

이중문을 밀치고 나갈 무렵 나장의 낭창낭창한 목소리가 유문승의 귀에 머물렀다가 빠르게 사라졌다.

"인물刃勿(날이 있는 물건) 상해로 보이는 상처가 늑골 아래 일 촌 길이 정도······."

살인 사건이다. 흉악한 인명 사고를 수없이 봐왔지만 이토록 기괴한 살해 수법은 듣지도, 보지도 못했다. 명치 아래가 욱신거리고 맥박이 빨리 뛰기 시작했다.

채제공이 당도했다는 말에 세자가 직접 문을 열어 맞이했다. 굳은 얼굴로 채제공이 들어서자 세자가 걱정스럽게 물었다.

"번암, 경의 입속에는 뱉지 못할 말이 검은 가시처럼 자라나고 있는 것 같군요. 무슨 일로 그리 심란해하시오?"

채제공의 표정은 경직되어 있었다. 쉽게 말을 꺼내지 못하며 번민하고 있어 세자는 그의 말이 더욱 궁금했다.

채제공. 그는 영조 34년 도승지가 되었는데, 주위의 이간질로 세자를 멀리하게 된 영조가 세자를 폐위하라는 명을 내리자 죽음을 무릅쓰고 건의하여 철회시킨 적이 있을 정도로 세자에게 절대적인 충성을 보였고 세자 역시 그를 깊이 신임하고 있었다. 또한 엄정하고 강직한 성정에 바른말을 잘해서 여러 번 파직되었음에도 겉치레를 죽기보다 싫어했다. 결코 앞에서 아첨하는 말을 하고 돌아서서 배반하는, 면종복배面從腹背하지 않는 인물이기에 세자에게는 차후 조정에 꼭 필요한 인물이기도 했다.

세자가 채제공의 얼굴을 온화한 시선으로 살피며 말했다.

"친히 이곳까지 오셨으니 분명 원량에게 할 말이 있는 것이 아닙니까. 말씀하세요."

"저하……."

채제공이 묵묵히 예를 차리고 자리에 앉아서도 쉽게 입을 열지 못하다가 겨우 말문을 뗐다.

"저하, 깨끗하고 맑은 가운데 흐린 기운이 피어나고 있사옵니다. 우부승직의 죽음 때문이옵니까?"

깊이 침잠한 바닷물처럼 고요한 세자의 표정에 한 가닥 근심이 스쳐 지나갔다. 채제공이 걱정스러운 표정으로 온통 허옇게 새어버린 수염을 파르르 떨다 잠시 숨을 골랐다.

"경도 들으셨소? 적합한 인물로 위관을 삼았으니 믿고 기다려야지요."

"공교롭게도 이리 안 좋은 시기에 수족 같은 자를 잃으셨으니 상심이 이루 말할 수 없을 정도로 크실 것입니다. 하지만 눈을 크게 뜨셔야 하옵니다."

"알고 있소."

세자는 안다고 대답했지만 살인 사건에 자꾸만 신경이 쓰이는 것은 어찌할 도리가 없었다. 목구멍에 걸린 가시와도 같아 빠지기 전에는 모든 신경이 가시에 쏠리는 불편함과 비슷했다.

"며칠 전 자리에서 일어났다 들었는데, 병치레는 잘 이겨내셨소?"

"힘없고 가난하며 늙은 선비는 명이 길다 하였습니다. 염려하지 마소서."

"왕과 동행할 때 마음이 흔들리지 않으며, 거지와 같이 있을 때 그를 업신여기지 않는 경 같은 분이 장수하셔야 조선이 바로 설 것이오. 그러니 부디 개인의 목숨이라 여기지 마시오."

"망극하옵니다."

채제공이 몸을 더욱 낮추며 한숨을 토해냈다.

"그보다 전하께서 병석에 누워 계신 뒤로 노론의 움직임이 심상치 않사옵니다. 대리청정하시는 저하께서 친히 알아보시고 과한 반응이라면 능히 바로잡으셔야 할 줄로 사료되옵니다."

"그것이 걱정되었던 것이오?"

"저하, 걱정이 아니라 현실입니다. 지금 사대문의 출입을 엄히

사도세자 암살 미스터리 3일

단속하고 있고 병력을 새롭게 편성하고 있습니다."

"알고 있소."

"저하, 그렇다면 어찌하여 이리도……."

"물론 노론이 궁을 장악하였다는 것을 모를 리 있겠소? 전하께
서는 노론만의 왕이 되셨지만 조선이 노론만의 나라가 된 것은 아
니지요. 그리되도록 두고 보지만은 않을 것이오."

세자의 말처럼 이미 영조는 노론만의 왕을 자처하고 나섰다. 소론
을 직접 뿌리 뽑았고, 노론 사대신四大臣의 신원을 회복시켰다. 또한
신임옥사辛壬獄事*가 소론 강경파에 의한 음모이자 무옥誣獄임을 판
정하는 경신처분庚申處分을 단행했으며, 이를 대내외에 천명하는 신
유대훈辛酉大訓을 반포하여 완벽하게 노론의 손을 들어주고 말았다.

채제공이 감격에 겨운 목소리로 아뢰었다.

"그렇습니다. 오롯이 어느 곳에도 속하시지 않은 저하야말로 기
울어진 조선을 다시 바로잡을 수 있을 것이옵니다."

채제공은 속이 타는지 말라붙은 입술을 적신 후 말을 이었다.

"하오나 만약에라도……."

세자가 밖을 바라보다 고개를 돌리며 물었다.

"만약에요?"

"저하와 전하의 거리를 멀게 하려는 자들이 득실거리고 있습니
다. 만약 전하께서 붕어라도 하신다면……."

채제공이 고개를 들어 세자를 응시했다. 그는 욕심이라곤 터럭만큼도 없는 사람처럼 투명하고 무미건조한 세자의 눈 속에서 꿈틀거리는 무엇을 발견했다.

"그만하세요."

채제공은 고삐를 늦추지 않았다.

"저하, 대비를 하셔야 하옵니다. 인명은 재천이라 사람의 마음으로 어찌할 수 없다 하였습니다. 전하의 춘추만 보더라도 오늘 혹은 내일이 되어도 이상하지 않습니다. 부디 살피시오소서."

"어찌 살펴야겠소?"

세자의 표정이 급속도로 차가워졌다. 이는 물음이 아니라 꾸지람이었다.

"기천의 병사는 저하를 위해 지금 당장이라도……."

"그만."

"조선의 사직이 달려 있사옵니다!"

절절 끓는 충심이 담긴 목소리에도 세자는 차갑게 응수했다.

"이미 화살은 시위를 떠났소."

그 말은 여러 가지 가능성을 내포하고 있었다. 화살은 노론이 세자를 향해 쏜 그것을 의미할 것이다. 하지만 채제공은 믿었다. 세자도 가만히 지켜보지는 않을 것이라는 사실을.

채제공은 매사에 철저하고 냉정한 세자를 믿고 있지만 진심으로 걱정되는 것도 사실이었다. 노론이 장악한 군사력과 병력을 생각해볼 때 궐내에서 저하의 편을 들어줄 세력으로 과연 버틸 수 있을까. 그리고 천신만고 끝에 보위를 오른다 하더라도 뒤에 찾아올 혼란스러운 시간을 생각하니 끔찍했다.

경종의 갑작스러운 죽음과 함께 영조가 보위에 오르면서 경종에게 충성을 다한 소론 강경파의 대표이던 이인좌가 난을 일으켰다. 빠르게 경상도와 전라도를 잠식해가던 그들의 힘을 어떻게 기억에서 지울 수 있겠는가. 조정에서 밀려난 작은 무리도 바라지 않던 왕이 집권하자 난을 일으켰는데 조정의 다수인 노론이 세자의 등극을 가만히 보고만 있겠는가.

하지만 나중 일은 그때 생각하면 된다. 지금은 발등에 떨어진 불을 염려해야 하는 시간이다.

채제공이 뜬금없이 물었다.

"저하, 한 남자가 나무 기둥에 묶여 있는데 커다란 파도가 들이치기 시작합니다. 어찌해야 하겠습니까?"

세자의 입가에 옅은 미소가 번졌다. 채제공이 묻는 의미를 이해한 것이다.

"그 남자를 죽이려는 자들이 끝까지 지키고 서 있다면 아마 죽는 것이 맞을 것이오. 하지만 내 생각에는 그렇게 되지는 않을 것 같군요."

"어찌 확신하시옵니까?"

"큰 힘을 가진 이들은 가끔 결정적인 순간에 오만으로 일을 그르치는 못된 습관이 있기 때문이오."

"그렇지만 여전히 나무에 묶여 있습니다. 들이치는 파도는 집채도 삼킬 수 있을 정도로 위험합니다. 어찌하시겠습니까?"

세자의 표정이 다시 차가워졌다. 어떤 감정도 느낄 수 없는 냉정한 표정에서 채제공은 믿음을 보았다. 세자가 믿고 있는 어떤 것, 어떤 사실, 어떤 사람, 어떤 약속.

"그 남자는 작은 칼을 하나 가지고 있소. 그러니 죽지 않아요."

나무에 묶인 남자가 품에 지닌 작은 칼이란 무엇일까. 그리고 그 칼은 정말 나무에 묶여 있는 사람을 구할 수 있을까. 어찌 이리도 자신하시는 것일까.

저하께서는 복안을 가지고 계신 것일까. 그리고 그 복안이 노론의 방심과 오만의 틈바구니를 뚫을 수 있을까.

깊디깊은 강을 닮은 분. 강의 물살이 약하다 하여 흐름을 멈춘 것은 아니다. 그렇게 보일지라도 흐름을 멈춘 강이란 이 세상에 없다. 겉으로 드러내지 않을 뿐 쉬지 않고 차가워지고 있고 누구보다 수면 밖과 강바닥의 상황을 잘 이해하고 있다. 그리고 기회를 노리고 있다. 세자의 목소리와 자신감 있는 표정에서 채제공은 저하를 믿는 수밖에 없다고 생각했다.

세자가 채제공에게 뜨거운 시선을 보내며 도리어 물었다.

"법률적 지배와 관습적 지배, 둘 중 무엇이 더 나쁘오?"

"저하, 법률적 지배는 합리적이고 관습적 지배는 전통적입니다. 둘 다 무엇보다 군왕에 대한 절대적인 충성이 중요합니다. 하여 어떤 것이 나쁘다 섣불리 말할 수 없사옵니다."

"습노치소習老治少(관습의 노론, 법치의 소론)가 되었다가도 치노습소가 되니 경이 말하는 절대적인 충성도 색깔을 바꾸고 옷을 바꿔 입지요. 그 안에서 살아남는 자가 왕이 되고 조선을 다스리겠지요."

한없이 낮고 묵직한 목소리에서 꼼짝 못하게 움켜쥐는 힘을 느낄 수 있었다. 백척간두의 순간에 선 세자는 차분한 숨소리마저 뱃속을 훑어 내리는 힘이 있다.

"번암, 경은 조용히 땅속 깊이 뿌리박은 나무처럼…… 그렇게 계

사도세자 암살 미스터리 3일

세요.”

“저하!”

채제공은 마치 폭풍이 다가오는 마을 어귀의 커다란 미루나무 아래 선 듯했다. 수호신 같은 미루나무만 지킨다면 마을은 다시 일어설 수 있다는 믿음을 가진 노인네가 된 듯했다. 시민당時敏堂에 좌정한 세자가 살아남은 미루나무여야 하리라. 저하의 말씀처럼 이미 폭풍은 눈앞까지 다가온 상태지만 자신이 할 수 있는 일은 없었다.

“저하, 주역에서 이르기를, 망할까, 망할까 하여 무더기로 난 뽕나무에 매듯 한다고 하였으니, 저하께서는 유념하시어 이로써 경계하소서.”

세자가 잠시 터울을 두고 깊은 음성으로 다짐했다.

“반드시 명심하여 경계하겠소.”

채제공이 나간 뒤 세자는 늪에 빠진 사람처럼 생각에 빠져들었다. 그렇게 얼마간 시간이 지나고 문간 너머에서 판의금이 당도했다는 상언이 들려왔다. 소용돌이처럼 뜨겁게 꿈틀거리던 머릿속이 차갑게 식어갔다.

유생 이정균에게 검시를 요청하다

유문승은 바로 말을 달리기 시작했다. 중부 건평방 견지동에서 망건에 다는 관자를 팔던 관잣골을 지나 경행방의 경운동을 가로지르니 명륜동에 당도했다. 숭교방의 동쪽 마을, 동숭동이 눈에 잡힐 듯 가까워졌다. 길잡이나 수하 병사도 마다한 채 반 시진이나 걸려 홀로 전사청에 당도한 유문승이 거친 숨을 내쉬며 말에서 내렸다.

안치소에서 나온 유문승은 한익모에게 검시관을 바꿔야 한다고 청을 넣었다. 의금부 검시관이 미덥지 않은 것이냐는 하문에 검시에 가장 뛰어난 자가 조정에 있지 않느냐고 되물었다. 한익모의 놀란 눈이 누구냐고 묻기에 이정균이라는 성균관 유생일지도 모른다고 조심스레 답했다. 한익모는 유문승의 청을 탐탁지 않게 여겼지만 상황을 듣고는 어쩔 수 없다고 생각하는 듯했다. 유문승은 더불어 그가 상재생上齋生(생원시와 진사시에 합격한 유생)인 까닭에 성균관 대사성 大司成(최고 책임자로서 정삼품)의 협조가 필요하다는 요청도 덧붙였다.

문묘를 관리하는 남종들이 거처하는 남향의 수복청을 잰걸음으로 지났다. 공부자孔夫子의 위패를 모시는 전각 대성전이 웅장한 규모와 격식을 자랑하며 서 있다. 그것은 스무 간間으로 동서로는 각각 다섯 개의 기둥이, 남북으로는 각각 네 개의 기둥이 하늘을 떠받치는 형상으로 굳건하게 박혀 있어 웅장함을 더했다.

유생 시절, 권위를 한껏 내세우는 듯 보인 쇠시리*한 두리기둥도 이제 보니 다르게 보인다. 붓을 든 전사들의 자랑스러운 전장이다. 적당량의 피를 무덤 삼아 누가 더 높은 곳에 오르는지 그 성패가 달린 피의 역사가 꿈틀거리는 곳이다. 이곳이 문묘다.

얼마나 많은 혼을 떠돌게 하였는가. 시대를 움켜쥔 승자들만이 문묘에 배향되는 특권을 얻을 수 있다. 서인의 연원으로 상징되는 이이와 성혼도 서인이 중앙 권력을 장악한 후 문묘배향공신이 되었지만, 기사환국己巳換局*으로 서인이 힘을 잃으면서 문묘에서 축출되었다가 훗날 다시 배향될 정도로 당쟁에 민감한 전장이다. 또한 조선 모든 선비의 염원이 닿아 있는 곳으로, 길이 역사에 남아 죽어도 죽지 않는 불멸의 성역이기도 했다.

유문승은 문묘가 주는 묘한 불길함을 억누르고 북장문을 넘어섰다. 그의 눈에 명륜당이 한가득 들어찼다. 명륜당을 호위하듯 서로를 바라보는 형상으로 동재와 서재가 자리 잡고 있다.

삼 년 전 유생을 지낸 유문승에게는 이곳에서의 추억이 머나먼 시간처럼 느껴졌다. 집을 떠나온 대부분의 유생은 그리움을 잊고자 몰래 그림을 그리거나 바둑이나 장기로 소일하기도 했다. 지금

<hr>

* 나무의 모서리나 표면을 도드라지거나 오목하게 깎아 모양을 냄.
* 실세하였던 남인이 1689년 원자 정호 문제로 숙종의 환심을 사서 서인을 몰아내고 재집권한 일.

도 그러할까.

한 유생이 동재 첫 번째 방인 약방에서 나오다 유문승과 눈이 마주치자 움찔하며 빠닥빠닥 고개를 수그린다. 설핏 웃으며 명륜당으로 발걸음을 옮긴 지 얼마 지나지 않아 늙은 종이 바특이 다가와 어렵사리 물었다.

"병조좌랑 나리시옵니까?"

"그렇다. 대사성 영감을 지금 뵈올 수 있겠는가?"

"그것이…… 며칠 전부터 몸이 불편하십니다. 종창이 부풀어 계속 약진을 받으시고 계신지라……."

"허. 그러신가?"

"하여 소인에게 병조에서 손님이 오실 것이니 미리 준비하라 이르셨사옵니다."

유문승은 쓸쓸하게 웃었다. 세월도 비켜간다 할 정도로 호통을 자주 내리던 분인데 시간 앞에서는 누구도 예외가 없는 모양이다.

"요청하신 일은 처리하였으니 우제일방으로 가시라는 말씀이셨습니다."

"알겠네."

유문승이 돌아서자 때마침 북소리가 두 번 울렸다. 유생들은 매일 새벽 북소리가 한 번 울리면 일어나고, 날이 밝기 시작하여 북소리가 두 번 울리면 의관을 갖추고 단정하게 앉아 책을 읽으며, 북소리가 세 번 울리면 식당에서 동서로 마주 앉아 식사하는 규칙적인 생활을 한다. 때맞춰 서책 읽는 유생들의 소리가 문간을 타고 푸르게 흐르기 시작했다.

유문승은 동재의 두 번째 방인 우제일방 문을 살짝 두드리는 둥

마는 등 하고 안으로 성큼 들어섰다. 유문승이 벗어놓은 목화木靴
가 제 목을 못 가누고 쓰러지려다 간신히 몸을 가누었다.

"방해가 되었는가?"

네 평 남짓 자그만 방의 북쪽 벽에 가까운 좌상에 앉아 서책을
보던 유생이 약간 놀란 목소리로 답했다.

"무슨 일로 소인을 찾으셨는지……."

유문승은 간단하게 자신을 소개한 뒤 다짜고짜 물었다.

"시체를 다루는 솜씨가 귀신같다지?"

"글쎄요. 귀신이라기보다는 의원보다 조금 더 살필 수 있을 뿐이
지요."

"어떤 사연이 있어 양반 댁의 자제께서 시체를 다뤘을까?"

유생 이정균은 불쾌한 감정을 굳이 숨기지 않았다.

"장사치에서 관리가 되신 분도 있지 않습니까."

"이 친구, 입이 맵군."

유생 이정균이 황망히 자리를 마련했다. 유문승은 피식 웃고 앉
으며 말했다.

"이곳은 마음을 편하게 하지 않는군."

모든 것이 있을 곳에 정확히 자리하고 있다. 비대한 문갑에는 주
자와 성리에 관한 서책이 그득하고, 동쪽에는 언제라도 시문을 지
을 수 있게 붓과 벼루, 먹 등이 준비되어 있다. 옷은 그저 단벌이면
족하니, 몸과 마음이 탐할 것은 오로지 성현의 글뿐이라는 생각이
가득 들어차 있는 방이다. 여느 유생의 방과 다를 것이 없다.

• 가죽으로 만들었으며 신발의 목이 길어 반장화와 같이 생긴, 공복 차림에 신던 신.

"무슨 말씀이신지요."

이정균의 목소리는 그의 얼굴처럼 부드럽고 순했다. 유들유들한 얼굴 윤곽선을 타고 흐르는 검은 갓끈이 더욱 도드라져 보였다. 누가 보아도 하얀 낯빛에 고생을 모르고 자란 얼굴이었다.

"어느 방이든 주인의 마음이 느껴지는 법일세. 성현의 글만을 취해야 한다는 책벌레의 방엔 보자기에 소중히 싸둔 고서가 가득한 것처럼 말일세. 육경 외에 사서나 제가의 서적도 골수를 윤택하게 하는 데 요긴하네만. 육경을 오곡에, 역사서를 맛난 고기에, 그리고 제자諸子의 서적을 각종 과일에 비유하여 나라의 몸을 보존하고 유지하는 데 음식물 같은 존재라 믿지 않는가? 학문적인 고찰과 유교 공부만이 세상을 이루는 모든 것이라 생각하지. 자네도 조선의 다른 선비들처럼 언어와 문자에 빠져 좁은 세상에 갇혀 있는 것 같아서 하는 말일세."

이정균의 표정은 변하지 않았다. 마치 꿀 먹은 벙어리처럼 한참을 물끄러미 바라보고만 있다. 유문승이 슬쩍 주위를 둘러보자 그의 목소리가 낮게 울렸다.

"말씀을 바로 해주십시오. 좌랑께서도 조선 선비의 옷을 입고 관시에 급제하지 않으셨습니까. 느닷없이 좁은 세상에 살고 있는 소인배 취급을 하면서 제게 하고 싶은 말씀이 무엇입니까?"

"아, 오해하지 마시게. 나처럼 자네도 마음은 다른 곳에 두고 몸만 이곳에 있는 것 같아 한 말이니."

이정균의 표정이 복잡하게 변해갔다. 유문승은 그의 얼굴에서 작은 그림자를 발견했다. 하지만 그것의 정체는 무엇인지 알 수 없었다.

"제 마음이 어느 곳에 있다는 말씀이십니까?"

"한양부와 형조에 자네의 마음이 보이는 것도 같네만."

유문승도, 이정균도 한동안 입을 열지 않았다. 둘 사이에 오랫동안 허허로운 침묵만이 떠돌았다. 본론으로 들어갈 필요를 느낀 유문승이 입을 뗐다.

"금부의 위관으로 임명되었네. 살인 사건을 맡았는데 자네가 검시를 맡아주었으면 하네."

"살인 사건이요?"

이정균의 눈에 잠시 생기가 돌아왔다. 마치 오래전 소식이 끊긴 자식을 찾은 어미처럼 반가움이 두 눈 가득 묻어났다.

"해주겠나?"

이정균은 마치 기다리기라도 한 것처럼 조금도 망설이지 않고 답했다.

"송구합니다. 소인은 유생으로서 소임을 다해야 합니다. 가을에 있을 관시 준비만으로도 정신이 없습니다."

완곡한 거절. 그럼에도 유문승은 물러서지 않았다.

"원점圓點* 때문인가? 아니면 다른 이유가 있는 건가?"

관시는 성균관 거재유생으로서 원점이 삼백 점 이상이 되어야 응시 가능한 시험인데 까다롭게 자격을 따져 학문에 출중한 유생들이 응시하는 만큼 수준이 높았다. 하루를 일각처럼 매진하여 서

---

* 오늘날 학점과 같은 것으로, 성균관 식당에 비치된 도기에 유생들은 식사 시 표식을 하게 되어 있는데, 아침과 저녁 두 끼를 참석하면 원점 하나로 계산했다. 일종의 출석 성적을 의미한다.

책을 읽고 시문을 지어도 어려운 것이 관시임을 유문승이 모를 리 없었다.

"나리께는 관시가 어렵지 않았을지 모르나 소인은 그렇지 않습니다."

"괜한 엄살 피우지 말게. 상재생 중에서도 으뜸을 다툰다는 말이 자자하던데."

"소인은 못 들은 것으로 하겠습니다."

명백한 축객령이다. 다시는 괜한 헛걸음 하지 말라는 당부도 담겨 있었다.

유문승도 물러서지 않았다.

"희귀한 살인일세. 흉기로 등과 갈비뼈 두 군데를 찔렀네. 등의 상처는 폐를 찌른 것같이 깊고 넓어. 그 상처만으로도 위독할진대 왜 갈비뼈를 또 찔러야 했을까?"

유문승은 끈질기게 물고 늘어졌다. 물고기가 잡히지 않는 곳에서도 포기하지 않고 계속 미끼를 던지는 낚시꾼처럼.

"못 들은 것으로 하겠습니다."

"그런데 등의 상처를 꿰맸단 말이야. 참으로 이상한 일이 아닌가!"

"의금부에도 검시를 담당하는 자가 있지 않습니까."

아무리 고집을 피워도 통하지 않는다고 여겼는지 답답하다는 표정을 짓는 이정균의 말투가 모르쇠로 차츰 변해가고 있다.

"물론 있지. 그런데 그 시체를 검시할 수 있는 검시관은 의금부나 한양부, 형조에도 없다는 것이 문제야."

"예?"

"금부의 검시관이 사체를 보고는 도리질을 치더란 말일세. 그러고는 자네라면 할 수 있을지 모른다고 하더군."

"약방은 어떻습니까? 인체생리를 익힌 의원이 있을 겁니다."

"인체생리를 극으로 공부한 친구가 여기 있는데 굳이 그 겁쟁이들에게 가서 부탁할 것이 뭐가 있는가. 게다가 주상께서 위독하신 관계로 모조리 불려갔다네. 아니, 몰려갔다는 말이 더 맞겠지. 가만있다간 언제 불똥이 튈지 모르니 말일세."

이정균이 유문승을 뻔히 쳐다보며 말했다.

"인체생리란 그리 어려운 의술이 아닙니다."

"그렇다면 어떻게……."

"땅을 파는 것과 같습니다. 그저 많은 경험으로 족한 것이지요."

"그런가?"

심오하고 어려운 진리는 사람들의 선입견이 만들어내는 경우가 많다. 수사학이나 천문학도 아주 단순한 원리에서 시작된다. 그리고 끝이 없는 반복을 통해 원리를 대입하고 규명하는데 아주 예외적으로 비정상적인 단편을 얻게 된다. 그러고는 그 단편을 원리와 충돌시키는데 그 안에서 예외적인 원리를 밝혀낼 기회를 기다리는 것이다. 이러한 과정의 순환이 이어지면서 학문은 비대해지고 윤택해지고 촘촘해진다. 이정균은 검시도 그런 학문의 영역에 포함되는 것이라 말하고 있었다.

"부탁함세. 사체를 통해 범인이 하고 싶은 이야기가 있는데 듣질 못한다면 얼마나 억울한 일인가. 그리고 범인도 그런 상황을 원하진 않을 걸세. 만약 살인으로 무언가를 전달하려는 목적이라면 말이지."

이정균이 얼굴을 찡그렸다.

"다시는 죽은 것을 보지 않겠노라 다짐하였습니다. 다시는 시체를 가르는 일을 하지 않겠노라 약조하였지요. 죽음이 아닌 삶에서 존재 이유를 찾을 것입니다. 그러니 청을 거두어주십시오."

이정균이 결연하게 말했다. 유문승은 놀란 표정으로 되물었다.

"누구랑 약조하였는가?"

"아버님입니다."

"그런가?"

"결코 허락하지 않으실 겁니다. 이승에 계시지 않으니 허락을 해주실 수도 없는 상황입니다."

유문승은 초조한 나머지 입술을 물어뜯었다.

"세자 저하의 명을 받았네."

이정균의 표정에는 변화가 없었다. 유문승은 어떻게든 그의 마음을 움직이기 위해 장황하게 말을 덧붙였다.

"지금 온통 시선이 노론과 저하의 대립에 몰려 있는지라 수사조차도 마땅치 않은 상황일세. 자네가……."

"대립이라니요?"

이정균의 눈이 조금 커졌다.

"전하의 지병이 심상치 않은 모양일세. 살얼음판이 계속되고 있어. 그런데 엎친 데 덮친 격으로 이렇게 뒤숭숭한 살인 사건이 일어났지."

"……."

"들리는 말로는 병사들의 움직임도 있다 하더군."

"전 그런 소문을 접하지 못했습니다."

"성균관보다야 병조가 소식이 빠르지."

이정균이 입을 다물고 생각에 잠겨들었다. 그의 침묵을 끝까지 기다리던 유문승이 자리를 털고 일어서며 덧붙였다.

"한번 살펴주는 것도 아니 되겠는가?"

이정균이 서책을 가만히 덮고는 벽을 뚫어지게 응시하다 문득 말했다.

"총명하며 경솔치 아니하고, 고상하며 거만치 아니하고, 있어도 없는 것처럼 하고, 차고도 빈 것같이 행동한다는 말이 성균관에 떠돌더군요. 뒤를 따르려는 무리도 조금씩 생기는 것 같고 말입니다."

유문승이 누구를 말하는 것인지 묻자 곧장 대답이 나왔다.

"유 좌랑 나리 말입니다. 한데 고집도 보통내기가 아니시군요."

성균관에서도 말이 오간다는 말에 답답한 마음을 감추지 않으며 유문승이 말했다.

"앞의 말은 과장이네만, 고집은 황소도 앞발을 숙일 정도지."

"도와드리고 싶은 마음이 없는 것은 아닙니다. 하지만 제 처지가 성균관의 유생이다 보니."

"자네 원점은 대사성께서 해결해주시기로 약조하였네."

이정균이 고개를 절레절레 흔들었다. 마치 예상이라도 한 듯 원점까지 미리 해결해놓다니. 치밀한 사람인지, 자신감이 지나친 것인지 이정균은 분간하기 힘들었다.

북소리가 세 번 크게 울렸다. 쏟아져 나오는 유생들 사이에서 유문승과 이정균만이 가는 길이 달랐다. 빠르게 성균관을 빠져나가는 둘 위로 뜨거운 볕이 내리쬐기 시작했다.

사체의 꽃가지를 조사하다

유문승과 이정균이 의금부 안치소에 당도한 것은 명륜동을 떠난 뒤 한 시진이 지나서였다. 거침없이 말을 몰아오긴 하였으나 이십 리에 달하는 길이 자꾸 그들의 발목을 붙잡아 시간이 지체될 수밖에 없었다.

유문승이 안치소의 문을 열고 들어가자 이정균도 입을 꾹 다문 채 뒤따라 들어섰다. 기다리고 있었다는 듯 최동수와 나장들이 일어섰다.

"출입은?"

"최초 발견자인 형조의 율학훈도 김각환을 제외하곤 들고 난 자가 없었습니다."

김각환이 덩치에 비해 굵은 목을 살짝 수그렸다.

유문승이 돌아온 검안소의 분위기는 무거웠다. 게다가 갑자기 등장한 이정균에게 의문의 시선이 몰려들었다. 그런 그들을 살짝 밀쳐낸 유문승이 검안대를 조금 지나쳐 시체의 복부 쪽에 자리 잡고는 이정균에게 말했다.

"살펴보게."

그리고 한쪽에서 김각환에게 물었다.

"율학청의 훈도라 하니 거두절미하고 묻겠네. 시체를 발견한 정황은 어땠는가?"

형조에 속하여 법전과 형법 운용의 전문적인 실무를 교육하는 관청이 율학청이다. 그곳에서 율학생도들을 가르치는 종구품의 율학훈도이니 가급적 사족을 제하고 앞뒤를 살필 정황만 소상하게 말할 것이다. 불행 중 다행으로 쓸데없는 진술을 듣지 않을 수 있었다.

김각환이 미간을 약간 찌푸리며 머릿속 기억을 더듬고 정리하여 말했다.

"금일 인시 말엽(새벽 5시경)이었습니다. 마지막 순찰지인 육조거리 입구에 당도했을 때 커다란 미루나무에 무언가 대롱대롱 매달려 있는 것 같아 살펴보았습니다. 상서로운 나무에 시체를 걸어두었을 것이라고는 상상도 못했지요."

"돌아가는 길이었다는 말인가?"

"그렇습니다. 형조 내 율학청은 가장 서쪽에 자리하는데 육조거리 입구까지 사선으로 내리지르는 길이 순찰로입니다. 육조거리 입구를 둘러본 뒤 이상이 없으면 다시 돌아가지요."

당당하고 거리낌이 없는 말투다. 이런 자는 둘 중에 하나다. 거짓말을 아주 잘하거나 사실을 말하고 있는 것이다.

"음침한 일기에 사위가 어두워 미처 멀리서는 살필 수가 없었습니다. 그래서 다가갔는데……. 굵은 나뭇가지에 새끼줄로 시체가 걸려 있었지요. 피가 땅으로 뚝뚝 떨어지는 것을 보고, 사고를 당한 지 얼마 되지 않았음을 알았습니다. 같이 나간 병졸을 풀어 주위를 뒤졌으나 그 누구도 발견하지 못했습니다.”

병졸 하나가 주변을 뒤졌다고 하나 동에서 북까지 모든 곳을 살필 수는 없었으리라. 게다가 이미 범인은 몸을 숨긴 뒤였을 것이다.

“혀를 빼물고 있진 않았습니다. 오히려 어떤 꽃을 입에 물고 있었지요.”

“알겠네.”

유문승이 고개를 끄덕였다.

최헌직은 목매달려 죽은 것이 아니다. 등과 갈비뼈 근처의 상처로 인한 과다 출혈로 죽은 것이다. 목에 난 새끼줄 자국이 하얀 것이 그 첫 번째 증거였다. 의사자는 정맥이 막히기 때문에 얼굴 전체에 검붉은 울혈이 생기기 마련이다. 그러나 최헌직의 얼굴은 멀쩡했다. 두 번째 증거는 훈도의 증언처럼 혀를 빼물지 않았다는 것이다.

확실히 율학훈도는 처음 발견했을 당시 교사가 아니라 어딘가에서 죽임을 당한 뒤 시체가 옮겨졌을 가능성을 정확한 정황에 맞추어 이야기했고, 유문승의 생각도 동일했다.

얼마나 스산한 모습이었을까. 어둠 속에서 드러난 시체가 나무에 매달린 채 입에 꽃을 물고 피를 뚝뚝 흘리고 있었으니.

“당장에 졸을 보내 형조에 보고하였습니다. 저는 시체를 끌어내려 나무 뒤편으로 옮겼습니다. 곧 육조의 관리들이 입궁하려 들이닥치는 시간이 될 테니 말입니다.”

그 뒤의 상황은 이미 한익모와 이해중과의 대화를 통해 알고 있다. 유문승이 목소리를 약간 누그러뜨리며 말했다.

"언제고 자네를 다시 찾을 수 있으니 대비하고 있게."

대답 대신 곧은 인사를 건네고 김각환은 검안소를 빠져나갔다. 유문승은 고개를 돌려 이정균을 살폈다. 김각환의 취조가 끝나기를 기다리고 있던 이정균이 말했다.

"선택하시겠습니까, 도박하시겠습니까?"

"역시 자네도 어려운가?"

"그렇습니다. 하지만 자신 있습니다."

"자네를 믿겠네."

유문승은 이정균을 믿어야 했다. 어차피 검시를 할 만한 다른 의원도 존재하지 않았다.

이정균은 숯처럼 검고 반투명하며 파리광택玻璃光澤(유리의 광택)이 풍부한 오석烏石으로 된 검안대를 아득한 눈길로 훑어 내렸다. 검은 돌 위에 흐르는 핏물, 온갖 오물, 그리고 시체가 시시각각 변화할 때마다 오석은 굳게 입을 다물고 있다가 검은 혀를 날름거리며 작은 단서들을 읊조리기 시작한다. 검은 돌이 사체의 모든 색깔을 가장 선명하게 나타낸다는 묘한 진실 앞에 또다시 이정균은 서 있다.

"검안에 필요한 것을 준비하라 이르겠네."

유문승이 가급적 빨리 검안에 착수하는 것이 좋겠다는 바람을 담아 말했다.

"검안에 필요한 도구만 있다면 바로 시작해도 되겠습니다."

유문승은 키가 작고 몸놀림이 다람쥐처럼 날랜 나장에게 턱짓으로 분부했다. 이정균이 필요하다고 불러준 도구와 장비가 갖춰지자 그가 물었다.

"검시를 시작해도 되겠습니까?"

"그렇게 하지."

이정균이 소매를 팔꿈치까지 걷어 올려 흘러내리지 않게 질끈 동여맨 뒤 오른손에는 날카로운 검시용 칼을 들고 왼손의 엄지와 검지에 비단으로 만든 깍지를 끼었다. 왼손의 놀림이 귀신처럼 빠른 자가 아니라면 깍지를 낄 필요는 없었다. 근처에 천을 두고 손에 피가 묻을 때마다 닦아내면 그만이기 때문이었다.

하지만 이정균은 왼손을 놀리는 데 자신이 있었기에 조금이라도 시간을 절약하기 위한 방책으로 깍지를 선택했다. 비단은 특유의 부드럽고 매끈한 재질 때문에 찰나의 시간 동안은 피가 젖어들지 않는다. 섬세한 작업을 하는 손이 피에 젖어 끈적거리면 검시에 소요되는 시간이 배로 늘었다. 유능한 검시관의 전유물. 빠르게 만지되 그보다 빠르게 피를 닦아내야 했다. 이정균이 능숙하게 깍지를 끼는 모습을 보며 유문승이 물었다.

"관아에서 검시를 해본 경험이 있는가?"

"예. 오다가다 몇 번 해보았습니다."

이미 갓도 풀어놓은지라 거치적거리는 일이 없도록 만반의 준비를 마친 이정균이 크게 숨을 들이쉬고는 시체의 뒷머리를 바라보고 섰다.

유문승이 시체를 발견한 정황을 살필 때 이정균은 나장이 적어둔 사체의 특징, 상흔의 크기와 종류 등을 유심히 대조하여 살핀 뒤 시체를 돌려 눕혔다. 검안의 시작은 흉부와 흉강을 절개함이 원칙인데 이 시체는 그럴 필요가 없을 정도로 앙면이 깨끗했기 때문이다.

이정균이 시체의 손과 다리의 검은색 반점을 가리키며 말했다.

"사체가 허공에 걸려 있을 경우에는……."

"침하울혈은 손과 다리에 나타나지. 사체를 걸어놓은 것은 눈에 잘 띄게 하기 위함이지 위장하고자 한 것은 아닐 것이야."

이정균이 고개를 끄덕였다.

"예. 그렇습니다. 그리고 검은색 반점의 농담이나 밝기의 정도를 살핀 결과, 피해자가 사망한 후 일각 정도 시간이 흘러 다른 곳으로 옮겨졌음을 알 수 있습니다."

"육조거리 입구에서 발견된 시각이 죽은 지 일각이 지난 시점이라는 말인가?"

일각의 시간. 길다면 길고 짧다면 짧은 시간이다. 하지만 살인을 하기 위해서는 그리 여유 있는 시간이 아니다. 운이 억세게 좋았거나 미리 시간을 염두에 두었거나, 둘 중 하나일 것이다. 생각보다 일이 꼬여가는 것만 같았다. 단순한 살인 사건이 아니라 치밀한 계획 아래 이뤄진 살인인 것 같아 유문승은 마음이 무거워졌다.

이정균이 고개를 끄덕거리고는 왼손으로 오른쪽 등에 난 커다란 상처를 가리키며 말했다.

"또한 사인은 등의 상처가 아닌 듯합니다."

"역시 옆구리의 상처가 죽음에 이르게 한 것인가?"

"검시를 끝내야 확실히 알겠지만 그렇게 보입니다."

"그렇다면 일 촌 삼 푼(약 4센티미터)에 가까운 등의 상처는 어찌 설명해야 하는가?"

"그것을 지금부터 살펴야 합니다. 생각보다 복잡할 것입니다."

이정균은 등의 상처는 과다 출혈을 일으키지 않았을 것이라고 짐작했다. 그것을 증명하기 위해 그는 칼을 검안대 위에서 바쁘게 움직여야 했다.

시간이 걸린다는 말에 유문승은 함을 열어 보관된 꽃을 살피기 시작했다. 정확히 말하면 꽃이 달려 있는 나뭇가지다. 알 수 없는 꽃가지다. 순백의 청순함보다, 꺾인 가지의 순결함보다 더 복잡하고 날카로운 의미가 숨어 있는 꽃이다. 다른 곳에서 보았으면 아름답고 정취가 있다고 느꼈을 법한 꽃가지가 시체의 입에 꽂혀 있었으니. 분명 곡절이 있는 꽃가지로, 꽃이로되 아름다워 무서운 꽃이다.

유문승은 시체의 손을 살피다 갑자기 멈추더니 빈 함과 송곳을 하나 가져오라 말했다. 최동수가 허둥지둥 대령하자 시체의 손을 가볍게 들어 올리고 송곳으로 손톱 밑을 살짝 긁어내 함에 담았다. 검지 손톱 밑에 잔뜩 낀 흙은 암갈색이다. 코를 가져다 대니 무취에 가까웠다.

마른 흙을 벗겨내자 손톱 밑 속살이 드러났다. 땅을 파내고 싶을 정도로 극심한 고통에 시달린 것일까. 물론 등과 옆구리를 칼에 찔렸으니 극심한 고통에 빠졌을 것이다. 하지만 문제는 오로지 오른손 검지에만 흙이 묻어 있다는 사실이었다.

암갈색 흙은 진흙과는 또 다르다. 진흙은 형태를 구분하기도 힘들고 색도 황토에 비해 묽다. 또한 진흙이라면 손톱 위까지 광범위하게 묻어 있을 것이다. 정확하게 손톱 밑에만 굳은 채로 존재하는 암갈색 흙. 어디의 흙을 파낸 것인가. 왜 한 손가락에만 흙이 묻어 있는 것일까. 이 흙이 의미하는 것은 무엇일까.

고통에 몸부림쳤다면, 그래서 땅바닥을 긁어낸 것이라면 다른 손톱 밑에도 흙이 남아 있으리라. 도저히 범위를 좁히기가 힘들다. 문득 신입 도사들에게 줄곧 가르친 말이 떠올랐다. 굽어 있어도 펼쳐야 한다. 과연 이 사건은 어디서부터 굽어 있는 것일까. 그것조차 알 수 없는 지금, 그렇다면 지금은 불필요한 생각을 버려야 할 때다. 불필요한 노력과 불필요한 시간을 잘라내야 한다.

"밖에 대기하고 있는 원찬식에게 안치소로 들라 전해라. 그리고 기병과 수하 병졸은 준비를 마친 뒤 금부 입구에서 일각 뒤에 만나자는 말을 전하라."

나장이 빠르게 쏟아내는 유문승의 말을 유심히 챙겨 듣고는 급히 안치소를 빠져나갔다.

유문승이 꽃가지를 담아놓은 함을 소매에 갈무리하며 말했다.

"다녀올 곳이 있네. 병조의 관원이 자네 곁을 지킬 것이야. 그러니 계속 힘써주게나."

이정균이 알겠다고 짧고 빠르게 답했다.

유문승이 안치소의 이중문을 거칠게 열어젖혔다. 따뜻하고 푸근하던 공기가 점점 달아오르고 있다. 중천으로 향하며 눈부신 빛을 뿌리는 해가 땅에서 조금씩 멀어진다. 그러면서 공기와 땅을 뜨겁게 달구기 시작했다.

유문승은 안치소를 빠져나온 뒤 의금부 입구에서 기병이 고삐를 쥐고 있는 말에 올라 북으로 향했다. 창덕궁과 경복궁 사이에 있지만 경복궁에 더 가까운 화개동이 목적지였다. 화개동에는 장원서掌苑署●가 있었다.

유문승은 앞서 길잡이 역할을 하며 달리는 기병의 뒤를 열심히

● 외국에서 들여온 식물과 동물 및 국내의 진귀한 동식물을 관리하고, 화초와 나무를 길러 궁중에 공급하는 역할을 하던 관청.

따르고 있다. 병목처럼 좁아지는 소로를 지나 곧게 북으로 달리고 있다. 넓은 길이 보이는가 싶더니 붉은 구릉(紅峴)을 지난 뒤 빠르게 장악서를 지나쳤다. 아련한 음악이 흘러나오는 것이, 악공과 악생의 연주와 여기女妓의 춤사위가 보이는 것만 같다.

유문승은 장원서가 멀지 않음을 단번에 알아차렸다. 넓은 길가에 푸르고 붉은 꽃이 길을 재촉하지 말라는 듯 화사하게 피어 있었기 때문이다. 봄을 알리고 싶은 마음에 잎도 안 피우고 연약해 보이는 꽃을 먼저 내밀어 사람의 입을 푸르게 물들이며 봄기운을 전하는 두견화가 파도처럼 물결친다. 두견화가 지는 것을 한탄하듯 그와 꼭 닮은 척촉(철쭉)이 잎을 피우고 화장을 하여 그 붉고 아름다운 빛이 불꽃처럼 타오른다.

복주우물을 지나 장원서교를 건너니 목적지에 당도한 기병이 먼저 내려 기다리고 있다. 고삐를 기병에게 넘겨주고 장원서로 성큼 들어선 유문승은 급하게 사람을 찾았다. 멀리서 젊은 남자 노비 하나가 허리를 다 펴지 못한 채 종종걸음으로 다가왔다.

"무슨 일이신지요."

차마 얼굴도 바라보지 못하는 노비를 똑바로 보며 말했다.

"장원 계시는가? 병조좌랑이 뵙고자 한다고 이르게."

"안당에 계시옵니다. 따르소서."

"먼저 말을 전하게."

"손님이 찾아오시면 조반 중에도 상을 물리시는 분입니다. 분부가 있어 그러니 따르소서."

참 별난 사람이다. 유교적 예법이 철저한 조선에서 부르고 찾는 것을 구분하지 않는 사람이라니. 안당으로 향하던 유문승이 커다란 소나무에서 한동안 눈을 떼지 못하자, 노비가 조심스럽게 아뢴다.

"근보謹甫 선생님께서 생전에 심으신 나무입니다."

음운 연구를 통해 정확을 기한 끝에 훈민정음을 반포케 한, 정치가보다는 학자로 더욱 높이 평가되는 성삼문 선생이 생전에 심은 것이라면 삼백 살이나 된 나무다. 그렇게 긴 시간 동안 한곳에 우뚝 선 소나무는 장원서 모든 풀과 나무의 아비이자 어미 역을 했을 것이다. 그 장구한 세월의 무게가 육중하게 다가왔다.

현당을 돌아서니 창경궁 주위에 담을 쌓아 궁 안이 들여다보이지 않게 한 것이 눈에 띈다. 이곳, 외부에서 궁 안을 들여다볼 수 없게 어구御溝 주위에 버드나무 등을 심어놓은 것은 조경을 위한 것보다 왕과 사대부를 포함한 지배층을 보호하면서 지배층과 피지배층의 경계 역할을 했을 것이다.

안당으로 들어선 유문승은 기품 있게 예를 표하는 장원 서숙의 맞은 자리에 앉았다. 서숙이 차를 들이라 명하고선 화지를 한쪽으로 접어 치운다. 손수 먹을 갈아 난도 치고 풍경도 그리는 듯했다. 관직 가운데 시와 그림을 즐기기에 이보다 좋은 곳이 어디 있겠는가. 장원도 정육품으로 같으니 예는 서로 깍듯해야 했다.

"서숙이라 합니다. 병조에서 오셨다 하였습니까?"

"그렇습니다."

"옷차림이 귀중중한 것이 다급한 용무로 보이는군요."

말의 앞뒤를 버리고 유문승은 품속에서 검은색 함을 꺼내 열어 보였다.

"무엇인지 말씀해주실 수 있겠습니까?"

함 속에 담긴 꽃가지에서 눈을 떼지 못하던 서숙이 함을 들어 코에 바싹 붙였다 떼며 말했다.

"귀룽나무의 꽃가지입니다."

"귀룽나무요?"

"예. 깊은 산속이나 물기 있는 개울가에 드물게 자라는 나무입니다. 키는 다 자라면 오십 척에 이르기도 하고, 줄기는 검은빛이 나며, 잎은 벚나무 잎을 닮았지요. 약초꾼은 구룡목九龍木이라고도 부릅니다."

"구룡목이요?"

"석가 탄생 때 구룡九龍이 하늘에서 내려와 향수로 석가의 몸을 씻기고, 지하에서 연꽃이 솟아올라 그 발을 떠받쳤다고 합니다. 그 구룡을 말하는 것이지요. 그래서 평안도의 구룡강, 금강산의 구룡폭포를 비롯하여 곳곳에 구룡이란 이름이 많습니다. 의주의 압록강 변에 구룡연이 있으며 세종대왕 때 구룡봉화대를 설치하기도 하였지요. 의주의 구룡 근처에 특히 많아서 처음의 '구룡나무'가 발음하기 쉬운 '귀룽나무'가 된 것입니다. 그런데 영문을 여쭈어도 되겠습니까?"

"살인 사건에 얽힌 물건입니다."

유문승의 말에 서숙은 깊은 한숨을 들이쉬고 안타깝게 말한다.

"살인에 얽힐 나무가 아닌데 놀라운 일입니다. 대개는 갈색이나 붉은색으로 시작해 서서히 초록색으로 바뀌어가지만 귀룽나무는 처음부터 초록색을 드러내 멀리서도 눈에 확 들어오는 특징이 있습니다. 또한 한겨울 눈 속에서 그 어느 나무보다도 먼저 새순을 피울 준비를 할 정도로 부지런하기도 하지요."

"그만큼 꽃이 빨리 지기도 하겠군요?"

"예. 그렇습니다."

"귀룽나무는 어디에 가면 볼 수 있습니까?"

"말씀드렸다시피 산속 깊은 곳에서 드물게 자라는 나무라 발견하기가 쉽진 않습니다."

"허."

허탈한 탄식을 쏟는 유문승에게 서숙이 덧붙였다.

"물론 도성 밖에서 그렇다는 말씀입니다. 하지만 궐내에서는 심심치 않게 찾아볼 수 있습니다. 영화당暎花堂(창덕궁에 있는 왕족의 휴식 공간) 근처에도 연못을 둘러싸듯 있습니다. 그 밖에 창덕궁과 창경궁에도 여기저기 이 나무가 있습니다. 이는 육진六鎭을 개척하는 등 유난히 북방 민족의 침입을 막는 일에 골몰하였던 조선 초의 정책적 배려와도 무관하지 않습니다."

그 어떤 나무보다 부지런하다고 하였으니 능히 그 뜻을 살피고도 남음이 있다. 그러나 서숙의 말대로라면 이 꽃가지가 의미하는 바를 어찌 해석해야 할까 의문이 들었다. 서숙이 무엇이 생각난 듯 서책을 펼쳐 살피다 손가락으로 한 지점을 가리키며 말했다.

"다 자란 나무도 냄새가 있긴 하지만 어린 나무의 가지를 꺾으면 특히 그 냄새가 독하지요. 귀룽나무는 심은 지 일 년이 지나면서 냄새가 확연히 덜해집니다. 게다가 귀룽나무의 초년생 나무를 구하는 것이 굉장히 드문 일이라 발 벗고 돈벌이로 나서는 약초꾼도 있을 정도입니다."

유문승이 꼬리를 잡았다는 듯 다급하게 물었다.

"일 년이 채 되지 않은 꽃가지란 말씀입니까?"

"그렇습니다. 한데 귀룽나무를 올 초 한 그루 심었다는 기록을 본 적이 있는데."

서숙이 두터운 책자를 펼쳐 기록을 찾기 시작했다. 한참 동안이나 골몰해 있던 서숙이 반가운 목소리로 말했다.

"아, 내시부 우부승직 최헌직. 그가 귀룽나무 이식 공사의 책임자였군요."

유문승의 몸이 움찔거렸다. 귀룽나무를 최헌직이 심었다니. 유문승은 마른침을 삼키고 물었다.

"명이 떨어진 곳이 어딥니까?"

발령 관아를 찾은 서숙이 눈에 띄게 당황하기 시작했다. 시간이 지나면서 두려워하는 기색마저 풍긴다. 머뭇거리는 서숙에게 유문승이 다그치듯 물었다. 그가 서책을 덮으며 눈을 감았는데 눈꺼풀이 가늘게 떨리고 있었다.

"그 사람이 누구냐고 묻고 있지 않소!"

"연산 때였습니다. 꽃과 나무를 관리하는 곳부터 민가에 이르기까지 피바람이 불어닥쳤지요."

연산군은 조선 임금 중 꽃 좋아하기로 둘째가라면 서러울 왕이었다. 장원서에 그는 동백, 장미 등 온갖 아름다운 화초를 가져다 궁중에 심게 했다. 이에 관원들은 민가를 돌아다니며 진귀한 화초나 과일나무만 보면 바로 징발해 백성들의 고충이 상당했다. 그는 꽃 중에서도 특히 일본산 척촉을 좋아했다. 지금이야 제법 흔한 척촉이지만 그 당시엔 처음 들어온 게 세종대왕 때로 아주 희귀한 꽃이었다.

연산군은 장원서와 팔도에 명하여 왜척촉을 많이 찾아내 흙을 붙인 채 바치되 상하지 않도록 하라고 전교했다. 그의 전교처럼 운

반 도중 꽃이 말라죽으면 안 되니 반드시 흙을 붙인 채 운반해야
했다. 또한 이때부터 치자, 유자, 석류, 동백, 장미부터 화초에 이
르기까지 모두 흙을 붙여서 바치게 했는데, 지방관들이 문책을 두
려워해 수십 주씩 계속 날라 옮기게 하니, 운송 도중 길에서 지쳐
죽는 백성이 속출했다. 이 같은 사태는 연산군이 폐위될 때까지 쭉
이어졌다. 한 임금의 꽃 사랑에 장원서의 관원과 백성이 줄줄이 죽
어나간 사건이었다.

서숙은 뛰는 가슴을 진정시키려 했지만 쉽지가 않았다. 살인 사
건과 관련되었다면 후폭풍이 장원서에 미칠지도 모르는 일이다.

"송구합니다. 일러드릴 수 없습니다."

갑작스레 바뀐 서숙의 태도에 유문승은 미심쩍음과 분노를 동시
에 느꼈다. 도대체 누가 지시했기에, 저토록 말하는 것을 두려워한
단 말인가.

"장원, 세자 저하의 명을 받아 사건을 조사하는 중이오. 그러니
한 치의 거짓도 없이 아뢰시오!"

"……."

"어명이란 말이오!"

서숙이 나지막하게 한숨을 쉬며 힘없이 대꾸했다.

"저하께 여쭈시오."

"저하께 여쭈라니 그 무슨……."

서숙이 유문승을 조용히 응시한다.

"저하께서 명하신 일이란 말이오?"

유문승은 묵묵부답인 서숙을 앞에 두고 냉큼 몸을 일으켰다. 때
마침 남종이 차를 들여오다 유문승과 마주쳤다. 남종이 유문승을

보다 서숙을 보고는 분위기가 심상찮다고 여긴 듯 눈치를 보며 멀뚱하니 서 있다.

"차는 마신 걸로 하겠소."

안당을 빠져나와 장원서 입구로 향하는 그의 발걸음이 급하고 거칠었다. 그의 머릿속에서 귀룽나무가 푸른 나뭇가지를 펄럭이며 죽음을 속삭이고 있었다. 그 소리가 머리에서 온몸으로 연기처럼 번져나갔다.

최헌직의 행로를 추적하다

이정균이 머리와 목의 경계 부분인 축추軸椎에 칼을 대고 지그시 눌렀다가 빠르게 아래로 내리그었다. 작은 핏방울이 칼질을 따라 조금씩 커져가다 무게를 못 이기고 주르륵 흘러내렸다. 제오 요추第五腰椎에 이르러 멈춘 칼이 직각으로 방향을 바꾸어 옆으로 움직였다. 칼을 들어 무명천에 스윽 한 번 닦은 뒤 축추에서 어깨까지 그어 내리고 역시 직각으로 연속해 그어 내린다. 정확하게 오른 등의 살이 정방형으로 잘렸다. 이정균은 살갗 아래를 더듬어 칼을 집어넣고는 슬금슬금 움직여 피부를 떼어냈다. 마치 여우나 호랑이의 가죽을 벗겨내는 것처럼 부드럽고 유연한 움직임이었다.

이정균이 준비해둔 커다란 접시에 등가죽을 옮겨놓고는 무명천을 말아 쥐고 등 근육과 옆구리 살을 조금씩 물들여가는 핏물을 훔쳐냈다. 정성스러운 손놀림에도 닦아내면 다시 핏물이 고이는 것이 반복되었다. 그러나 잠시만 기다리면 된다. 죽음은 다시 피가 흐르지 않게 하기에.

짧은 시간이 지나자 간헐적으로 조금씩 묻어 오르는 핏물을 제외하고는 마치 증발해버린 물처럼 피는 더 이상 괴지 않았다. 이정균은 우선 근육이 어떤 식으로 뼈에 붙어 있는지 확인한 뒤 칼을 쥔 손을 움직이기 시작했다. 근육과 근육 사이 또 근육과 뼈 사이에 우선 약간 칼질을 해서 공간을 만든 뒤 손가락을 집어넣고 스윽 문지르면서 당겨냈다. 극하근棘下筋을 시작으로 소원근小圓筋, 대원근大圓筋을 차례대로 벗겨내자 땀이 비 오듯 쏟아진다.

살점이 힘없이 떨어져나가는 모습을 본 나장과 병조의 관원이 대낮에 귀신이라도 본 사람처럼 눈을 동그랗게 뜨고는 서로를 살폈다. 괴이하게 여기다 못해 두려움에 질린 눈빛이었다.

어깨 아래 근육을 거쳐 등의 잔 근육마저 제거한 이정균이 소매로 땀을 훔쳐냈다.

갈비뼈를 따라 세밀한 근육을 마저 제거한 것은 그로부터 일각이 지난 뒤였다. 큼직한 살덩이를 먼저 떼어내고 자잘한 것을 나중에 세밀하게 제거했다. 후복면 우측의 살이 떨어져나가자 피가 고인 복강 안에 장기들이 살짝 고개를 내밀고 있다.

갈비뼈를 제거하면 폐와 그 밖의 장기들을 살필 수 있다. 사람의 경우 열두 쌍의 늑골이 있는데, 길이는 제각각 다르다. 위쪽 일곱 쌍은 연골부가 가슴뼈에 붙어 있어 진늑골이라 하고, 다음 세 쌍은 가슴뼈에 직접 닿지 않고 일곱 번째 늑골과 연골에 의해 연결되어 있기 때문에 가늑골이라 한다. 맨 아래 두 쌍의 늑골은 짧고 가슴뼈와 연결되지 않으면서 복근 속에 따로 떨어져 있기 때문에 부늑골이라고 불린다.

이정균이 거침없이 아래에서 네 번째 갈비뼈부터 일곱 번째 갈비뼈 사이의 살을 발라냈다. 중간중간 칼이 뼈에 부딪히고 긁히면서 으스스한 소리가 흘러나왔다.

아무리 피 튀기는 고문을 밥 먹듯이 하는 나장이라지만 백정보다 능숙하게 살점을 도려내는 이정균의 칼질은 견딜 수가 없는 모양이었다. 유문승이 붙여놓은 관원도 금방이라도 입으로 토사물을 쏟아낼 것 같은 불편한 표정으로 고개를 돌려버렸다. 유문승의 명만 아니라면 이런 곳에 있을 이유조차 없었을 것을. 그렇게 원망하고 있는 표정이었다.

"견디기 힘들면 잠시 나갔다 오시지요."

자신은 움직일 수 없으니 당신이나 나가 있으라는 관원의 말에 나장은 슬쩍 눈치를 보더니 도망치듯 빠져나갔다.

이정균이 검시용 시부手斧(손도끼)를 꺼내 들었다. 다섯 번째 갈비뼈와 여섯 번째 갈비뼈 사이의 살은 모조리 뜯겨나가고 없었는데 떼어낸 살갗의 안쪽은 더 처참했다. 마치 짓뭉갠 것처럼 강제로 도려낸 상태였다.

이정균이 가볍게 손아귀에 힘을 주어 갈비뼈를 찍어내기 시작했다. 팽팽하게 당긴 활시위처럼 굳건하던 뼈가 우지끈하는 소리와 함께 잘려나갔다. 그 때문에 옆구리 살이 한 움큼이나 솟구쳐 나왔다. 쉬지 않고 차례로 일곱 번째 뼈까지 옆으로 떼어놓자 고여 있던 피가 검안대로 쏟아지기 시작했다. 완만한 경사로 인해 머리와 발바닥 부위, 두 구멍으로 졸졸 흘러 내려가는 사혈死血은 상한 고기가 물컹거리는 것처럼 흉하게 너울댔다. 피가 서서히 굳어가고 있다.

하얀빛을 띤 굵은 상완선(상완 신경의 묶음)과 가는 늑간선, 경추선을 마저 걷어내니 검붉은 폐가 보이기 시작했다. 간도 서북 방향으로 살짝 엿보이고. 얼핏 보니 내장은 모두 검었다. 그 속에서 조심스럽게 암청색의 반원추형 장기를 꺼내 들었다.

오른 폐다. 폐는 좌우 한 쌍이 있는데 종격縱隔*을 사이에 두고 마주 대하여 흉강의 대부분을 차지한다. 위 끝은 둔원鈍圓의 폐첨肺尖이며 쇄골 위쪽으로 한 치 정도 돌출되는데, 우폐첨이 좌폐첨보다 약간 높은 것이 특징이다. 곧 우폐가 좌폐보다 크다는 것인데, 정확하게는 심장이 왼쪽으로 약간 치우쳐 있는 만큼 컸다.

이정균이 우폐를 손으로 살짝 흔들었다. 찰랑거리는 소리가 크지 않다. 우폐에 피가 차 있는데 가득 차진 않았쪽. 폐에 남은 이 상처는 크긴 하지만 결정적인 사인은 아니다. 왜냐하면 관통이 되지 않았기 때문이다. 폐를 관통하지 않는다면 적어도 사흘간은 피를 토하는 기침을 동반하게 된다. 단 몇 시간 만에 죽을 상처가 결코 아닌 것이다.

이정균이 관원을 슬쩍 보았는데 검안에는 조금도 관심이 없어 보였다.

유문승이 검시를 부탁해온 이유는 아마도 사체의 이런 특징을 짐작했기 때문일 것이다. 상처를 살폈으나 그의 직감이 다른 말을 했을 것이다. 보이지 않는 무언가가 있다! 상처를 꿰맨 것은 무엇을 말하는 것인가. 분명 범인의 뜻이 담겨 있다. 어떤 사실, 혹은 어떤 증거를 남기고 싶었다는 말이다.

이정균이 내려놓았던 칼을 다시 들어 우폐를 폐첨 부분부터 서

---

* 좌우의 흉막강 사이 부분으로 앞쪽은 흉골, 뒤쪽은 척추, 아래쪽은 횡격막에 의해 경계 지어진다.

서히 단면으로 잘라냈다. 유문승은 '왜 하필 폐에 이런 짓을 했을까?'라고 물었을 것이다. 그 물음에 자신이라면 사람의 장기 중 가장 큰 것이 간이고, 둘째가 폐라는 답을 줄 것이다. '그렇다면 간이 아니라 왜 폐인가?'라고 재차 물었을 것이다. 역시 자신이라면 간은 비어 있는 공간이 없고 칼로 홈집을 내기도 힘들다는 말을 덧붙일 것이다.

그렇지만 역시 폐에 무엇을 집어넣는 것도 어렵다. 폐는 살아 있는 몸에서 공기를 받아들이고 내쉬기를 반복하며 크기가 변화하기 때문이다. 살아 숨 쉬는 기관에 무언가를 넣는다는 발상 자체가 대담한 것이다.

하지만 죽은 자의 몸에서는 그런 현상이 일어나지 않는다. 피로 가득 차서 공간이 사라지기 때문에 죽은 몸, 더 이상 움직이지 않고 굳어버린 폐에는 무엇이든 집어넣을 수가 없다.

살아 있을 때 무언가를 집어넣은 것이다. 만약 그랬다면 제삼자에 의해 범인의 뜻이 제거될 가능성, 우발적으로라도 유실될 가능성을 모두 차단할 수 있다. 그래서 폐를 선택했을 가능성이 높다.

이정균이 폐를 자르던 손길을 멈추고 폐의 위쪽부터 서서히 아래로 걷어내기 시작했다. 중간 부위까지 서서히 들어냈을 때 핏물 사이에서 기다랗고 가는 무언가가 보이기 시작했다. 이정균이 그것을 들어 무명천으로 닦아내자 서서히 그 모습이 드러났다.

이정균은 다시 관원을 살폈다. 이번에는 관원과 눈이 마주쳤다. 관원이 어색하게 씩 웃는다. 마치 이 정도는 끄떡도 없다고 말하는 듯했다.

굵기는 새끼손가락만 하고 길이는 가운데 손가락만 한 대나무

토막이었다. 이정균은 대통을 세워 윗면과 아랫면을 살폈다. 역시 막혀 있다. 스윽 손끝으로 만져보니 부드럽고 촘촘한 것이 닿는다. 대통 안에 무언가를 집어넣고 촛농으로 위아래를 봉한 듯한데 속으로 조금씩 함몰되어 있었다.

이정균의 혼잣말에 병조의 관원이 다가왔다. 관원이 유심히 대통을 보더니 품에서 작은 종이를 꺼내 기록하기 시작했다.

이정균은 시체의 좌폐를 조심스럽게 꺼냈다. 한 손으로 들고 있기 힘들 정도로 제법 묵직했다. 칼로 푹 찌르니 피가 아기 오줌처럼 공중으로 사선을 그리며 솟구친다. 압력이 엄청났다. 역시 좌폐는 관통되었고 흘러든 피가 굳어가고 있다.

심장에 작은 상처가 보였다. 역시 사인은 심장을 찔렸기 때문이다. 심장에서 쏟아진 피가 거의 동시에 찢겨진 좌폐로 급속하게 흘러든 것이다. 헐떡거리며 숨을 쉬려 하는데 호흡은 되지 않고 피만 폐에 들어차기 시작한다. 왼쪽 옆구리 가슴 부위의 상처가 그것이다. 폐와 심장을 한 번에 찌를 수 있는 유일한 급소이기도 하다. 폐는 심장을 중심으로 대칭으로 위치하는데 앞쪽과 가운데는 심장을 안아 싸듯 움푹 들어간 상태다. 즉 정면에서 찌르면 심장과 폐를 동시에 찌르기 힘든 구조다.

기도를 살필 차례다. 기도가 피로 꽉 차 있다면 다른 사인을 찾을 필요도 없고 찾아서도 안 된다. 탱탱하게 부풀어 오른 기도를 손으로 만져보다 칼로 공기가 통할 수 있는 길을 만들어주니 피가 스멀스멀 흘러내린다. 조금씩 굳어가는 피. 버겁게 들어찬 피 때문에 부어 있던 기도가 미세하게나마 조금씩 줄어들기 시작했다.

대통을 꼼꼼하게 살피고 기록한 관원이 이정균에게 물었다.

사도세자 암살 미스터리 3일

"얼마나 남았는가?"

"상처를 살피는 일은 모두 끝났습니다. 사체가 죽은 시각을 정확하게 밝혀내기만 하면 될 것 같습니다."

"그래. 검시가 끝나도 여기서 기다리라는 명이 있었네."

이정균은 벽에 몸을 기대고 천천히 눈을 감았다. 창 너머에서 목덜미에 흩뿌려지는 햇빛이 한 움큼이나 다가와 시간이 얼마나 지났는지 어렴풋이 느껴졌다.

유문승이 도성의 정중앙을 가로질러 동궁에 당도한 것은 미시(오후 1시~3시)가 막 지난 무렵이었다. 동궁의 출입문으로 향하는 유문승을 기다린 것은 최헌직의 집으로 보낸 수하 관원 원찬식이었다. 그도 막 도착했는지 말에서 내리는 길에 유문승을 발견하고는 다가왔다.

"나리께서 동궁으로 향할 것이라 들어서 기다리고 있었습니다."

"그래. 일은 어찌 되었는가?"

"예. 장례를 준비하고 있습니다. 그의 부인이 이르기를 최헌직이 어제 퇴궐해 쉬고 있다 해시(오후 9시~11시)경 아차산 봉수대에 다녀오겠다며 나갔다고 합니다."

"아차산 봉수대에?"

"그렇습니다."

봉수는 봉烽(횃불)과 수燧(연기)로 구성되는데, 봉은 야간에 횃불을 통해 의사를 전달하는 형태고, 수는 낮에 연기를 올려 통신하는 것을 말한다. 봉수는 대략 수십 리의 일정한 거리마다 요지가 되는 산 정상에 연대煙臺, 즉 봉수대를 두고 밤에는 횃불을 올리고 낮에는 연기를 피워 신호를 보내는 주연야화晝煙夜火의 방법을 취해 가장 빠르고 효과적인 통신수단이었다. 여섯 시진 안에 목멱산(남산)에 도착하는 것이 원칙이며 국가의 위급 상황을 변방에서 한양으로, 한양에서 변방으로 알리기 위한 것으로 결코 사적인 수단으로는 쓸 수 없는 것이기도 했다.

"아차산 봉수대*라면 마지막 내지 봉수지가 아니더냐?"

"그렇습니다. 무비사武備司*에서 지난달에 올라온 사건을 기억하십니까? 봉수군 하나가 봉수를 잘못 피워 곤장 쉰 대를 맞고 반병신이 된 일입니다."

"그래. 기억한다."

"소인이 직접 그 일로 봉수대 근처에 조사차 나간 적이 있습니다. 그런데 그곳에서 새로운 사실을 알게 되었습니다. 봉수군이란 봉수대 근처에 거주하는 낭인이나 천민으로, 오직 망보는 일에만 전념할 수 있도록 다른 일에는 원천적으로 종사할 수 없습니다. 그런데 이 문제가 폐단이 되어 고되기만 하고, 벌이는 형편없고, 벌만 많았지요. 결국 견디다 못한 봉수군들이 하나의 비밀 조직을 결성했습니다."

"비밀 조직?"

유문승이 의외라는 듯 놀라서 되물었다. 침착하고 낮은 원찬식의 목소리가 듣기 좋게 울린다.

• 전국 다섯 개 봉수로 중 함경도 경흥을 시발점으로 강원도를 거쳐 목멱산 봉수대로 연결되는 제일 봉수로.

• 병조의 부속 기관으로 군적軍籍, 마적馬籍, 병기兵器, 전함戰艦, 점열點閱, 숙위宿衛, 군사훈련 등 군정에 관한 일을 맡아본 기관.

"예. 봉수는 발화점에서 불 또는 연기를 피우는 동시에 파발이 출발하게 됩니다. 아차산은 두 번째 봉수대이니 파발이 도착하는 곳이지요. 그런데 그렇게 두 번째 봉수대에 도착한 봉수군은 그날 비번을 받게 되는데 여기에 비밀 조직이 간여를 하는 겁니다. 봉수군에게 심부름을 시키거나 소식을 전하게 하는 것이지요. 물론, 이목을 피해야 하는 비밀스러운 연통을 보내는 것을 말합니다."

유문승은 고개를 끄덕였다. 신분에 얽매여 이십 리나 떨어진, 언제 피어오를지 모르는 봉수를 하염없이 바라보고만 있는 봉수군들의 자구책인 셈이다. 비밀을 확실하게 전달할 수 있어 지체 높은 분들에게도 쓸모가 있고 봉수군에게도 돈벌이가 되니 모두에게 이득이 되는 장사라 할 수 있다. 하지만 큰 변고에 휘말리면 그때는 눈감고 죽을 날만 기다릴 수밖에 없다. 불에 뛰어드는 나방 꼴임을 알면서도 그들은 오늘도 달릴 것이다.

"봉수대의 이상을 발견했을 시엔 즉시, 평상시엔 열흘에 일회 수령에게 보고하는 것이 원칙인데 어제가 수령의 보고에 비무사가 답하는 날이었지요."

수령이 이상이 없다는 보고를 올리면 감시를 소홀히 하지 말라는 분부가 병조에서 내려가는 날이라는 말이다. 다시 말해 목멱산에서 아차산으로 명이 내려갔다는 것이다. 그러니 목멱산에서 아차산에 당도한 봉수군을 이용해 강원도나 함경 부근으로 파발을 보낼 계획이었을 것이다.

"그렇다면 최헌직은 그 조직을 이용하기 위해 아차산 부근에 간 것일까?"

이정균은 최헌직이 죽은 시각이 인시(새벽 3시~5시)라고 했다. 그렇다면 집에서 출발한 지 세 시진이 지나 죽었다는 말이 된다. 아무리 조심스럽게 움직여도 그의 집에서 아차산 근방까지는 한 시진이면 당도한다. 그렇다면 두 시진의 시간이 비게 된다. 결국 최헌직은 시간상으로는 아차산에 도착했다는 결론이 도출되었다.

원찬식이 말했다.

"수하 놈 하나를 천민으로 위장시켜 그들에게 접근해 알아낸 정보에 따르면 최헌직으로 추정되는 자가 축시(새벽 1시~3시)경 연통을 전하고 급히 돌아갔다 합니다."

"비밀스러운 연통을 전하기 위함이었다?"

유문승은 원찬식에게 시선을 고정한 채 생각에 잠겼다. 최헌직은 아차산에 당도해 소임을 마치고 돌아가는 길에 습격을 당했다. 어디의 누구에게 어떤 연통을 보낸 것일까. 아무래도 이 문제는 주위의 인물을 통해 알아내야 할 듯했다.

"넌 내시부 상선을 정중히 금부로 모셔오너라. 최헌직에 관해 여쫄 것이 있다 하면 알아들으실 것이야."

"그의 부인은 창졸간에 당한 일에 정신이 없어 보였습니다. 하여 반나절 정도 차근히 마음을 정돈한 뒤 금부에 출두하라 일렀습니다. 시체도 확인하고, 단서가 될 만한 것이 있으면 알려달라는 말도 함께요."

예를 차린 뒤 원찬식은 말에 올라탔고 이내 사라졌다.

유문승은 그가 떠난 자리를 잠시 바라보다 동궁의 동문을 지키는 병사에게 신분을 증명하고 저하를 뵈러 왔다고 말했다. 빗장이 열렸다. 이곳은 앞으로 왕이 될 세자가 머무는 궐이다. 문을 지키고 있는 병사 넷 말고도 문밖으로 셋이 눈에 띄지 않는 곳에서 매복을 서고 있을 정도로 경비가 삼엄한 곳이기도 했다.

병사 하나가 앞서가며 자선당으로 안내했다. 자선당 뒤로 인왕산 끝자락이 가까운 듯 멀리 보였다. 널찍한 뜰을 가로지르는데 제법 많은 수의 병사가 굳은 표정으로 오갔다. 그들은 동궁에 속한 병사가 아니라 어영청 소속 병사들이었다.

그들을 스쳐 지나 자선당 당청에 도착했다. 온통 방으로 둘러싸인 사각의 틀처럼 생긴 자선당 앞에 서니 문을 위로 걸어 확 트여 있어 보기에 시원스러웠다. 병조에서 저하를 뵈러 왔다고 아뢰자 장정掌正*이 모퉁이를 돌아 나오며 말한다.

"지금 저하께선 비현각에 계시옵니다. 무슨 용무신지요?"

"병조좌랑 유문승이라 하네. 저하의 명을 받아 수사하고 있는 사건이 있는데 그와 관련하여 뵙고자 청하네. 한데 오면서 보니 동궁에 나무와 풀이 보이지 않던데, 어디에 심은 것인가?"

유문승의 머릿속에 어영청 소속 병사들이 바쁘게 오가던 장면이 계속 맴돌았다.

"자선당에는 나무를 심을 수 없게 되어 있습니다. 네모난 터(口)에 나무(木)를 심으면 곤란한 형상(困)이 되기 때문입니다. 비현각 후원이 저하께서 손수 정성을 다하여 가꾸신 곳이니 그곳에 가시면 될 것입니다."

말을 전하고 오겠다며 장정이 종종걸음을 치자 유문승은 손을 들어 흔들며 만류했다. 직접 비현각 후원에 가서 확인하고 싶었다.

---

* 동궁 소속으로 문서 출입, 자물쇠 관리, 동궁의 기강을 바로잡는 일 등을 맡아 본 종칠품 궁인.

"아닐세. 같이 가지."

"저하께서 만나고 계신 분이 있으신지라, 이곳에서 기다리는 것이 어떨는지요?"

"비현각 후원에서 기다리면 아니 되겠는가?"

"출입이 제한된 곳은 아닙니다. 하지만 그 누구도 쉽게 출입하지 않는 곳이지요. 저하께서 아끼시는 나무가 있는데, 옮겨 심은 뒤로 비슬거린답니다. 혹여나 출입했다가 잘못 엮이기라도 한다면 큰 곤혹을 치를 것입니다."

옮겨 심은 뒤로 맥을 못 추는 나무라. 장원서에서 주관하였다고 했는데 일처리가 탐탁지 않았던 것일까. 하지만 유문승이 아는 나무는 아무리 귀한 것이라 할지라도 그저 나무일 뿐이다. 좋은 흙에 심고 물을 주기마다 바르게 준다면 크고 작은 이유를 제치고라도 혼자 알아서 자라는 나무인 것이다.

"그 나무가 까탈진 성질인가 보군. 걱정 말게. 모든 책임은 내가 지겠네."

별다른 표정 없이 장정이 앞서가자 유문승은 바짝 뒤따라 붙었다. 서른이나 갓 넘겼을까. 품계에 어울리지 않게 젊었지만 청하는 사람의 기분을 배려하는 말투나 괄괄하게 이유를 따지지 않는 행동에서 넓은 마음 씀씀이가 엿보이는 것이, 상전을 편히 모실 성정인 듯싶었다.

비현각에 들어서자 자선당과는 달리 모든 생물이 숨을 죽이고 있는 것 같았다. 궁녀도 있고 환관도 있고 관리들도 있건만 모두 하나같이 혹여 숨소리라도 날까 염려하고 있는 듯했다. 자선당보다 규모가 작은 전각이지만 스승을 모시고 공부에 전념하는 편전이라 그런지 상당히 침착하고 고요했다.

장정과 유문승은 최대한 비현각과 거리를 두고 우회하듯 돌아서 후원으로 다가섰다. 후원으로 들어가는 소로에 이르자 장정은 온 길을 되짚어 돌아갔다.

작은 방들이 밀집한 비현각의 높은 추녀 사이로 맑게 갠 하늘이 뚜렷하게 보였다. 다시 살피니 동문과 아주 가까운 것이, 동궁 중앙으로 들어갔다 다시 동문 쪽으로 발을 옮긴 터였다.

소로의 끝 비현각의 화원에 당도한 유문승은 적잖이 당황할 수밖에 없었다. 세자가 아껴 가꾸는 나무가 있는 후원이라기에 형형색색의 꽃과 나무, 진귀한 약초를 상상했건만 그저 덩그러니 오 척 정도 높이의 나무가 한 그루 서 있을 뿐이었다.

눈앞에 보이는 나무가 귀룽나무일까. 구름을 받치고 있는 것처럼 제각기 위로, 옆으로 뻗은 가지가 힘차게 주변으로 팔을 늘어뜨리고 있다. 암갈색 나무줄기는 소나무보다 작게 갈라져 있는데 모양은 오히려 벚나무에 가까웠다.

장정의 말처럼 확실히 생기가 부족한 나무다. 탁한 갈색으로 갈라진 나무목이나 한창 푸른 기운을 머금고 있어야 할 나뭇잎이 생기를 잃고 텁텁해 보인다. 게다가 검은 열매가 채 영글지도 못한 채 말라가고 있었다. 두 팔을 뻗어 휘돌리면 만들어질 원 모양 정도의 크기로 나무를 둥글게 덮고 박아 경계를 만들어둔 것이 눈에 띄었다.

유문승은 차근히 나무로 다가섰다. 정면을 유심히 살피고는 조금씩 옆으로 돌면서 뜯겨나간 잔가지의 흔적을 찾았다. 위와 아래를 골고루 살피며 비현각에 가까이 한 바퀴를 채 돌기 전에 부러진 가지의 흔적을 찾을 수 있었다.

유문승의 심장이 빨리 뛰기 시작했다. 품에서 꺼낸 꽃가지를 나무에 맞춰보았지만 이상하게도 맞지 않았다. 나무를 더욱 상세히 살피기 위해 곁가지를 지나 우거진 안쪽으로 들어갔다. 눈이 빠르게 흔적을 찾기 시작했다. 하나, 둘, 셋, 넷.

부러진 가지의 흔적은 총 넷이었다. 하나씩 차례대로 맞춰보니 마지막 것에 정확하게 들어맞았다. 모든 상처가 수액이 채 마르지도 않은 상태였다. 하나의 꽃가지를 챙겨간 것이 아니란 말인가. 작은 한숨이 목을 비집고 나올 무렵 뒤에서 차분한 목소리가 들려왔다.

"대기 처소가 따로 있는데 왜 이곳에 있는가?"

부드럽고 울림 있는 목소리에 위엄이 넘쳤다. 돌아선 유문승의 가슴이 덜컥거렸다. 황급히 허리를 굽히며 분분하게 말했다.

"신 병랑, 세자 저하를 뵙습니다."

"왜 이곳에서 기다렸느냐고 물었다."

"꼭 확인해봐야 할 것이 있었사옵니다."

잠시 무거운 침묵이 세자와 유문승 사이를 배회했다. 유문승이 고개를 들어 바라보니 골몰히 생각에 빠진 세자의 관자놀이가 꿈틀거리고 있었다. 이를 악물고 있던 세자가 유문승을 응시하며 하교했다.

"그것이 무엇인가?"

유문승은 품에서 꺼내 들고 있던 함을 세자에게 건넸다. 세자가 함을 열어 꽃가지를 확인하고는 유문승을 물끄러미 응시했다.

"저하, 내시부 우부승직의 입에 그 꽃가지가 물려 있었습니다."

세자의 눈이 크게 팽창했다.

"정말인가? 이 꽃가지가 정녕 우부승직의 입에……."

"그렇사옵니다. 아주 귀한 나무라 인적이 없는 깊은 산속이 아니면 찾기 힘들다고 들었습니다."

"그렇다. 귀룽나무라고 하지."

"세자 저하께서 이 나무를 아끼시어 동궁에 옮겨 심는 공사를 올봄에 하셨다 들었습니다. 하여 이 꽃가지와 귀룽나무가 원래 한 몸이었는지 확인하였사옵니다."

"그래, 한 몸이더냐?"

"그렇사옵니다."

세자의 얼굴에 알 수 없는 분노가 떠올랐다가 순식간에 사라졌다.

"그 어떤 나무보다 근면하고 부지런한 나무다. 기상도 굳건하고 쓰임도 많은 나무지. 효종께선 북벌을 외치시며 귀룽을 있는 대로 잘라버리셨다. 대륙에서 건너온 것은 나무라도 용서할 수 없으셨을까. 아니면 대륙의 혼을 품고 있는 귀룽을 제거해야 북벌이 가능하다 믿으셨을까. 결국 효종께서 급서하신 관계로 북벌은 흐지부지되었지만 원량은 기존의 질서 체계를 받아들이지 않을 것이다. 땅이 넓다고, 백성이 많다고 대국은 아닌 법. 우리 조선은 우리의 방식으로 대국이 될 수 있다. 물론 그렇게 되려면 조선 지배계층의 생각이 근본적으로 바뀌어야 할 테지만."

영조와 달리 세자는 그 어떤 세력에도 묶여 있지 않아 과거의 당쟁에도 객관적인 입장을 고수할 수 있었다. 그런 만큼 보위에 오른다면 진정한 의미의 탕평 정국을 열어나갈 수 있으리라. 유문승은 그것을 의심하지 않았다.

하지만 태조 이성계와 효종을 닮은 세자는 무왕으로서 기운이 강했다. 무를 경원시하지 않고 뜻을 높였으며, 그 어떤 왕보다 무예에 통달하고 강건한 신체를 가진 세자다. 문을 받드는 사대부와 정면으로 대치하지 않을 수 없는 것이다.

효종은 소현세자의 동생으로서 국시國是(국가정책의 기본 방침과 이념)를 북벌로 정함으로써 왕권을 강화하려 했지만 송시열과 사대부의 반대에 부딪혀 무위에 그쳤다. 세자께서 말씀하신 북벌도 효종의 그것과 크게 다르지 않은 것일까. 보위에 오른 뒤 저하를 적대시한 노론을 품에 안고, 노와 소 양당의 분쟁을 완화하는 방법으로 북벌을 택한 것이 아닐까. 과연 그들의 눈을 북으로 돌릴 수 있을까.

유문승이 무거워진 마음을 추스르자 세자가 물었다.

"우부승직이 주도하여 심은 귀룽나무다. 저 나무가 주인의 죽음을 예견했을까. 옮겨 심는 순간부터 저렇게 힘이 없었느니라. 좌랑은 이 꽃가지가 우부승직의 입에 꽂혀 있던 이유가 무엇이라 생각하는가?"

"조사 중에 있사옵니다. 다만 지금 확실한 것은 원한에 의한 살인은 아니라는 것입니다."

"그럼 다른 목적이 있다는 말인가?"

"그렇사옵니다. 시체가 깨끗한 것이 이유입니다. 사인인 상처 외에는 울혈이 거의 없사옵니다. 원한으로 사람을 죽일 때는 분이 풀릴 때까지 상처를 입히거나 괴롭히며 쉽게 죽이지 않는 특징이 있사옵니다. 분노를 표출함에 난폭함이 동반되는 것이 일반적입니다. 적어도 범인은 우부승직에게는 원한이 없는 것 같사옵니다."

"그렇다면?"

"수단으로 우부승직을 이용한 것이 아닐까 짐작됩니다. 범인이 전하고 싶은 다른 무언가가 있을 수 있사옵니다."

세자의 얼굴에 근심의 빛이 더욱 깊어졌다. 유문승은 힐끗 세자의 얼굴을 살피고는 말을 이었다.

"이상한 점이 많사옵니다. 우부승직은 작일 인시경에 사망하였습니다. 집에서 출발한 지 세 시진도 채 되지 않은 시각인데, 아차산 봉수대에서 파발을 보낸 뒤였습니다."

유문승의 말에 세자의 얼굴이 굳었다. 도저히 의중을 살필 수 없는 얼굴이었다.

"하지만 아차산 봉수대 근처에서 죽은 것이 아닙니다."

세자가 굳은 얼굴로 이유를 물었다.

"아차산에서 육조거리 입구까지는 부지런히 달려도 한 시진 안에 당도하기 힘든 거리입니다. 또한 아차산 근처에서 화를 당했다면 옮기는 데 어려움이 있었을 것입니다. 혼자 움직이기도 힘든데 시체를 동반했다고는 생각하기 힘듭니다."

세자가 고개를 끄덕였다. 날이 어두워지고 성문이 닫히면 야밤에 도성을 활보하기는 힘들다. 또한 결정적으로 최헌직의 시체가 발견된 곳은 육조거리 입구다. 아무리 야밤이라지만 주기적으로 순찰하는 병사도 있고 성문을 지키는 수성 병사들도 있다. 시체를 데리고 성문을 통과하는 것은 아무리 생각해도 불가능했다.

"아차산에서 우부승직의 집으로 가는 길은 두 가지입니다. 남쪽으로 크게 우회하여 동쪽으로 접어드는 길과 종루를 지나치는 직선에 가까운 길이 그것입니다. 우부승직이 습격을 당한 지점은 소신이 생각하기로는 종루의 끝머리입니다."

"왜 그렇지?"

"그곳이라면 사람의 눈을 피하기도 어렵지 않거니와 육조거리와
도 그리 먼 거리가 아닙니다. 또한 그 길로 바로 육조거리로 간다
면 성문을 지나지 않아도 됩니다."

그림자로서 십여 년을 동고동락한 우부승직의 죽음에 세자는 커
다란 상실감을 느꼈을 것이다. 날카로움이 살아 있는 눈빛에 뜻 모
를 비장함이 묻어났다.

"현재 확실한 사실은 범인이 어젯밤 이곳, 비현각 후원의 귀룽
꽃가지를 얻어갔다는 것입니다."

유문승은 확신에 근거해 당당하게 말했다. 동궁의 숙위들을 조
사해야 한다. 하지만 세자의 최측근이라 할 수 있는 그들을 흔드는
일이 세자에겐 달갑지 않을 것이다. 그렇지만 유문승도 물러설 수
없었다.

역시 세자의 눈에서 불이 뿜어졌다. 세자가 몸을 부르르 떨며 입
을 열려는 순간 유문승이 한발 앞서 간청했다.

"저하! 숙위들을 조사할 수 있도록 윤허하여주시옵소서."

"병랑! 목숨을 바쳐 동궁을 지키는 자들이다. 그들을 능멸하는
말임을 모르는가!"

"물론 단순하게 생각해본다면 우부승직을 죽인 자에게 숙위 중
한 사람이 꽃가지를 가져다주었을 것입니다."

"복잡하게 생각한다면?"

"그리 생각한다면…… 범인이 어젯밤 직접 동궁에 침입한 것이
될 것입니다."

"……"

사도세자 암살 미스터리 3일

"그러니 숙위들을 조사해보지 않을 수 없습니다."

유문승은 세자의 표정을 보고도 심중을 분간하기가 쉽지 않았다.

차분하게 말하는 유문승을 차갑게 응시하던 세자가 몸을 돌려 후원을 빠져나가려 했다. 잠시 발걸음을 멈춘 뒤 무겁게 말했다.

"날이 어두워지면 숙위들을 모두 만날 수 없을 것이다."

마치 늪에 한 발이 빠진 것 같은 기분이 들었다. 마음이 천근만근 무거워지기 시작한 유문승은 동문을 빠져나와 말에 올랐다.

최헌직은 동궁에 귀룽나무를 심는 작업을 진두지휘했다. 그리고 그는 귀룽나무의 꽃가지를 입에 문 채 죽었다. 유문승은 이 사건에서 강한 죽음의 냄새를 맡았다. 하지만 다른 사건에서 느낀 죽음의 냄새와는 달랐다. 끈끈하고 교묘하며 계획된 죽음이라는 점이 더욱 잔인하게 느껴졌다.

최헌직은 누군가에게 죽임을 당했다. 본질적으로 죽음이 다가오는 방법은 같다. 싸늘하게 식은 주검을 배회하는 죽음의 기운은 결국 모든 것을 어둠 속으로 몰아넣고야 만다.

유문승은 실낱같은 정보를 머릿속에 정렬하기 위해 애써야 했다.

사체에서 암호를 발견하다

동궁에서 의금부로 돌아온 유문승을 기다리고 있는 것은 이정균과 최동수만이 아니었다. 최헌직의 아내가 창백한 안색에 넋이 나간 표정으로 의자에 앉아 그를 맞이했다. 유문승이 의자를 가져와 그녀의 맞은편에 앉으며 말했다.

"심정을 어찌 다 헤아리겠소만 몇 가지만 묻겠소."

그녀는 비단옷을 곱게 차려입었건만 몰골이 초췌해 오히려 더 서글픈 느낌을 주었다. 유문승을 바라보는 그녀의 눈에서 눈물 한 방울이 또르르 흘러내렸다.

어떠한 유형의 살인 사건이든 피해자 주변인의 삶을 망쳐놓게 마련이다. 고통과 파괴, 손실을 남긴 채. 피해자의 가족일 경우 이러한 손실은 전면적이고 광범위했다. 유문승의 가슴속에서 범인에 대한 증오심이 피어올랐다. 통상의 철저함을 뛰어넘어 무슨 일이 있어도 범인을 잡고 말겠다는 결심이 돌덩이처럼 굳어졌다.

슬픔에는 덜 수 있는 것과 덜 수 없는 것이 있다. 그녀는 지금 덜 수 없는 슬픔의 바다에 빠져 점점 깊은 곳으로 떨어지고 있다. 눈물이 그렁그렁한 그녀의 눈이 남편이 죽은 이유를 알고 싶다고 말하고 있다. 이길 수 없는 비통함이 혈관을 타고 빠르게 퍼져나가 몸을 뒤틀리게 하는 듯 그녀는 포수에게 잡힌 꿩처럼 바들바들 떨고 있었다.

유문승이 조심스럽게 물었다.

"어제 우부승직이 나간 시각이 언제쯤입니까?"

"해시입니다."

"직접 보았습니까?"

"예. 한 달에 한 번, 늦은 시각에 꼭 야행을 했습니다. 그날이 되면 꼭 죽을지도 모르는 사람처럼 정표로서 떨잠*이나 뒤꽂이*, 비녀 같은 걸 주셨기에……."

기억이 그녀를 다시 흐느끼게 만들어 유문승은 잠시 틈을 두고 물었다.

"몇 개나 받으셨소?"

"열 개 정도입니다."

불안했으리라. 마치 죽을 것을 알고 있는 듯 마지막 정표를 주고 떠나는 뒷모습을 보고도 어찌 잠이 오겠는가. 그녀는 아마도 불안한 마음에 그것들을 움켜쥐고 밤을 지새웠으리라.

그녀의 말로 확실해진 사실이 있었다. 봉수대로 간 것이 이번이 처음이 아니라는 사실이다. 그는 정기적으로 봉수대를 드나들며 비밀스러운 연통을 보낸 것이다.

---

* 의식 때 머리에 꽂는 것으로 각종 형태의 옥판에 칠보, 진주, 보석 등으로 장식했다.
* 쪽찐 머리 뒤에 꽂는 비녀 외에 모든 장식물을 말한다.

“우부승직은 어때 보였습니까? 불안해하지는 않았습니까?”

“그건 아닙니다. 사명감에 가득 찬 얼굴로 자신만이 할 수 있는 일이라고 하셨지요. 어찌 되었든 죽을 만큼 위험한 일은 아니라 여기고 싶었습니다.”

지아비가 조정에 몸담고 있는 모든 아낙이 느낄 법한 심정이다. 잠시 숨을 두고 물었다.

“다른 말은 없었습니까?”

“그 외엔 일절 다른 말을 듣지 못했습니다. 다만 이것을…….”

비단 보자기에 싸인 손바닥보다 조금 큰 서책을 유문승에게 건넨다. 일반 서책의 절반에도 못 미치는 크기로 보아 휴대하기 위한 것이리라. 개인적으로 일상을 기록한 것인가. 유문승은 작은 서책을 펼쳐 내용을 살피기 시작했다. 한 달 간격으로 날짜가 기록되어 있었다. 기록한 날짜의 간격은 일정한 편이었지만 특별한 법칙이 있는 것은 아닌 듯했다. 마지막 기록이 어제의 날짜였다.

“날짜를 다 기억할 수 있겠습니까?”

최헌직의 아내는 힘겹게 고개를 내저었다. 최헌직의 기록과 아내의 진술이 일치하는지 확인하고자 한 것인데 그의 아내는 지금 온전하던 기억도 바스러져버린 듯했다. 날짜가 적힌 서책을 덮으며 유문승은 뒤에 서 있는 최동수에게 물었다.

“부인께서 부군을 확인하시었는가?”

“그렇습니다.”

“제를 지내셔야지요.”

의자에서 일어나 나가려던 그녀의 다리가 휘청거렸다. 최동수가 빠르게 그녀를 부축해 데리고 나가자 유문승은 숨을 크게 들이쉬고 이정균을 찾았다. 이정균이 작은 대통을 들고 다가왔다.

"검시는 마쳤는가?"

"그렇습니다. 심장 손상으로 인한 사망입니다. 출혈이 심했고 그로 인해 피가 폐에 들어찼지요. 폐가 꽉 차자 결국 기도도 막혀버렸고요."

"등에 있던 커다란 상처 말일세. 꿰맨 그 상처도 살폈는가?"

"물론입니다. 그 상처 때문에 소인이 필요했던 것 아닙니까?"

"무엇이 나왔는가?"

"짐작하신 대로 우폐가 먼저 상처를 입었고 좌폐와 심장이 두 번째입니다. 우폐에서 이런 것이 나왔습니다."

이정균이 우폐에서 꺼낸 작은 대통을 유문승에게 건넸다. 유문승은 설마 하던 일이 눈앞에서 벌어지자 놀랍기도 하고 당황스럽기도 했다.

대통의 윗부분을 촛농으로 봉해놓았는데 밑으로 조금 내려앉은 모습이다.

"아마 조금만 늦었어도 촛농이 완전히 밑으로 꺼져버렸을 것입니다."

"그렇게 되면 피가 대통 안으로 들이치겠군."

"이미 피로 가득 찬 폐 속의 압력을 생각해봤을 때 분명 그리되었을 것입니다. 그 속의 증거를 살필 기회는 사라져버리는 것이지요."

유문승의 가슴이 빠르게 뛰기 시작했다. 도대체 어떤 놈이기에 사람을 죽여 몸에, 그것도 폐에 무언가를 집어넣을 생각을 했을까. 끔찍하게 치밀하고 영리한 놈이다.

호흡이 온전하지 못해 죽는 사람은 대부분 먼 곳을 보며 팔을 버둥거리다 죽어간다. 최헌직은 과연 죽기 직전에 무엇을 보았을까. 어떤 신기루가 눈에 맺혔을까.

"자네 말은, 먼저 우폐를 찌른 뒤 대통을 집어넣고 좌폐와 심장을 동시에 찔렀다는 건가?"

"그렇습니다. 결국은 심장이 멈추기도 전에 피 때문에 기도가 막혀버렸지요."

"어떻게 그런 짓이 가능하단 말인가?"

"글쎄요."

"물리적으로 가능한가?"

"숨이 끊기기 전에만 가능합니다. 시간으로 따지면 극히 짧은 순간이겠지요."

대통을 남기고 싶었다면, 시체의 주머니나 손에 쥐여놓는 것이 더 낫지 않았을까?

유문승은 고개를 저었다. 시체가 발견된 장소가 육조거리다. 그렇게 하면 유실될 가능성이 있다. 육조거리 입구에 매달아놓은 것은 많은 사람에게 알리고 싶었기 때문이다. 그렇기 때문에 이 대통을 가장 확실하게 전달할 수 있는 방법으로 선택한 것이 바로 시체 속에 묻어두는 것이다. 그 몸속의 공간은 바로 폐 속이고.

잔인하고 영악한 수법에 유문승은 진저리를 쳤다. 대담하고 거리낌이 없는 살인 수법이다. 이런 인신 사건이 조선의 역사에 과연 얼마나 있었을까?

"도대체 폐에 무슨 뜻이 있어 이리 하였을까."

"폐는 상부지관이라 부릅니다. 재상과 같은 일을 한다는 뜻인데 재상이 왕을 모시고 도와 나랏일을 하듯, 폐도 사람 몸속에서 왕에

사도세자 암살 미스터리 **3일**

해당하는 심장을 도와 혈액순환을 조절하고 기혈, 즉 기와 피를 고르고 순조롭게 흐르게 하며 다른 오장도 관리한다는 뜻이지요."

"상부지관이라……."

유문승은 대통을 메운 촛농을 제거한 뒤 안을 살폈다. 자그마한 하얀 종이가 있다.

범인은 검시를 하는 데 오랜 시간을 주지도 않았다. 조금만 우물쭈물하며 시간을 지체하거나 다른 장기를 건드렸다면 단서는 완전히 사라져버렸을 것이다.

조심스럽게 피가 덕지덕지 묻어 있는 대통을 잘라내고서 종이를 꺼냈다. 동그랗게 말린 종이는 아주 얇고 좋은 재질이었다. 펴보니 반으로 두 번 접은 뒤 동그랗게 말아 대통에 밀어 넣은 것이다. 부들거리는 손으로 종이를 편 유문승의 눈이 걷잡을 수 없을 정도로 커졌다.

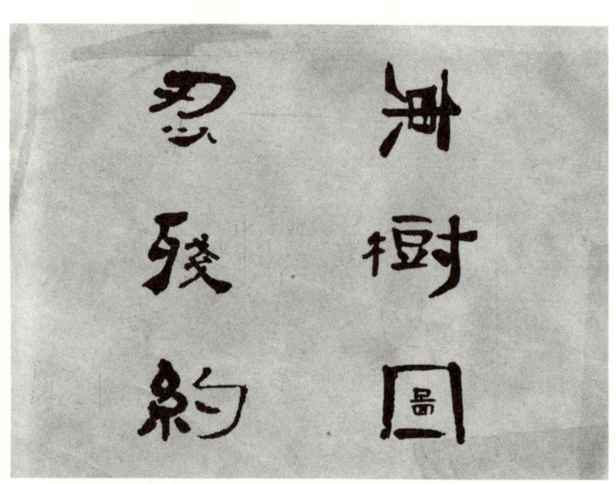

총 여섯 자의 한자가 두 행으로 배열된 글이다. 삼언으로 율격은 맞다. 그렇지만 어떤 문양도 아니고 형상을 나타내는 것도 아니었다. 그림을 꾸미는 시화라 생각하기에는 너무나 기이했다. 시를 이루는 한자들이 너무 괴이한 모습을 하고 있었기 때문이다.

동東은 옆으로 누워 있고, 수樹는 목木변이 작으며, 도圖는 입구口변 안의 글자가 너무 작다. 게다가 인忍의 심心변은 뒤집혀 있고, 잔殘의 사歹변은 너무 크며, 약約의 사糸변은 획이 비정상적으로 굵었다.

유문승은 혼란스러운 마음을 일단 추스른 뒤 순서대로 읽어 내려갔다.

　　동쪽이라, 나무를 심고 그림을 그렸네

　　참았거늘, 아 잔인한 약속이여

참으로 모를 말이다. 그렇기에 괴상하고 꺼림칙했다. 유문승은 혼란을 느꼈다. 어떻게 조사를 해나가야 하는 것인가. 이 여섯의 한자는 무엇을 말하고 있는 것인가.

자연스럽게 유문승은 허리춤에 걸어둔 휴대용 해시계를 만지작거리기 시작했다. 생각에 잠길 때 나오는 그의 버릇이었다.

의정부의 깊숙한 곳. 외부와 연결된 창문이나 출입문을 모조리 닫은 그곳은 한낮임에도 어두컴컴했다. 작은 탁자에 모여 앉은 세 사람. 누가 말을 꺼내지도 않고 묻지도 않아 긴장감이 팽팽했다.

검은 머리라고는 하나도 보이지 않는 초로가 말문을 열었다.

"세자를 정신이상자로 몰아 쫓아내려던 계획은 당분간 접어야

사도세자 암살 미스터리 3일

하오.”

비교적 젊은 사내의 고개가 휙 돌아갔다.

“무슨 말씀이십니까? 나경언을 사주해 고변하려던 계획을 실행하지 않겠다는 말씀이십니까?”

“온양행차를 통해 이미 백성들이 알아버렸지 않소, 감사. 지금은 세자를 흠집 내는 것이 능사가 아니오.”

영조 36년, 세자는 종기 치료차 온양의 온궁을 찾았고, 그곳에서 세자의 덕행으로 부로父老나 서민을 아울러 세자의 덕을 칭송하지 않는 사람이 없었다. 무더운 여름날임에도 앓는 사람 하나 없이 무사히 다녀온 덕에, 온양행차는 세자의 위의를 만천하에 알리는 계기가 되어버렸다. 지휘 능력이 탁월한 세자가 민심까지 얻어가자 갈수록 다급해지는 것은 노론이었다.

“그렇습니다. 영부사領府事● 대감의 말씀처럼 자칫하면 세자가 보위에 오르게 생겼습니다. 그리되면 조선은 뒤집힐 것이고 우리의 목숨은 한낱 재가 되어 흩날릴 것입니다.”

셋의 대화가 잠시 멈추자 죽음의 기운이 기다렸다는 듯 음산하게 떠돌기 시작했다.

영부사가 감사를 보다가 여태껏 침묵을 지키고 있는 사내를 돌아보며 물었다.

“좌상의 생각은 어떻소?”

“생각 따위를 듣자고 모인 자리가 아닙니다. 이미 대안은 사라져 버렸습니다. 갈림길이 없는 길입니다. 외나무다리 중간에서 원수

● 현직이 없는 당상관들을 속하게 하여 대우하던 관아인 영중추의 수장.

를 만난 격입니다. 영부사 대감의 고견을 듣고 싶습니다."

영부사는 고개를 끄덕였다.

"좌상께서는 문무백관을 이곳으로 이끌어주셔야겠습니다. 한시가 급하니 최대한 빨리 모아주세요. 감사는 이 노인네가 지시한 것을 시행하셨소?"

"이미 사대문을 단단히 걸어 잠그고 출입을 엄히 제한하고 있습니다. 또한 동궁과 세손궁도 포위하였습니다."

"감사의 손에 경기도가 있어요. 그러니 결코 한순간도 방심해선 안 될 것이오. 모든 병력의 움직임을 좇으세요. 아시겠습니까?"

"현실적으로 모든 병력의 움직임을 파악하는 것은 불가능합니다. 동서남북 사방에서 일시에 움직인다면 도저히 대처할 방법이 없습니다."

영부사의 얼굴에 걱정과 고심이 펄펄 끓었다. 한순간의 실수는 죽음으로 향하는 첩경이기 때문이었다.

"일단 강원도 쪽을 유심히 지켜보시오. 다른 곳은 오군영의 힘을 빌려야겠습니다."

"알겠습니다."

좌상이 둘의 얘기를 곰곰이 듣고 있다가 경고조로 말했다.

"빠른 대처도 중하지만 세자를 유심히 살필 필요가 있습니다. 일년 전 간교한 수에 속아 넘어간 적도 있으니 말이오."

영부사가 물었다.

"사월의 일을 말씀하시는 것이오?"

침묵 속에서 좌상이 고개를 끄덕거렸다.

"아, 그때 죽였어야 했습니다. 그렇게 버젓이 나타날 줄은 꿈에도 몰랐으니……."

　세자는 영조 37년 사월에 궁을 떠나 관서關西(평양 지역)에 머무르고 있었다. 이때는 노론이 세자를 끊임없이 공격하던 시기다. 팽팽한 긴장감 속에서 세자를 죄어오는 음모에 조정은 살얼음판을 걷는 시간의 연속이었다. 경기감사 역시 세자가 도성에 없다는 것을 알고 소문을 퍼뜨렸다. 그리고 노론계 관학 유생들을 움직여 승정원으로 떼를 지어 몰려갔다. 세자가 궁에 없다는 격한 항의에 영조는 유생들을 거느리고 세자를 입대하라고 일렀다. 경기감사를 포함한 노론은 쾌재를 불렀다. 관학 유생 안형, 이헌, 원계하 등이 동궁에 가서 세자 면대를 요청했고 세자는 완벽한 함정에 빠졌다.

　그런데 놀라운 일이 벌어졌다. 세자가 버젓이 덕성합에 나타난 것이다. 세자는 단 하루 만에 관서에서 한양까지 말을 달린 것이다. 가히 신마神馬라고 하지 않을 수 없었다. 세자는 궁에 심어놓은 세력 덕에 밤새 말을 달려 무사히 위기를 넘길 수 있었다. 유생들은 벌린 입을 다물지 못했고 노론은 경악했다. 세자는 그 일로 노론에게 두려운 존재이자 무슨 수를 써서라도 죽여야 하는 존재가 되었다.

　좌상이 무겁게 말했다.

　"잠잠해도 무슨 꿍꿍이가 있을지 모르니 경계를 늦춰선 안 될 것이오."

　영부사가 단호하게 말했다.

　"무수리의 아들도 왕으로 만든 우리라고 하지만 작금의 사태는 노론의 존립이 달린 문제입니다. 대신들 몇 죽는다고 가라앉을 일이 아닙니다. 노론이라는 당파가 뿌리째 뽑힐 수 있다는 것을 명심하세요."

무수리의 아들은 현 임금인 영조를 뜻했다. 영조는 노론에게 빚을 진 입장이기에 같은 방향을 바라보며 국정을 운영할 수 있었지만 세자는 정치적으로 완벽하게 자유로웠다. 그렇기에 세자를 회유할 방법이 마땅치 않았다.

셋은 그 뒤로도 한참이나 말을 잇지 못했다. 그만큼 죽음을 앞둔 삶의 무게가 무거웠기 때문이다.

최동수가 골몰히 생각에 잠겨 있는 유문승을 방해하는 것이 송구스럽지만 어쩔 수 없다는 말투로 조심스럽게 말했다.

"나리, 저…… 내시부 상선 영감께서 와 계십니다."

유문승은 대통을 품에 갈무리하고서 정중히 모시라 명했다. 이정균마저 자리를 피해주자 곧이어 박필주가 성큼 들어왔다. 크지 않은 키에 머리 골격이 달걀형이라 귀골 티가 났다. 오십을 바라보는 나이에도 날카로운 인상을 풍긴다. 또렷한 눈매에 눈동자에도 빛이 서려 있었다.

"이리 뫼시게 되어 송구스럽습니다."

"아닐세. 기꺼이 그리해야지."

긍정적으로 대답하면서도 잠시 미간에 주름을 잡았다가 풀었다. 불쾌한 감정이 잠시 스쳐 지나간 듯했다.

"우부승직의 죽음에 대해 여쭐 것이 있습니다. 상선 영감께서 생각하시기에 우부승직이 죽으면 이득을 볼 자가 누구이겠습니까?"

"허, 그것참."

환관 생활만 사십 년을 해온 노회한 상선도 찌르듯 묻는 유문승의 질문에 당황하여 쉽게 말을 잇지 못했다. 하지만 얼마 지나지 않아 박필주가 묘한 웃음과 함께 입을 뗐다.

"그 얘기를 하자면 몇 날은 족히 새워야 할 것인데, 괜찮은가?"

"실로 불필요한 말씀은 드리지 않겠습니다. 우부승직이 저하의 그림자로 십 년을 보냈다고 들었습니다. 그가 죽어야만 하는 이유를 짐작하고 계십니까?"

"이해의 득실을 따지는 인간만이 아무렇지 않게 동족을 죽일 수 있지. 그 끔찍한 원리가 가장 잘 적용되는 곳이 바로 구중궁궐이요, 조선의 정치 바닥이며, 사대부들의 세계가 아닌가. 우부승직 역시 구중심처의 한 톱니바퀴요, 구성원이기 때문에 그 법칙에서 자유로울 수 없는 것이지."

유문승은 마땅히 대꾸할 말을 찾을 수 없었다. 틀린 말이 아니기 때문이다. 그런 유문승을 보며 그가 말을 이었다.

"이유라, 알지 못하네. 우부승직은 나와 길을 같이한 사람일세. 세자 저하의 손속이 되어 움직이게 된 것도 나를 통해서였지."

"짐작하는 바는 있으시겠지요."

유문승이 끈질기게 물고 늘어지자 박필주의 수염이 살짝 말려 올라갔다.

"글쎄, 짐작은 짐작일 뿐이지."

"여쭙겠습니다. 혹시 우부승직이 죽어야 하는 이유를 알고 계십니까?"

"모르네."

박필주는 침착했다. 진정 모르고 있다면 펄쩍 뛸 만도 한데 의외로 침착했다. 유문승이 세자의 수결을 내보이며 다시 한번 물었다.

"저하의 명이 있다 해도 모르십니까?"

"그렇다네."

박필주는 입을 꾹 다물어버렸다. 유문승은 박필주의 태도에서 무언가 알고 있다는 것을 확신했다. 하지만 도무지 캐낼 방법이 없었다. 급한 마음에 다짜고짜 의금부로 데려갈 수도 없다. 강권할 방책이 마땅히 없으니 가슴에 큰 돌을 얹어놓은 것처럼 답답해졌다.

그러나 한 가지는 짐작할 수 있었다. 그것은 세자의 명, 즉 어명을 받고도 태연할 수 있는 이유였다. 발설을 허락하지 않는 또 다른 힘이 있기 때문이라고 확신했다.

"우부승직이 죽고 반대급부로 이익을 취할 자, 노론의 울타리에 있다고 생각하십니까?"

"따지자면 그것이 가장 타당하다 하겠지만……."

박필주도 노론을 이야기할 때는 조심스러운 인상을 풍겼다. 혐의를 노론에 두는 것은 이상할 것이 없었다. 다만 너무 섣부르고 광범위하다는 것이 문제였다.

박필주가 덧붙이듯 말했다.

"난 저하께서 대리청정을 시작할 무렵부터 저하를 대신해 움직이고, 대신 말했네. 세자 저하는 왕실의 대의이자 명분일세. 노론도 대리청정 초기에는 그렇게 믿었지. 하지만 나주괘서 사건을 대하는 저하의 생각을 알게 된 이후 그들의 태도는 급변했네."

을해옥사乙亥獄事라고도 불리는 나주괘서 사건은 소론 윤지가 오랜 귀양살이 끝에 일으킨 모역 사건이다. 영조를 거부하고 조정을 비판하는 괘서가 나주에 걸린 것을 신호로 동지들과 병사들을 규합한 윤지가 거병을 했으나 초기에 진압돼버린 반쪽짜리 모역 사건. 사태를 진압한 뒤 노론은 소론의 뿌리마저 뽑으려 달려들었다. 소론이라는 당적만 가지고 있다면 관직에 상관없이 무조건 효시하려고 들었다.

하지만 여기에서 세자 때문에 제동이 걸렸다. 세자는 노론에게 관용을 베풀라며 자비를 요구하고 나섰다. 결국 노론은 영조를 움직여 그들의 요구를 대부분 관철시키고야 말았다. 소론에 동정적인 태도를 보인 세자를 노론은 더 이상 세자로 보지 않고 적으로 간주하게 되었다.

"그 뒤로 저하께서는 끊임없이 음해에 시달리셨네. 전하께서도 그 뒤로 저하를 곱게 보지 않으셨어. 한순간에 모든 후원 세력을 잃어버린 것이지. 그렇게 낭떠러지에 몰린 저하를 위해 우리가 움직였네. 우부승직과 나는…… 풍문을 잠재우고 잘못된 부분을 바로잡기 위해 불철주야 노력했어."

박필주가 손을 들어 물 한 모금을 들이켰다.

"그런데 그 일이 있은 후로 우부승직이 이상한 행동을 보이기 시작했어. 내게 보고 따윈 하지 않았고 비밀이 많아졌지."

"그 일이라니요?"

"오 년 전에 중관 한채가 죽은 일을 말하네."

한채의 죽음은 유문승도 익히 들어 알고 있는 사건이었다. 한채는 세자를 지척에서 모시던 내관이었다. 유문승이 들은 죽음의 이유는 너무도 어이없는 것이었기에 정확히 기억하고 있었다.

"저하께서 의복을 갈아입으심에 옷이 맘에 들지 않는다 하여 때려죽였다고 알려진 사건 말씀이십니까?"

유문승을 바라보는 박필주의 눈에 분노가 피어올랐다 느닷없이 사라졌다.

"알려진 사건이라. 자네는 그리 믿지 않는다는 말인가?"

"예. 믿을 이유가 없지요. 세자께서 의대증 혹은 울화병에 걸린 것이 사실이라면 어찌 조정에서 가만 두고 보았겠습니까. 왕이 될 지존에게 흔한 의원 하나 붙이지 않고 말입니다."

박필주가 유문승을 조용히 응시했다. 적어도 그는 여론에 휘말려 들리는 대로 다 믿는 그런 우매한 부류는 아닌 것 같았다.

"한채는 김상로 대감의 *끄나풀*이었네. 저하를 배신하고 김상로 대감에게 붙어 불온한 말을 퍼뜨리며 간악한 짓을 한 놈일세. 저하께 신열을 높이는 탕약을 올리다 적발되기도 했지. 저하께선 진노하셨네. 그리고 본보기를 보이고 싶어 하셨지."

"김상로 대감에게 말입니까?"

"저하를 적대시하는 노론에게, 그리 말해야겠지. 저하께서는 그자의 직책을 뺏고 출궁시키는 게 아니라 죽여버리셨지. 화살 하나로 두 마리의 새를 잡으신 것이야. 배신을 용서하지 않겠다는 의지를 동궁에 심었고 김상로 대감을 포함한 노론에게는 엄중한 경고가 날아갔으니 말일세."

유문승은 눈을 부릅떴다. 충격이 아닐 수 없었다. 다른 이유가 있을 것이라 막연하게 여겼지만 그것이 배신에 대한 응징이라고는 생각해본 적도 없었다. 과연 어디까지가 진실일까.

"못 믿는 눈치군. 확실히 그 한 수로 김상로 대감을 비롯한 강경 노론의 대신들은 질겁했지. 한채가 죽자 그들은 쉬쉬하며 사건을 덮으려 했네. 그러나 영원한 비밀이란 있을 수 없는 법. 홍봉한 대감을 통해 전하께서 그 사건을 알게 되셨고, 김상로 대감을 포함한 여러 대신이 파직되었지."

충격의 연속이었다. 김상로 대감을 포함한 노론의 원로대신들이 파직된 경위도 잘 알려지지 않았거니와 홍봉한 대감의 개입은 더욱 유문승을 놀라게 했다. 홍봉한 대감은 김상로 대감을 한직으로 몰아내면서 세자를 보호하는 일거양득의 수를 보인 것이었다.

갑자기 유문승은 머릿속이 텅 빈 것 같았다.

"그렇다면 우부승직의 배신을 응징하기 위해서……."

"말조심하게. 나라고 어찌 저하의 심중을 다 알겠는가. 그런 의혹은 자네가 조사하고 풀어야 할 숙제가 아니던가."

유문승은 혼란스러웠다. 박필주는 우부승직의 배신 가능성을 말하며 한채의 죽음을 논했다. 마음속에 그럴 리 없다는 생각과 더불어 의혹이 공존하기 시작했다. 유문승은 고개를 저으며 낮은 신음성을 냈다. 그럴 리 없다고 믿고 싶었다.

"그렇지만 환관 하나의 죽음으로 여러 대신을 파직하는 것은 너무 과한 벌이 아닙니까?"

"알고도 보고를 하지 않았다는 점과, 조정의 만사를 책임져야 할 어른으로서 일이 그 지경에 이를 때까지 무얼 했느냐는 질책도 더해진 벌이었네. 과하다 생각할 수도 있지. 하지만 생각해보게. 여론이 잠잠해지면 언제든 다시 불러들일 수 있는 일 아닌가. 과하게 보일 뿐, 실로 과한 것은 아니었네. 실제로도 얼마 지나지 않아 그 일과 관련된 강경 노론계의 대신들은 조정으로 속속 복귀했으니 말이야."

유문승은 고개를 끄덕이며 동의했다.

"이보게, 병랑. 신중에 신중을 기하시게. 자네는 지금 전장의 한 가운데 있는 것이니. 조선의 권세 그 핵심에 들어섰다는 말일세. 과하게 들쑤시며 천방지축으로 날뛰다가는 어느 화창한 아침 한강에 고기밥으로 던져질 수도 있네. 자네를 염려해 하는 말이니 명심하시게."

박필주의 마지막 말에 유문승은 그대로 굳어버렸다. 온몸이 커다란 심장이 된 듯 주체할 수 없는 자맥질 소리가 천둥소리처럼 울리는 것 같았다. 가까스로 널뛰는 가슴을 진정시키는 유문승에게 박필주가 혀를 차며 물었다.

"더 들을 것이 있는가?"

"아닙니다."

박필주가 돌아가자 유문승은 점점 더 깊은 늪으로 빠져드는 것을 느꼈다. 우부승직은 저하를 배신해 제거된 것이라는 가설이 얼마나 타당한지 깨달은 순간 뒷목이 서늘해졌다. 한채라는 환관을 죽여 본보기를 보인 것처럼 배신한 우부승직을 처단한 것이라면……. 귀룽나무의 꽃가지며, 육조거리 입구에 걸어놓은 상징성마저도 세자를 정면으로 가리키고 있다.

하지만 모든 단서를 조합하여 실수 없이 조사를 해야만 한다. 범인이 침입한 곳을 직접 확인하지 않고, 동궁의 숙위들을 조사해보지 않으면 사건을 명쾌하게 해결할 수 없을 것이다. 게다가 암호처럼 보이는 그 여섯 글자. 그것의 해독도 중요한 단서가 될 터였다.

유문승이 말에 오르자 원찬식이 말고삐를 쥔 채 급하게 따라 나왔다. 말 옆구리를 강하게 걸어찬 유문승은 커다란 고함 소리로 말을 재촉했다.

평양 감영의 이층 집무실 창으로 양연亮然한 햇살이 쏟아졌다. 집무실 문이 스르륵 열리더니 관찰사의 직속 관원인 도사都事*와 검율檢律*, 심약審藥*이 굳은 얼굴로 들어섰다. 당대 제일의 재정관으로 유명한 평안관찰사 겸 평양감사인 정홍순이 그들에게 차분히 자리를 권했다. 그는 육십을 바라보는 나이라고는 믿을 수 없을 정도로 목소리가 강건했다.

"나리, 비상사태라니 무슨 사단이라도 났습니까?"

검율이 전복戰服을 갖춰 입은 채 앉으며 물었다. 검율은 이른 새벽 관찰사에게 출격에 대비하라는 명을 받고 부리나케 달려온 길이었다.

"내란이다."

검율은 침착했지만 나머지 두 관원의 표정은 경악으로 물들었다.

"내란이라니요? 흉적이 누굽니까?"

정홍순의 얼굴이 일순간 일그러졌다.

"그래서 병사들이 출전 채비를 갖추고 있었습니까? 나리, 속 시원히 말씀 좀 해보십시오."

국가비상사태를 앞두고 두 관원은 심지가 바짝 타들어갔다. 그들은 머뭇거리는 관찰사를 이해할 수 없었다.

"나리!"

정홍순이 투구를 벗으며 가라앉은 목소리로 말했다.

"전하께서 천수를 다하셨는지도 모르겠구나. 그것을 빌미로 노론이 들고일어난 것 같다."

"노론이 들고일어나다니요?"

"세자 저하께서 보위에 오르지 못하게 하려는 수작이지."

"그렇지만 그것은 한양의 일이옵니다. 아무리 그렇다 하더라도 평안도의 병사를 움직일 수는 없지 않습니까."

"알고 있다."

관찰사가 강 건너 불구경하듯 말하는 검율의 얼굴을 지그시 보았다. 검율의 말이 틀린 것은 아니다. 아니, 오히려 정확한 지적이다. 만약 그것이 다라면 관찰사는 고민도 하지 않고 출병을 했을 것이다.

"병판대감이 출병을 요청하는 문서를 보냈다. 한양의 서북 지역을 지켜달라는 명이야."

관찰사가 서찰을 책상 위에 반듯이 펼쳤다. 셋은 서찰을 돌려가며 읽고는 누가 먼저랄 것도 없이 입을 꾹 다물었다.

얼마간의 침묵이 흐르고 검율이 입을 뗐다.

"그렇다면 출병해야지요. 무엇을 망설이십니까?"

검율의 눈빛이 날카로워졌다.

"설마 관찰사라는 거대 공직을 수행하시는 분께서 사사로운 감정에 휘둘리시는 것은 아니겠지요?"

관찰사가 검율을 응시하며 일갈했다.

"이놈, 닥쳐라! 네놈의 혀는 죄가 없을지언정 혀를 놀린 네 입은 책임을 져야 할 것이다."

뱀처럼 차가운 눈에 위축되지 않고 검율이 받아쳤다.

"명을 받은 자로 망설이는 행동은 어떻게 책임지실 것이옵니까?"

"저하께서 보위에 오르는 것이 순리이거늘. 그 순리를 거역하고 왕의 자리를 훔치려는 노론의 수작이 내란이 아니고 무엇이냐!"

"관찰사 나리의 걱정이 지나치십니다. 내란이라니요. 오히려 세자 저하께서 전하를 독살할지도 모른다는 의심을 염려하는 것이 아니겠는지요."

"당치도 않다."

정홍순과 검율이 날카롭게 대립하자 둘을 떼어놓기 위해 남은 두 관원이 제지하고 나섰다.

"관찰사 나리, 명은 명이고 입장은 입장입니다. 둘은 다른 것입니다. 명을 받드셔야 합니다."

"명을 받들 생각이 없었다면 군복은 무엇하러 입었겠으며 투구는 왜 썼겠는가. 다만 공의를 저버리는 것이 한스러워 그런 것이다."

고개를 숙인 검율의 한쪽 입꼬리가 올라갔다. 아무리 세자에게 동정적인 입장을 유지하고 있는 관찰사라고 하나 병판의 요청을 거부할 명분이 없는 마당이다. 동요하는 모습을 보니 이미 마음은 출병으로 굳은 듯했다.

그때 밖에서 정홍순을 향한 보고가 올라왔다.

"나리, 그자가 당도했습니다."

보고를 들은 정홍순의 얼굴에 안도의 표정이 잠시 떠올랐다가 사라졌다. 검율은 그 표정을 놓치지 않았다.

"누가 당도했다는 것입니까?"

"달포 전 훈련에서 심한 부상을 입은 병사가 있는데, 그 가족을 불렀다. 치료비 명목으로 돈을 전하고 위로의 말을 할 겸 해서."

"지금 이런 시기에 부르셨다는 말씀이십니까?"

검율이 의심스럽다는 듯 물었다.

"명이 당도하기 전에 이미 이쪽으로 부른 것이다. 사기를 떨어뜨리지 않기 위해 빠른 조치가 필요한 것을 알면서도 그러는가?"

"송구합니다."

검율은 재빠르게 물러났다. 정홍순의 말에 틀린 점은 없었고 이상하게 여길 만한 사항도 아니었다.

검율이 화제를 돌려 쐐기를 박듯 말했다.

"정규군은 평안도에 상주시키되 휴정하는 인원을 출병시켜야 옳겠지요."

"그래, 그렇겠지."

"제일군* 팔천은 그대로 두고 휴정 병력 중에 좌군을 움직이는 것이 좋겠습니다."

정홍순의 표정이 꿈틀거렸다. 좌군이라 하면 정규군에 육박하는 전투력을 지닌 기병부대로 순수하게 병력으로만 따지면 만오천의 병사가 있어 가장 규모가 큰 예하 부대다. 게다가 평안도와 청의 침입로로 사용되던 설한령薛罕嶺 ― 철산鐵山 ― 극우棘隅 일대로 이어지는 축선 지역의 지세를 가장 잘 아는 병력이기도 하다. 그들이 자리를 비우게 되면 전력의 누수를 감수해야 하기 때문에 항상 조심스럽게 병력을 운용해야 하는 부대이기도 했다. 정보력이 뛰어

---

* 의주와 횡천, 삭주 등에 상주하는 대북 주력 병사.

사도세자 암살 미스터리 **3일**

나고 기동력이 좋은 부대를 쉽게 빼자고 말하는 검율의 의중이 정홍순에게는 빤히 보였다. 어떻게든 노론에게 잘 보여 중앙의 관리로 나아가기 위함일 것이다.

정홍순이 검율에게 말했다.

"세 개 병대로 출병한다. 기마대는 두 병대로 천이백, 보병과 보급병을 혼재한 병대는 육백."

"벌써 조치를 해놓으셨군요."

검율이 집무실로 들어오면서 본 병력을 떠올리며 말했다. 출병을 촉구하는 연통이 세 시진 전에 당도했으니 이 정도의 준비를 마치기에는 충분한 시간이었다.

하지만 문제는 시간이 아니었다. 왜 출병 준비를 완벽히 하고서도 이렇게 안절부절못하고 있느냐는 것이었다. 관찰사의 말처럼 공리를 따르는 데 양심의 가책을 느끼는 것일까? 아니면 다른 무엇이 있는 것일까?

검율은 오래 생각할 여지가 없었다. 출동 부대를 검열하고 한양으로 출격할 준비를 해야 했다. 도사와 심약이 나가고 검율이 나가려는 찰나 정홍순이 고개를 들어 그를 보며 말했다.

"자네는 이곳에 남아야 하네."

문을 닫으려던 검율이 굳은 채로 물었다.

"예?"

"명은 나에게 왔네. 통수권자는 나란 말이지. 그리고 통수권자가 자리를 비우면 당연히 그 아래 직책의 관리가 대신하여 직무를 수행하는 것 아닌가?"

검율이 아랫입술을 질끈 깨물고는 등을 돌려 빠져나갔다. 정홍순은 그를 보며 혀를 끌끌 찼다. 백의 신하가 있다면 아흔은 늘 저런 욕심을 지닌 자들이다. 그저 더 높은 곳을 향해 달리려 노력한다. 그 과정에서 온갖 오물을 뒤집어쓰고 더러워져도 개의치 않은 채 적당이라면 서슴지 않고 죽이려 하며 이유나 명분, 당위성 같은 것은 기대할 수도 없다. 오로지 일신의 영달만을 위해 생각하고 숨 쉬고 먹는 자다. 정홍순은 나이와 직책 그리고 체면 따위 내던지고 검율의 턱을 갈겨주고 싶은 심정이 불처럼 일어났다.

조용히 문이 열리고 허름한 옷을 입은 남자가 들어섰다. 마흔 정도 되었을까. 적당한 키에 골고루 퍼진 살집이 그를 균형 있게 보이게 했다. 잔뜩 허리를 굽히고 들어온 남자가 등을 세우고는 거리낌 없는 기세로 정홍순에게 예를 갖추며 낮게 말했다.

"숙부, 잘 지내셨습니까?"

정홍순이 목소리를 잔뜩 낮추었다.

"어서 오게나. 늦는 줄 알고 크게 걱정했다네."

"송구합니다."

"일단 앉으시게."

다친 병사의 가족으로 위장해 들어온 사내는 정존겸이었다. 그는 정문상의 아들로 정홍순과 정문상은 형제지간이다.

"그렇지 않아도 출병하려던 참이었네. 조금만 늦었더라면 만나지 못했을 것이야."

"한순간이라도 숨을 돌렸다면 그렇게 되었겠습니다."

정존겸은 영조 26년 생원진사시에 합격하고 그 이듬해 정시 문과에 급제하여 한림에 뽑혀 사관史官을 역임하고 홍문관 교리 등을 거쳐 부제학에 승진하는 등 출세가도를 달리던 자였다. 그런데 작

년 승지로 있을 때 세자와 동행하여 관서 지방을 유람한 일로 파직
된 뒤 한적한 곳에서 숨어 지내는 세월을 살고 있었다. 그는 노론
온건파에서 태어났는데 세자를 곡진히 옹호하고 충성을 다하는 몇
안 되는 신하 중 하나였다.

정홍순이 짧고 간결한 어조로 말했다.

"병판이 출병을 요청했네. 한양의 서북 지역을 지켜달라는 내용
인데……."

"예상한 일 아닙니까. 저희는 계획대로 움직이면 그만입니다. 저
하께서 사면초가의 위험에 처했을 때를 대비해 여러 날을 준비했
으니 그대로만 이행한다면 희망이 없는 것은 아닙니다."

정홍순이 고개를 끄덕이며 출병할 병대에 대해 빠르게 설명하자
정존겸이 다행이라는 듯 말했다.

"기병대라면 아마 하루 반나절이 지나기 전에 당도할 수 있을 것
입니다."

"그들은 어디에 대기하고 있는가?"

"평산 근방을 지나 자비령慈悲嶺에 대기하라고 일렀습니다."

말이 자비령이지, 한두 명이 간신히 지날 수 있을 정도로 협소한
고갯길이었다. 한양에 당도하기 위해 반드시 지나가야 하는 길은
아니나 가장 빠른 첩경임에는 틀림없었다.

"몇인가?"

"천입니다."

"자비령을 빠져나온 뒤 자연스럽게 뒤로 붙게. 그리고 한양에 도
착해 북문을 통과한 뒤 집결 장소로 바로 이동하게나."

"예."

천이라는 병사가 도성의 북문을 통과할 수 있는 유일한 방법은 평안도에서 출발한 병력에 섞여 들어가는 것뿐이다.

둘은 대화를 마치고 서둘러 헤어졌다. 지금 그들에게 무엇보다 중요한 것은 약속한 시간 내에 도성에 당도하는 것이었기 때문이다.

정존겸은 역사의 커다란 분기점에 서 있는 자신에게 당부했다. 머뭇거릴 시간도, 고민할 시간도 없다. 목숨을 걸고 세자를 지켜내는 것은 소론이냐, 노론이냐의 문제가 아니라 조선을 구하느냐, 못 구하느냐의 문제였다.

용호영을 찾아 겸사복을 만나다

유문승과 원찬식이 용호영龍虎營* 당청에 도착한 것은 신시 말엽(오후 5시)이었다. 도착하기 전 내병조에 들러 성기省記*를 참조하여 어젯밤 동궁 근무자의 인적 사항과 근무 시간별 이동로를 파악했다.

해가 서산 너머로 조금씩 기울며 회색빛 땅거미가 안개가 퍼져나가듯 어스레하게 내렸다. 곡선을 그리며 떨어지던 해는 어느 사이 가라앉고 눈부신 흰 광채가 그 빛을 잃으며 열이 없는 침침한 붉은빛으로 변해갔다. 마치 해가 인간의 무리를 덮고 있는 구름덩이에 심하게 부딪혀 갑자기 밑으로 꺼지려 하는 것 같았다. 마침내 궁궐에는 낮과 밤의 변화가 찾아오고 광채를 잃은 평온함이 낮게 드리워졌다.

유시가 지나면 숙위 체제가 발동하기 때문에 용호영의 숙위들이

---

* 궁궐의 숙위를 맡은 관청으로 내삼청, 금군청이라고도 불렸다.
* 병조에서 궐내에 숙직하는 지휘관의 성명, 근무지, 근무시간 등을 적어 왕에게 보고하는 문서.

수문장청으로 집합하기 전 조사를 마쳐야 했다. 용호영 마당엔 겸사복의 숙위 내시들이 바쁘게 오가고 있었다. 유문승은 내실을 찾기 위해 분주하게 움직였다. 한창 순행 준비에 바쁜 모습이었다. 마침내 용호영의 내실에 들어 겸사복장을 만났다.

"저하의 명을 받았습니다. 조사할 것이 있으니 겸사복 몇을 불러주십시오."

유문승이 받아 적어온 명단을 겸사복장에게 건넸다. 겸사복장은 명단을 찬찬히 살핀 뒤 복잡한 표정으로 말했다.

"시간이 그리 많지 않네. 순행엔 이상이 없도록 해주게."

그렇게 하겠다고 대답한 유문승은 원찬식과 함께 옆 칸으로 들어갔다. 회의를 하는 곳인 듯 큼직한 방 안에 곧 붉은 복장의 겸사복이 차례로 들어서기 시작했다. 유문승의 병조 관복을 확인한 겸사복들의 표정이 순식간에 굳었고 유문승은 들어서는 겸사복의 인원수를 세어보고는 역시나 하는 표정으로 말했다.

"시간이 없으니 바로 용건을 말하겠다. 어젯밤 동궁을 숙위하는데 별다른 문제는 없었는가?"

가장 나이가 많아 보이는 겸사복이 한 발 앞으로 나서며 답했다.

"별다른 문제는 없었습니다. 무슨 연고로 이렇게 죄인 대하듯 하시는지요?"

불만스럽게 말하는 겸사복을 보고 유문승은 피식 웃으며 적어온 명단에 눈길을 주면서 말했다.

"거짓을 고하는 순간, 네 말처럼 죄인이 될 것이다."

냉정한 유문승의 말에 겸사복들이 웅성거리기 시작했다. 한껏 목청을 높여 유문승이 말했다.

“어젯밤 인정人定•부터 파루罷漏•까지 동문을 지킨 근무자다. 총 네 개 조로 열둘이 순찰하는 방식으로 근무하였을 터. 그런데 왜 인원이 모자라는 것이지?”

유문승은 불만스럽게 대꾸한 겸사복을 뻔히 바라보며 물었다. 기세가 좋던 겸사복이 말끝을 흐렸다.

“나리, 그것이……. 몸이 좋지 않아 병가를 낸 것입니다.”

“그렇겠지. 병이 났을 것이야. 그런데 둘이나 한꺼번에 탈이 났군. 나머지는 어디 있는가?”

유문승의 말에 힘깨나 쓸 것 같은 젊은 겸사복이 굳은 표정으로 걸어 나왔다. 모든 시선이 그에게 쏠렸다. 어금니를 꽉 물고 걸음걸음 혼신의 힘을 다하는 것처럼 보였다. 유문승이 혼자만 다른 복장을 한 젊은 겸사복을 뚫어져라 위아래로 훑어보다 말했다.

“자넨 오늘 숙위 근무가 없는가?”

“그렇습니다.”

“근무조가 바뀐 지 열흘밖에 지나지 않았어. 보충을 하여 조를 재편성한 것이 아니라, 아예 조 하나를 깨끗이 들어냈군. 그 연유를 말해보겠나?”

순경으로 근무가 정해진 자들은 오 일부터 삼십 일까지 이십오 일간 근무하는 것이 원칙인데, 사정이 생겨 번이 바뀌는 날에는 명단을 병조와 왕에게 제출해야 했다. 하지만 근무조를 바꾼다는 보고는 어디에도 없었다.

• 밤 10시경으로 북을 울려 야간에 통행을 금지했다.
• 새벽 4시경으로 북을 울려 통행금지 해제를 알렸다.

"예비조로 보내졌을 뿐입니다."

유문승은 고개를 끄덕이며 출입문부터 안쪽까지 모든 얼굴을 살폈다. 그러다 갑자기 앞에 선 겸사복의 가슴께 옷자락을 붙잡아 자신 쪽으로 빠르게 잡아당겼다. 사지가 멀쩡한 사람이라면 그저 휘청하고 말았을 행동이다. 그러나 젊은 겸사복은 왼발로만 지탱한 채 균형을 잡으려다 살짝살짝 뛰다시피 움직였고 곧 볼썽사납게 넘어지고 말았다.

유문승이 쓰러진 겸사복의 다리춤 매듭 끈을 풀어 거칠게 무릎까지 올렸다. 역시 예상대로 복사뼈 위쪽과 정강이 사이에 검푸른 멍이 들어 있었다. 유문승은 넘어진 겸사복의 몸을 돌려 뒷머리를 살폈다. 이리저리 만질 때마다 넘어진 겸사복의 몸이 움찔거렸고 신음을 흘렸다.

"자네가 속한 순경조는 동궁의 서소에서 일경—更(오후 7시부터 9시까지) 무렵에 순찰을 시작했네. 역시 동소에서도 같은 시각에 서소로 출발했을 것이고. 맞는가?"

"으, 그렇습니다."

유문승은 고통스러운 표정으로 몸을 일으켜 세우는 겸사복을 지켜보고 있었다.

동궁을 둘러싸고 네 개의 번서를 서로 밀물과 썰물처럼 교대해가며 순찰을 하는 것이 순경의 일이다. 일경에 동서가 서로 반대편으로 이동한다면 이경엔 남북이 서로 이동하는 이치였다.

"일경이 되고 난 직후 반각의 시간이 취약한 구조더군. 마찬가지로 오경의 시간에도 구멍이 생기고. 이 역시 맞는가?"

"그렇습니다. 하지만 일경 무렵엔 불상사가 생길 리 만무합니다."

일경이 되고 난 직후 반각과 오경의 시간에는 조금 차이가 있었다. 근무지를 배정받고 각 번서로 이동하는 데 반각 정도 걸린다. 일경엔 침입하기가 여간 어려운 것이 아니다. 아무래도 관원이나 병사 등이 많은 데다 초여름이기에 그 시각이면 아직 날이 완전히 어둡다고는 볼 수 없기 때문이다. 하지만 오경의 반각은 전혀 다르다. 고된 순찰 근무를 마칠 즈음이다. 잠시 후면 근무가 끝난다는 안일한 마음마저 싹틀 때다. 인간인 이상 아무래도 경비가 허술할 수밖에 없다. 그렇다 해도 경비에 구멍이 뚫렸다는 부분에 대해서는 책임을 회피할 수 없다.

"자네가 속한 순경조는 일경에 동소로 출발하여 이경엔 움직이지 않고 근무를 섰어. 그리고 삼경에는 다시 서소로 출발했지. 같은 식으로 오경엔 동소로 출발해 그곳에서 쇠북이 울리면 근무가 끝나는 것이었네. 그렇지?"

"예."

"동소와 서소가 같은 시각에 동시에 출발한다. 그렇다면 반각 정도는 양쪽 모두 비게 된다는 말이 아닌가. 그 반각의 시간에 문제가 발생한 것인가?."

나이 많은 겸사복이 참다못해 버럭 목소리를 높였다.

"나리, 저희는 목숨을 바쳐 저하를 지키는 자들입니다. 무엇을 알고자 하는 것인지 속 시원히 말씀하십시오!"

유문승의 벼락같은 질문에 겸사복들이 모두 꿀 먹은 벙어리처럼 입을 다물었다. 팽팽한 긴장감마저 감돌았다.

"다시 묻겠다. 오경이 되고 난 직후의 시간에 피습을 당한 것인가?"

"몇 번을 말씀드려야……."

"잘 대답하게! 위증으로 옥살이가 하고 싶은 것이 아니라면 말일세. 피습을 당한 시각이 오경이 되기 반각 정도 전인가? 오경이 된 직후인가?"

유문승이 확답을 듣기 위해 물어보려는 찰나 문이 발칵 열리며 검사복장이 들어섰다.

"자네 말이 맞네. 오경이 되기 반각 정도 전일세."

유문승은 갑자기 나타난 검사복장을 바라보며 신음을 삼켰다. 검사복장이 빠르게 다가와 유문승에게 추궁당하고 있는 검사복의 어깨에 손을 얹고는 말했다.

"말해라. 괜찮다."

젊은 검사복이 머뭇거리다 입을 열었다.

"나리의 말씀처럼 좌경坐更*을 듣지는 못했습니다. 조금 있으면 이동해야 할 시각이라는 생각을 하던 찰나, 담에서 이상한 소리가 나는 것 같아 신경을 곤두세웠습니다. 때맞춰 사점四點(일경을 다섯 점으로 나눈다)을 알리는 징소리가 들려 잘못 들은 것인가 하는 순간…… 당했습니다."

"자네는 다리와 뒷목, 두 군데를 피격당한 것 아닌가?"

나이 많은 검사복이 끙, 앓는 소리를 내며 고개를 획 돌려버렸다. 유문승은 묵묵부답으로 서 있는 검사복에게 재차 물었다.

"나머지 둘은 하루 이틀 운신할 수 없을 정도로 상처를 입었겠지. 그게 아니면 목숨이 위독하거나."

---

* 보루각에서 징과 북을 쳐서 시각을 알리는 것.

젊은 겸사복이 궁정의 침묵을 지키자 참담하고 부끄럽고 죄스러운 감정이 무거운 공기로 소용돌이쳤다. 저하를 지키는 자들로서 자궁이 무너지고 면목이 추락한 것이다.

유문승은 다리가 불편한 젊은 겸사복에게 물었다.

"얼굴은 보지 못했는가?"

"예. 봉 혹은 단도로 보이는 것을 귀신처럼 쓰는 자였습니다. 게다가 얼굴에 복면을 하고 있어서……. 제가 먼저 당했고 다음으로 오늘 참석하지 못한 겸사복들이 당했습니다."

젊은 겸사복의 목소리에 분통이 묻어났다. 분명 다리를 먼저 맞고 쓰러져, 뒷덜미를 재차 가격당했을 것이다. 그러고는 정신이 혼미해졌을 것이고.

유문승이 물었다.

"나머지 둘은 크게 다쳤는가?"

"당분간은 거동이 불가할 정도로 허리를 다쳤습니다."

유문승은 겸사복의 대답을 듣고 머릿속으로 상황을 정리하기 시작했다. 범인은 오경이 되기 반각 정도 전에 그 동궁으로 침입했다. 그러고는 후원으로 가 귀룽나무의 가지를 손에 넣은 뒤 빠져나가다 근무자와 맞닥뜨렸다는 말이 된다.

유문승이 미심쩍은 듯 물었다.

"자네들을 습격한 자가 한 사람이 맞는가?"

유문승이 최헌직을 염두에 두고 묻자 젊은 겸사복이 분한 표정으로 답했다.

"그렇습니다."

유문승의 생각과 정확하게 일치했다. 최헌직이 죽은 것은 오경이 지난 시각이다. 그렇다면 범인은 동궁에서 빠져나간 뒤 최헌직을 죽였다는 결론이 나온다.

그런데 왜 반각이라는 시간의 여유가 있었음에도 순행하는 겸사복과 마주쳤을까. 그 부분이 마음에 걸렸다. 후원에서 동소에 이르는 시간으로 반각이면 넘치고도 남았다. 왜 반각의 시간을 조정하지 못한 것일까. 중간에 무슨 일이 있었던 것일까? 아니면 그 시간에 침입자는 무언가 다른 계획을 실행한 것일까? 의문이 꼬리를 물었다.

다만 확실한 것 하나는 분명 내부에 협력자가 있다는 점이다. 그렇게 생각할 수밖에 없는 이유는 귀룽나무의 존재 여부를 알고 있다는 점과 숙위 체제의 운용을 알고 과감하게 침입했다는 부분에 있었다.

겸사복장이 생각에 빠져 있는 유문승에게 투박하게 말했다.

"이 문제를 걸고넘어질 생각은 하지 말게. 이미 저하께 보고를 올렸으니."

"보고를 올렸는데도 이리 조용하다는 말입니까?"

"자네는 마치 시끄러워야 한다는 말투로군."

"이것이 화근이 되어 큰일을 초래할 수도 있습니다."

"이미 자체적으로 조사에 들어갔어. 동궁을 전부 뒤졌네. 없어진 물건도 없고 다친 사람도 없으며, 훼손된 것도 없었네. 아무런 이상도 없었단 말일세."

이들은 아직 최헌직의 죽음을 모르고 있었다. 유문승은 혼란스러웠다. 세자께서 이 사실을 알고 있었다니. 자체적으로 조사에 들어갔다는 말이 왠지 덮어두고 싶다는 뜻으로 들렸다.

겸사복장은 정말 아무런 이상이 없으니 쉬쉬할 문제는 아니라고 생각하는 것인가.

"이제 가봐야 하네. 용무를 마쳤으면……."

유문승이 겸사복장의 말을 잘라내듯 단호하게 말했다.

"알겠습니다."

더 이상 추궁할 것은 없었다. 습격당한 겸사복이 용기를 내어 상황을 설명했고 저하께도 보고가 들어갔다. 겸사복장은 이 문제가 불거지는 것을 원치 않는 듯했다. 역시 저하께서 이 문제를 인지하고만 계시다면 유문승도 문제 될 것은 없다고 생각했다.

하지만 의문은 점점 커져갔다. 목숨을 내놓고 동궁에 침입한 범인이 가져간 것은 고작 귀룽나무의 작은 가지뿐이다. 그 점이 이상했다. 위험을 무릅쓰고 가져간 것이 나뭇가지다.

용호영을 떠나는 유문승과 원찬식의 발소리가 둔탁하게 울리기 시작했다. 내내 아무 말도 하지 않던 원찬식이 갑자기 경직된 얼굴로 유문승의 팔을 잡아끌었다.

"보십시오."

용호영 마당으로 장창과 검을 꿰찬 훈련도감의 군사들이 들어차기 시작했다. 한눈에 보기에도 백은 족히 넘는 숫자였다. 훈련도감의 책임자가 겸사복장에게 무슨 말을 건네자 그는 곤란한 표정을 짓고는 겸사복들을 데리고 용호영 서문으로 빠져나갔다. 마치 훈련도감의 병사들은 겸사복을 모조리 몰아내고 용호영을 장악한 것처럼 기세등등한 모습이었다.

노론의 대신회의가 열리다

의정부 빈청에 속속 대신들이 도착했다. 기나긴 침묵이 장방형 탁상에 둘러앉은 노신들의 얼굴을 한층 어둡게 만들고 있었다. 의정부를 비롯한 육조의 중신들, 대간臺諫*, 좌의정 신만과 우의정 정휘량이 그들이었다.

최고 의결 기구인 의정부의 기능과 실권을 모조리 옮겨 위상이 확대된 비변사를 대표하는 중신도 눈에 띄었고 왕명을 최측근에서 받드는 승정원의 높은 관리도 자리에 참석했다. 육조는 판서가 아니면 참판이니 조정 전 부서의 핵심 인원이 모였다 해도 과장이 아니었다.

바구니에 우둘투둘하게 아무렇게나 모아놓은 봄나물처럼 혼란스러워 보이기도 했지만 그들에게는 공통점이 있었다. 그것은 모진 세상 한파를 견디며 버텨온 가장 큰 붕당이라는 점이었다.

세자를 옹호하는 일부 온건파를 제외한 노론 강경파가 모두 모

---

* 사헌부와 사간원의 관원을 병칭하여 부르는 말.

였다. 서인이 갈라져 노론과 소론으로 나뉘고 노론이 다시 강경파와 온건파로 나뉘었지만 노론 강경파가 아직 세력은 가장 비대했다. 자리에 모인 중신들의 표정은 흡사 전장에 출전하는 장수라도 되는 것처럼 비장하고 어둡기만 했다.

오래전부터 비어 있던 상석에 김상로가 앉았다. 김상로는 거의 초췌하다고 해야 할 정도로 마른 사람이었다. 꿈속에나 나타날 법한 도깨비처럼 뼈가 다 드러나 보일 정도로 야위었다. 한동안 음식을 잘 먹으며 요양할 필요가 있을 정도로. 그의 작고 검은 눈은 눈구멍 안으로 깊숙이 들어가 있어 거기서 새어 나온 그림자가 얼굴 전체로 번져 있었다. 뺨도 너무 홀쭉해서 푹 꺼진 것처럼 보였으며 뺨 주위는 붉은 피부 때문에 울퉁불퉁해 보였다. 입술과 코도 그의 몸만큼이나 가늘었으며 턱도 뒤로 쑥 들어가서 없는 것처럼 보여 전체적으로 날카로운 인상을 풍겼다.

새벽부터 먼 길을 재촉해 궐에 들어온 경기감사 홍계희가 경직된 얼굴로 말했다.

"송구합니다. 대감께서 영부사의 자리에서 털고 일어나 중책을 수행하시려는 찰나, 조정이 이렇게 뒤숭숭합니다."

김상로는 홍계희의 말을 천천히 곱씹다가 좌중을 향해 넌지시 말했다.

"그래요. 우리는 막아내야 할 것이 있는 사람들입니다."

눈치 빠른 형조참의 이해중이 덧붙였다.

"대감께서 뒤를 든든히 보아주시고 유생들을 적절한 시기에 움직일 수 있다면 오히려 대의는 우리에게 있는 것이 아닙니까."

좌중은 이해중의 말에 잠시 힘을 얻은 듯했다. 하지만 좌의정 신만이 수염을 점잖이 쓰다듬으며 말했다.

"이 고비를 넘겨야 대의도 우리를 따를 것이오. 그건 그렇고 신이 듣기로는 영상께서 주청을 넣은 것이라 하던데, 사실이오?"

대답은 말석에 위치한 승정원 승지에게서 나왔다.

"그렇습니다. 어제 아침의 일이지요."

"무슨 말이 오갔는가?"

김상로의 목소리가 탁하게 갈라졌지만 강경파를 이끌어가는 수장으로서 위엄이 온몸에서 흘러나왔다.

"예조판서와 함께 전하를 알현한 자리였습니다. 김상로 대감이 여러 해 동안 향리鄕吏*의 구실바치로 있는데, 청컨대 돈소敦召*하여 국사를 의논하라고 전하께 상언을 했습니다. 전하께서는 마치 기다리셨다는 듯 영부사의 일은 매우 유감으로 생각하신다고 하셨습니다. 하지만 중관 한채의 죽음으로 조정이 너무 시끄러워져서 엄히 막고자 바로 김상로 대감을 파직시켰다는 말씀도 잊지 않으셨습니다. 김상로 대감을 생각하여 곡진히 옹호한 것임을 잘 알지 않느냐고 하문하시었습니다."

"그랬더니?"

"영상 대감께서도 잘 알고 있다고 대답하였습니다. 또한 영부사가 이 말을 들으면 감읍할 것이라고도 하였지요."

"어찌 그렇지 않겠는가."

김상로의 어조는 그리 생각지 않으면 안 된다는 투였다. 어찌 왕

---

* 한 고을에 대물림으로 내려오던 각 관아의 벼슬아치 밑에서 일을 보던 사람.

* 도탑게 불러서 물음.

사도세자 암살 미스터리 3일

좌에 앉게 뒤를 봐준 세력에게 그리하지 않을 수 있겠는가, 그런 의미가 담긴 말투.

승정원 승지의 말이 끝나기가 무섭게 신만이 불안함을 억누른 목소리로 말했다.

"무엇보다 영상이 문제입니다. 영상의 머릿속을 진정 다 알고 있는 자가 몇이나 되겠소이까. 어떤 날은 구렁이처럼 움직이다가 여우처럼 변하고 종래에는 호랑이처럼 물어뜯지 않소이까. 보십시오. 회의에는 코빼기도 비치지 않고 있소이다."

홍봉한의 측근인 우의정 정휘량이 신만을 노려보며 따끔하게 말했다.

"말씀이 지나치시오. 사람이 없는 자리라 하여 그리 말씀하실 수 있소? 한쪽만 보면 다른 쪽이 보이지 않는 법. 지금은 노론의 화합이 필요한 때입니다."

김상로가 어둡게 말했다.

"영상은 조정의 수장으로서 전하의 밀지를 받드는 것이 나을 것이오. 그는 확실히 지수재知守齋와는 다른 인물이지요."

김상로의 말이 좌중을 혼란으로 몰아넣었다. 신만은 지수재 유척기를 생각하니 부글부글 끓어오르는 심사를 억누르기 힘든 듯 얼굴을 잔뜩 찡그렸다.

지수재 유척기. 그는 도량과 재간이 크고 깊어 고금의 일에 박통하였으며, 대신의 기풍을 지닌 노론 온건파였다. 당대의 명필가이자 금석학金石學의 대가이기도 한 그는 중론에 따라 소론을 핍박하는 것을 반대했고 인물을 잘 가려 뽑자는 주장을 펼치기도 했다.

그런 그가 문제가 된 것은 세자를 보호하는 쪽으로 가닥을 잡은 일 년 전 무렵이었다. 당시 그는 영의정으로서, 노론의 영수로서 세자를 선택했다. 그 결정에 노론은 충격을 받아 유척기를 압박했다. 결국 유척기는 압박을 이기지 못하여 사직을 택하고 말았다. 그토록 민감한 시기에 유척기의 선택은 적지 않은 파장을 남겼다. 노론 온건파뿐만 아니라 강경파 신하들도 하나둘 세자를 옹호하며 나섰기 때문이다. 소론 강경파에게는 불구대천의 원수 대하듯 강경하던 그가 세자에게로 돌아선 이유는 무엇이었을까.

이유는 간단했다. 측근에서 본 세자는 풍문과는 전혀 다른 존재였기 때문이다. 유척기는 세자의 인물 됨됨이와 성품, 그리고 군왕으로서 자질을 뒤늦게 발견하고는 노론의 입장을 버렸다. 그리고 신하의 입장으로 세자를 지지하기에 이르렀다. 유척기는 노론 강경파에 끝도 없는 불안감을 심고 사직해버렸지만 그의 뜻과 선택은 아직도 노론 내부를 뒤흔들고 있었다.

김상로가 탁자를 손으로 내리치며 말했다.

"영상은 그 자리에서 쉽게 움직이지 않을 것이오. 우린 우리끼리 살길을 모색해야 하오."

무표정으로 김상로가 낮게 이야기하자 좌중이 조금씩 진정되기 시작했다. 받아들일 것은 받아들여야 한다. 홍봉한은 노론 강경파에 도움이 되는 움직임을 보이진 않을 것이다.

"다들 알고 있다시피 전하께서 지금 병석에 누워 계시오. 오늘 밤 전의에 따르면 약진도 받지 못하였다 하였소. 탕약도 들어갔다가 그대로 나왔으니 전하의 생사를 장담할 수 없는 지경에 이르렀어요. 지금 이대로라면 이무기가 용이 되고 말 것이오. 그렇다면 여기에 모인 자들뿐 아니라 후손까지도 목이 날아갈 것은 자명할 터!"

이무기가 용이 될 것이라는 말에 다들 몸을 부르르 떨었다. 세자에 관해 흉악한 말을 지어 궐에 퍼뜨리며 미친 사람은 왕위에 오를 수 없다 하였고, 틈만 나면 영조와 세자 사이를 이간질하기 위해 세자의 생모인 영빈 이씨까지 움직인 그들이다. 세자 역시 그런 점을 잘 알고 있다. 세자가 왕이 된다면 파멸의 길을 걸을 수밖에 없는 것이다.

"영상 대감이 움직이지 않는다면 그 날개에 들어가 있는 병판과 어영청의 병사들 역시 움직이지 않을 것이오. 하지만 그들을 제외한 나머지 오군영의 병사들은 능히 움직일 수 있으니 어찌 다행이라 하지 않겠소."

신만이 김상로에게 물었다.

"병조와 어영청을 움직일 수 없으니 궁궐 수호 세력을 반이나 잃은 것이 아닙니까."

"그렇소이다. 하지만 역으로 생각해보면 이무기에게도 붙지 않을 세력입니다. 그 큰 덩어리를 제하고 나면 우리의 병력이 가장 큰 세력이 됩니다."

그때 잠잠하게 있던 정휘량이 목소리를 높였다.

"영상 대감도 가만 계시지는 않습니다. 평양에 원군을 요청하는 서신을 병판 대감을 통해 보내셨소."

일시적으로 좌중에 안도의 한숨이 퍼져 나갔다. 김상로는 사람들 사이에서 알 듯 모를 듯한 표정이었다.

신만이 계속하여 불안감을 부추기듯 말했다.

"그건 다행이라 할 수 있겠소만, 소론의 잔당들도 염려됩니다."

"그들은 춘천만 주시하고 있으면 충분합니다. 조재호만 못 움직이게 한다면 염려할 것이 없지요."

김상로의 말에도 좌중의 신하들 얼굴에는 두려움과 처절함이 가득했다. 패한다면 노론은 뿌리까지 뽑힐 것이다. 또한 역사에도 패자로서 영원히 기록될 것이다. 후손들은 역모의 자식이라는 오명을 숙명처럼 받들고 살아가야 한다. 여태까지 쌓아온 모든 것이 무너지고 말 것이다.

정휘량이 서서히 몸을 일으키고는 급한 사정으로 인해 끝까지 자리를 지키지 못하겠다고 말한 뒤 용서를 구했다. 정휘량이 회의에 참석한 목적이 바로 평양 원군 요청을 알리기 위한 것임이 단번에 드러났다.

위에서 아래를 쏘아보는 듯 잔인하고 사나운 권력자의 눈빛이 의정부 빈청을 가득 메웠다. 김상로가 날카롭게 말했다.

"전하께서 붕어라도 하게 된다면 우리는 꼼짝없이 앉아서 죽음을 맞을 것이오. 그러니 이무기보다 빨리 움직여야지요. 반드시."

김상로가 말을 끊고는 좌중을 살폈다. 이미 동궁은 김상로의 명으로 사방 물 샐 틈 없이 포위되어 있었다.

"반드시 죽여야 합니다."

김상로가 마지막으로 결연하게 좌중에 당부했다.

"일단 은밀히 병사들을 집결시킬 것이오. 우리는 칼을 뽑았소. 죽이지 못하면 죽는 문제요. 아시겠소?"

김상로가 빈청에 모인 한 사람, 한 사람을 살펴나갔다. 어차피 김상로를 포함해 이곳에 모인 사람들은 죽음의 강을 넘어야 하는, 같은 배를 탄 동지다. 오로지 서로를 믿고 등을 맞댄 채 세자를 죽여야 하는 막다른 골목에 선 동지들이었다.

사도세자 암살 미스터리 3일

유문승은 답답한 마음을 날려버리려는 듯 몸을 벌떡 일으켰다. 살인 사건의 단서는 세 가지였다. 피해자의 몸에 쑤셔 넣은 여섯 글자의 암호와 그가 죽기 직전에 어딘가로 연통을 보내려 했다는 점, 그리고 그가 입에 물고 죽은 귀룽나무의 꽃가지였다.

어둡고 꽉 막힌 골목길의 초입에 들어선 기분이 들었다. 반딧불만 한 밝기의 세 단서를 가지고 주위를 살피면서 나아가야 하는 암담한 상황이었다. 유문승은 생각했다. 일단 반딧불만 한 단서를 캐야만 한다. 그러면서 하나의 반딧불이 다른 반딧불을 끌어 모아 밝아지기를 바라는 것이다.

한 치 앞도 분간할 수 없을 정도로 어두운 밤이다. 마치 아홉 번 꼬부라진 양의 창자처럼, 한번 들어서면 되돌아 나오는 길을 찾을 수 없는 미로처럼, 복잡한 길의 끝에서 원찬식이 유문승에게 물었다.

"어딜 가시는 것입니까?"

"최헌직은 어디론가 연통을 보내고 죽었다. 그곳이 어디일까? 왜 범인은 그가 연통을 보낸 다음에 죽였을까? 만약 막아야 하는 것이라면 봉수대에 도착하기 전에 죽여야 하지 않았을까?"

"물론입니다."

"안타깝게도 연통과 관련된 사실은 거기까지다. 현재로선 그게 다지."

유문승의 목소리에 탄식이 묻어났다. 정보의 한계에 부딪히고 보니 답답한 마음이 절로 흘러나왔다.

"입에 물고 있던 귀룽나무는 무엇을 뜻하는 것일까? 그는 귀룽나무의 이식 공사를 주도했다. 역시 귀룽나무와 관련된 사실은 그것뿐이야. 그쪽도 진도를 나갈 수 없지."

원찬식은 고개를 끄덕거렸다. 연통과 귀룽나무를 연결할 만한 부분이 현재로선 도저히 보이지 않았다.

"그래서 우리가 파고들 부분은 바로 그 여섯 글자의 암호다."

"하지만 어떻게……."

동시에 유문승의 몸이 갑작스럽게 방향을 틀었다. 덕분에 불빛이 흔들려 넘실거렸다.

"다 왔다."

"이곳은…… 승문원이 아닙니까?"

좁은 길을 돌아 커다란 출입문 앞에 멈춰 선 유문승이 승문원에 들어서자 원찬식도 급히 뒤를 따랐다. 승문원은 서고를 제외하고는 모두 불이 꺼져 있었다. 그 모습은 마치 웅크리고 있는 호랑이의 두 눈이 홀로 어둠 속에서 빛을 발하는 것처럼 보였다.

"이 늦은 시각에 무슨 일인가?"

유문승과 원찬식이 서고에 들어서자 장탄식을 연발하며 서류와 서책 사이에서 씨름하던 참교參校가 눈을 동그랗게 뜨며 물었다. 화려하고 유려한 붉은 관복이 잘 어울리는 근엄한 인상이었다.

"송구합니다. 저하께서 명하신 사건을 수사 중인 위관……."

유문승이 정중하게 예를 갖추었다. 유문승의 얼굴을 자세히 살피던 참교의 눈빛이 의미심장하게 반짝거렸다.

"알고 있네. 왜 왔는지나 말하게."

참교가 단호하게 대꾸했다. 확실히 늦은 밤 유문승과 원찬식의 방문이 달갑지 않은 표정이었다. 시작부터 삐거덕거린다. 달가워하지 않는 주인에게 무엇을 얻어갈 수 있을까. 답답했다.

"제가 올 것을 알고 계셨다는 말입니까? 아니면……."

사도세자 암살 미스터리 **3일**

"자네들이 이곳에 올 것을 내가 어찌 알았겠는가? 자네가 위관이 되어 환관이 죽은 사건을 조사하고 있다는 것을 알고 있었단 말일세."

참교가 찬바람이 일 정도로 고개를 획 돌렸다. 근엄한 그의 말투에 불만과 짜증스러움이 묻어났다. 또한 습관처럼 남의 말을 자르고 나서는 모습에서 자신이 할 말만 하면 되고, 자신이 알 것만 알면 그뿐이라는 지극히 편협하고 실리적인 생각을 가진 자라는 생각이 들었다. 융통성이라고는 전혀 없을 것 같은 참교의 태도에 가슴이 꽉 막히는 것 같았다.

"참교 영감, 저하의 심기가 편치 않으십니다. 가까이 두신 환관이 죽은 사건입니다. 그 사건을 풀기 위하여 보았으면 하는 서책이 있습니다. 서책의 형태가 아닐 수도 있습니다만."

"감히 지금 나를 협박하는 것이냐! 아무리 어명이라지만 귀중한 문서를 보관하는 곳이다. 어명이라 하여도 안 되는 것은 안 되는 일! 감히 이곳이 어딘 줄 알고 건방지게!"

불호령이 떨어졌다. 유문승은 부들부들 떨고 있는 참교의 눈을 피하지 않으며 담담한 목소리로 답했다.

"영감, 알고 있습니다. 청과 왜에 관련된 귀중한 국제 문서, 과거 시제, 대소 신료들의 상소를 보관하고 있는 중하디중한 관청인 걸 왜 모르겠습니까. 법도를 어기지 않을 것이니……."

"법도를 어기지 않아? 이런 행동이 법도를 어기는 것임을 어찌 모르느냐!"

"어떤 문서를 보는 것이 법도를 어기는 행동입니까?"

유문승이 참교에게 도박하듯 물었다.

"외교에 관련된 문서는 안 된다. 근본이 안 되어 있는 자로고."

"그렇다면 사신 명단은 외교에 관련된 중요한 문서입니까?"

참교가 되묻는다.

"그 문서만 보겠다면 괜찮을 것인데. 과연 자네가 그럴까?"

역시 호락하지 않다. 유문승이 침묵을 흘리자 그것 보란 듯이 참교가 말했다.

"저하께서 직접 오신다 하더라도 내 뜻은 변하지 않아. 그러니 헛심 쓰지 말고 돌아가게!"

"그렇다면 이 시를 살피기라도 해주십시오."

유문승이 최헌직의 사체에서 나온 암호를 건넸다. 참교는 탐탁지 않은 표정으로 여섯 글자로 이루어진 시화를 소리 내어 읊조리듯 읽기 시작했다.

"동쪽이라, 나무를 심고 그림을 그렸네. 참았거늘, 아 잔인한 약속이여."

그러고는 나직한 목소리로 덧붙였다.

"말이 되지 않는 것은 아니나, 뜻이 너무 피상적이군. 이래서는 뜻을 전달할 수 없지. 무언가 생략했거나 어불성설이야. 게다가 이렇게 기괴한 모양을 한 글자를 자네는 본 적이 있는가? 이건 완성된 문장이 아니야."

참교 역시 생각이 비슷했다. 글은 뜬구름 잡듯 쓰는 게 아니다. 하고자 하는 말이 비수처럼 날카롭진 않아도 분명하게 전달하려는 대상이 있어야 하고, 가슴을 쥐어짜듯 감동을 전하진 않아도 마음을 움직일 수 있어야 하며, 푸념이라 할지라도 뜻이 모호해져선 안 되는 것이 바로 글이 갖추어야 할 요소다.

"읽는 순서가 틀렸는지, 다른 어떤 방법이 있는 것인지는 모르겠네. 하지만 자네도 알다시피 뜻이 전혀 맞지 않는 것은 아닐세."

유문승은 참교에게 숨김없이 모두 말해주었다. 피해자가 피살된 방법과 발견된 경로까지, 거의 모든 것을 말해야 했다. 조정에서 가장 경직된 관아, 승문원을 뚫기 위해선 뱃속까지 드러내야 한다. 그래도 거부당한다면……. 딱히 방법이 떠오르지 않았다.

정도전에 의해 탄생한 조선의 정치 체계는 막강한 신권을 자랑했다. 왕권의 강화를 막기 위해 태어난 제도는 여러 곳에서 빛을 발했는데, 이곳 승문원도 그중 하나였다.

삼사가 구언求言●으로 왕의 입지를 제지하듯, 실록과 더불어 승문원에 있는 중요 문서는 아무리 왕이라 할지라도 사사로이 열람할 수 없게 만듦으로써 왕의 행동반경에 제한을 둔 것이다.

승문원은 왕도 함부로 하지 못하는 관료들의 보루 같은 곳이기에 어명이라 하여도 눈 하나 깜짝하지 않는 일이 비일비재했다. 어쩔 수 없었다. 암호에 다가서지 못하면 살인 사건을 풀 수 있는 실마리는 사라져버린다. 암호는 시의 근간을 이루는 한자를 변형해 만든 것으로, 한자를 널리 유통시킨 중국의 사상과 깊은 관련이 있기에 승문원이 아니면 관련 정보를 얻을 수 있는 곳이 없었다.

"청에서 우연히 한자로 놀이를 하는 것을 보았습니다. 글자를 잠가두었으니 열쇠 또한 있겠지요. 하지만 승문원이 아니면 조선에선 밝힐 수 없고, 영감의 허락이 없으면 영원히 풀 수 없습니다. 범

● 왕이 신하의 바른말을 널리 구한다는 뜻으로 자연재해나 일식, 월식뿐 아니라 흉년이나 가뭄이 일어나면 왕의 치세를 폄하하고 부덕을 꾸짖어도 절대 벌할 수 없었다.

인을 잡기 위해선 영감의 도움이 필요합니다."

"내가 무엇을 어떻게 도와줄 수 있단 말인가. 허허, 참."

잠자코 듣고 있던 참교가 그 말을 끝으로 늙은 몸을 힘겹게 일으켜 서고를 나가려 했다. 글자에서 시선을 떼지 못하는 유문승을 돌아보더니 혀를 차며 서리를 부른다. 주변에 있었는지 금세 서리가 나타났다. 참교는 서리에게 귓속말로 짧게 무언가를 말하고 종종걸음으로 사라졌다.

서리가 유문승에게 다가와 차분하게 허리를 굽혔다.

"도움을 줄 수 없으니 괜한 헛심 쓰지 말고 돌아가라고 말씀하셨습니다."

명백한 축객령에 유문승은 널찍한 서고에 굳어버린 듯 서 있었다. 그렇게 잠시 시간이 지나고 유문승과 원찬식은 서고의 댓돌을 밟고 내려섰다. 오던 길을 되짚어 움직이기 시작했다.

담장을 끼고 어두운 길을 걷던 유문승과 원찬식은 깜짝 놀라 걸음을 멈추었다. 둘을 기다리고 있는 이는 뜻밖에도 조금 전에 이야기를 나눈 젊은 서리였다. 서리가 어둠 속에서 주변을 살피며 목소리를 한껏 낮추었다.

"놀라셨지요? 송구합니다. 무슨 변고가 있는지는 모르겠으나 궐을 병사들이 둘러싸고 있습니다. 승문원 역시 그들의 시야에 있으니 일단은 저와 함께 물러나는 것처럼 이곳을 빠져나가시지요. 서고에 들어설 수 있는 길이 하나 더 있습니다."

유문승과 원찬식은 잠시 서로를 바라보다 서리를 따라 조용히 발걸음을 옮겼다.

이제 스물이나 됐을까. 서리는 똘망똘망한 눈빛이 인상적인 사내였다. 조선을 위해, 조정을 위해 마음으로 출사표를 던지고 대의를 품은 눈빛이 호기심과 두려움을 살짝 머금은 채 반짝거렸다.

서리가 따라오라는 눈짓을 했다. 횃불도 꺼버린 채 셋은 빠르게 움직였다.

동쪽을 바라보는 정방형의 세 칸 승문원 서고에서 가운데 칸이 중요한 문서를 보관하는 곳이었다. 그리고 양옆으로 서고를 둘러싸고 있는 칸은 왼쪽이 서고의 집무실이자 공식적인 출입구이고, 오른쪽 칸은 관리들이 잠시 쉬기도 하고 식사도 해결하는 곳이었다. 서리는 오른쪽 칸으로 둘을 데리고 갔다.

어안이 벙벙한 얼굴로 선 유문승과 원찬식에게 서리가 말했다.

"참교 영감도 병랑 나리의 소문을 들어 알고 계십니다. 유독 나리 이야기를 자주 하셨어요. 비록 승문원에 계시지만 실학에도 조예가 깊으신 분이지요. 제게 중요한 문서만 건드리지 말고 두 분을 안내하라고 말씀하셨습니다."

서리가 낑낑대며 한구석에 있는 작은 서궤를 밀쳐냈다. 한 사람이 겨우 허리를 굽히고 들어갈 만한 입구가 나타났다.

"원래는 화재를 대비해 출구를 하나 더 만든 것인데 도중에 창을 낸 뒤 개구멍처럼 흉하다 하여 막아두었지요."

유문승이 먼저 들어섰고, 원찬식도 따라 들어갔다. 서고는 밖에서 볼 때보다 훨씬 널찍하고 커 보였다. 끝도 없이 늘어선 서가들 사이로 군데군데 불을 밝혀놓아 생각보다 어둡진 않았지만 무언지 모를 위압감이 흘렀다. 유문승은 침을 꿀꺽 삼키고는 나무 바닥에서 소리가 나지 않게 조심스레 움직였다.

좌측 서가에는 송과 명, 청나라의 서권과 도서, 문적이 가지런히 꽂혀 있었다. 중국 왕조들의 탄생과 멸망, 뜨겁게 다투던 사상, 탁월한 시인들이 남긴 향기로운 노래가 오래된 종이 냄새를 타고 떠돌았다. 우측 서가에는 제후의 나라인 왜국의 혈향이 진동했다. 하지만 그들이 흘린 피는 진보를 위해 희생한 것이라는 생각이 들었다. 주변국 중에서 가장 뒤처진 국력과 문화를 통감한 제후들은 개방을 반대하는 세력을 과감히 숙청했다. 그 과정에서 서구와 청, 더 나아가 세계의 모든 문화와 무기, 병선을 받아들이면서 가히 혁명이라 할 정도로 나라가 탈바꿈되고 있었다. 그에 비해 조선만 두 눈을 감고 두 귀를 닫은 채 제자리에 서 있는 듯하여 유문승은 가슴이 터질 것만 같았다.

하지만 경건하여 절로 엄숙해지는, 꿈틀대며 살아 있는 역사의 현장에서 유문승은 실마리를 찾아야 했다. 서리가 유문승과 원찬식에게 당부하듯 말했다.

"참교 영감께서 말씀하시길 신지神智와 소동파를 살피라 하셨습니다."

유문승은 서리가 소동파를 언급하자 고개를 주억거렸다. 그에 반해 원찬식은 막막한 심정으로 유문승과 서리를 번갈아 쳐다보며 물었다.

"신지라는 것이 무엇입니까? 그리고 소동파?"

책은 바닷가의 모래알처럼 많았고 서가는 백 개, 천 개로 쪼개져 밀알처럼 광범위했다. 하지만 유문승은 조금도 고민하지 않고 원찬식에게 말했다.

"소동파의 시문집을 살피도록 하게. 물론 이상해 보이는 시를 위

사도세자 암살 미스터리 3일

주로 말일세."

원찬식이 어안이 벙벙한 얼굴로 물었다.

"적벽부赤壁賦의 그 소동파를 말씀하시는 것입니까?"

"그래. 조선엔 서정적인 당시唐詩와 달리 고고하고 철학적인 시풍을 지닌 불세출의 천재라고만 알려져 있지. 그가 남긴 시문서화詩文書畵만을 이야기할 뿐, 한자를 통해 놀라운 재치를 뿜낸 것은 거의 알려져 있지 않더군. 한시의 암호화. 암호로 이루어진 한시. 이를 촉발한 사람이 소동파일세."

하늘도 울고 갈 폭넓은 재능을 지닌 소동파는 좌담座談을 잘하고 익살스러운 농담을 좋아하여 누구에게나 호감을 주었으므로 많은 문인이 주위로 모여들었다. 특히 한자를 통한 유희를 즐겨 탐관에게는 얼핏 보기엔 좋은 내용의 시를 올리면서 그를 조롱하는 뜻을 담기도 했고, 반대로 뜻이 올곧은 역적에게는 훈계조로 꾸짖는 듯하면서 실제로는 장려하는 등 한자를 자유자재로 다룬 인물이었다.

원찬식이 서리의 안내를 받아 소동파의 시문집을 뒤적거리기 시작했다. 하지만 아무리 찾아봐도 아름다운 운율의 서정시만 가득했다. 원찬식이 불안한 목소리로 유문승에게 물었다.

"도무지 알 수 없습니다. 왜 이런 사실이 조선엔 알려져 있지 않습니까?"

"문자 놀이라 생각해서 그렇지. 혼과 영이 담긴 글자로 조잡한 숨바꼭질을 즐기는 걸 조선의 사대부들은 용납할 수 없는 것이야."

첫 번째 서가에는 국가적으로 중요한 공문서가 줄지어 늘어서 있었다. 책으로 편하고 인출하여 승문원은 물론 의정부, 사서 등에도 보관한 문서들이다. 의정부에 보관한 것은 행정상의 참고 자료로 이용할 수 있게 함이며, 사서에 보관한 것은 만일의 사태에 대비하여 이를 보다 안전하게 영구 보존하기 위한 조치였다.

중요하지만 유문승에게 필요한 문서는 아니었고 서리의 눈길이 부담스럽기도 했다. 원찬식이 소동파의 시문을 찾아 헤매는 반대편, 두 번째 서가로 움직였다. 먼저 중국의 사신을 접대하는 법을 기술한 책이 눈에 띄었다. 그 옆으로는 고려시대부터 지금까지 사신을 접대하는 모습을 다양한 그림으로 표현한 의궤와 견관례見官禮의 의식을 다룬 영접도감이 시대별로 방대하게 나열되어 있었다. 유문승은 그 서가의 끝에 가서야 비로소 원하던 신지와 관련된 책을 찾을 수 있었다.

원찬식이 들어선 서가에는 기이한 글과 그림이 담긴 책이 가득했다. 대부분의 책에 제목이 없었다. 대개 낱장의 문서는 유실되기 쉽고 찾기에도 불편하므로 상호 관련된 문서를 몇십 장씩 모아 성책한 탓에 저자가 각기 다른 이유로 제목을 붙이기가 쉽지 않았으리라. 한 움큼 쌓인 먼지를 불어내면서 한 권씩 책장을 넘기기를 지루하게 반복했다.

유문승은 다른 책에 비해 크기가 절반 정도에 불과한 책을 집어 올렸다. 저자를 알 수 없는 정체불명의 시들이 적힌 초반부를 지나자 '신지'라는 편목으로 따로 묶은 부분이 강하게 눈길을 잡아끌었다. 첫 장을 넘기자 시이되 시가 아니고, 한자이되 한자가 아닌 기상천외한 문장이 나왔다. 유문승은 재빨리 옮겨 적기 시작했다.

다 옮겨 적은 유문승은 천 년 전 수나라와의 교류부터 당나라, 송나라, 금나라를 기록한 서책들을 지나 원나라, 명나라의 그것을 지나쳤다. 백여 년 전 일어난 청나라 앞에 멈추어 선 유문승은 숨을 크게 들이쉬었다.

원찬식 옆으로는 제목 없는 책들이 수북이 쌓여갔다. 그 옆으로는 소동파의 시집이 쌓여 있었다. 원찬식은 가까운 시일부터 과거의 시간으로 훑어갔고 어느새 옆으로 다가간 유문승은 그 반대로 훑기 시작했다.

유문승은 숙종 연간에 기록한 문서나 서책을 한쪽으로 밀어냈다. 금상의 재위 연초부터 훑어나가던 유문승의 손이 갑자기 멈칫했다. 원찬식이 유문승에게 눈길을 돌렸다. 그곳엔 사체에서 나온 암호와 비슷하지만 조금 다른 형태의 시가 있었다. 그것은 대부분 제목도 없고 지은이도 없으며 독해를 마친 정답도 없었다.

"이것도 마찬가지네. 그러니 시와 관련해 단서가 될 만한 것은 모조리 적어두어야 해."

원찬식도 유문승의 옆에 앉아 베껴 적기 시작했다. 둘의 손놀림이 빨라졌다. 서리는 그런 둘을 불안하게 바라보며 말없이 한참이나 서 있었다.

암호에 접근하다

궁성 북문 밖 북악산 남쪽 중턱 아래 자리한 융무당을 눈앞에 두고 박필주는 짙은 어둠 속에서 잠시 발길을 멈췄다. 융무당을 지키던 세자익위사 하나가 박필주를 알아보고 고개를 깊이 숙였다. 파르르 떨리는 손끝을 감추듯 뒷짐을 지고 선 박필주가 말했다.

"저하를 뵈러 왔네."

말없이 고개를 끄덕이는 익위사를 뒤로하고 융무당에 들어선 박필주의 시야에 너른 공터가 들어왔다. 공터를 둘러싼 담 주위 사방에 하나씩 밝힌 횃불이 바람에 낮게 흔들리고 있었다. 정방형으로 갈라진 네 곳의 구획지 중 세자는 두 번째 구역에서 마상기예 연습을 마친 뒤 말에서 내려서고 있었다.

무예 시험을 보는 곳인 융무당에는 세자 말고도 측근의 익위사 이석문과 신호수 몇이 자리를 지키고 서 있었다. 조심스럽게 다가선 박필주가 세자의 등 뒤로 열 걸음 거리에 우뚝 서서 이석문을 바라보았다. 그가 멀찌감치 물러났다.

검은 공간에 어두운 색 옷을 입고 서 있는 세자의 등은 무척이나 넓고 단단해 보였다. 병약해 보일 정도로 창백한 안색과 곱상한 얼굴선은 말에도 제대로 못 오를 체력을 연상케 했지만 몸은 달랐다. 육 척에 조금 못 미치는 큰 키에, 두툼한 팔뚝은 무기를 다루는 데 적당했고, 늘씬하게 뻗은 근육질의 다리는 마상무예와 각법脚法, 그리고 달리기에 적합했다.

"저하, 김상로 대감을 필두로 한 노론 강경파의 움직임이 심상치 않습니다. 조금 전 이미 한 차례 회담을 가졌사온데, 태반의 권신이 모여 모의를 한 것 같습니다."

세자가 활터로 천천히 발걸음을 옮겼다. 박필주도 세자를 따라 움직였다. 세자는 이석문이 가져온 궁대弓袋*를 허리에 둘렀다. 그리고 넓은 소매를 감는 팔찌와 시위, 오늬*를 누를 때 검지의 밑에 붙이는 가죽 가락지를 건네받고 각지*를 끼우며 물었다.

"김상로가? 그리고 또 누가 있었는가?"

세자의 목소리는 침착했다. 그 정도는 누구라도 예상할 수 있는 일이었다. 김상로는 세자를 반대하는 세력 중 가장 높은 대척점에 있는 권신이 아닌가.

박필주가 세자의 물음에 암담하고 처절하게 대답했다.

"많사옵니다. 우의정 정휘량, 좌의정 신만, 김귀주, 홍인한, 경기 감사 홍계희, 형조참의 이해중, 그리고 양사의 대간들, 승정원과 비변사의 대신들도 회의에 참석하였습니다."

---

* 활을 쏠 때 화살을 꽂기 위해 허리에 차는 천 혹은 끈.
* 화살의 머리를 시위에 끼우도록 에어낸 부분.
* 활줄을 당기는 손의 엄지에 끼워 손가락을 보호한다.

세자의 몸이 잠시 움찔하더니 활을 든 손이 부르르 떨리기 시작했다.

"원랑을 막기 위해 많이도 모였구나."

"그렇습니다. 혹시라도 전하께서 붕어하실 경우 불미스러움이 있을까 염려한다 말하고 있지만……."

"허울 좋은 입발림이지. 그렇지 않다면 어찌 전하의 편전보다 동궁에 더 많은 병사가 유둔하고 있단 말이냐. 나를 묶어놓으려는 것이야."

세자가 활을 쥔 손에 힘을 주며 말했다.

"우부승직의 조사는 어찌 되어가고 있느냐?"

"그것이……. 아직 마땅한 보고가 없습니다. 병랑이 단서를 쫓아 장원서와 용호영을 들쑤시고 다닌다고 합니다. 그리고 일각 전에는 승문원 근처에 모습을 나타냈다 하옵니다."

"승문원?"

세자의 눈에서 잠시 불꽃 같은 것이 꿈틀거렸다.

"이상한 일이구나."

"애초에 병랑이 위관에는 어울리지 않았을지도 모릅니다."

"그럴까?"

세자는 한익모의 식견을 믿었다. 그는 누구보다 판의금 자리에 어울리는 자였다. 사람을 꿰뚫어보는 통찰력, 당적에 연연하지 않고 중심을 잡아 사건을 처결해나가는 뚝심, 설사 세자인 자신이 연루되었다 할지라도 할 말은 하고, 진실을 밝히기 위해 수단과 방법을 가리지 않을 자였기 때문이다. 하지만 그것이 문제였을까. 한익모는 판의금 자리 외에 중직을 겸하지 못한 채 오 년을 의금부에서

사도세자 암살 미스터리 3일

만 피밥을 먹었다. 권세에 순응하지 않고 소신을 지키며 살아가는 신하의 숙명을 그대로 보여주고 있었다.

"저하, 움직여야 할 때가 되었습니다. 어쩌면 늦었을지도 모릅니다. 하오니……."

"이미 화살은 시위를 떠났느니라. 알고 있지 않은가, 상선."

박필주가 순식간에 입을 다물었다. 짧은 시간 숨을 고르고는 이어서 말했다.

"벌써 병력이 이동했다는 것입니까?"

"내 생각이 옳다면 이동하기 시작했을 것이다. 하지만 영원히 움직이지 않을 수도 있겠구나."

아리송한 말이었다. 박필주를 등진 세자의 얼굴이 천천히 일그러지기 시작했다.

"우부승직이 죽은 이유가 무엇이라 생각하는가?"

박필주는 기다렸다는 듯 답했다.

"모든 것을 알 순 없사오나, 배신자의 말로가 아니겠습니까."

"그리 생각하는가?"

세자가 사대射臺에 섰다. 어지간한 장정 둘이서도 당기기 힘들다는 맥궁貊弓*을 들어 장전長箭*을 시위에 재웠다. 부드럽게 당겨진 시위에서 금세라도 끊어질 듯 툭툭거리는 소리가 흘러나왔다.

다섯 정도 호흡의 시간이 지났을까, 눈으로 분간하기도 힘든 과녁을 향해 화살이 쏜살같이 날아갔다. 들숨을 가득 머금은 세자의

---

* 고구려의 소수맥에서 생산한 활로 쇠붙이나 동물의 뿔로 만든 각궁角弓.
* 무쇠로 만든 긴 화살.

몸이 미동도 하지 않은 채 네 대의 화살을 더 날려 보내 한 순을 채웠다. 어김없이 과녁에 박히는 소리만이 침묵에 잠긴 융무당을 간간이 깨웠다.

여든 간(약 145미터) 거리의 사정射程에서 신호수가 다음 신호수에게 결과를 알렸다. 계속하여 전달된 결과가 목소리를 분간할 수 없는 거리에 떨어져 있던 이석문에게 전달되었다. 그가 빠르게 다가오는 것을 본 세자가 손을 들어 제지했다. 더 이상 다가오지 말라는 뜻이었다. 이석문은 몰기沒技*라 짧게 외치고는 제자리로 돌아갔다.

두 순째를 쏜 뒤 세자는 생각에 잠겼다. 어떤 무리에서 배신자가 나오는 것은 어제오늘의 일이 아니었다. 동서고금을 통틀어 배신은 왕을 죽였고, 새로운 왕조를 열었으며, 역사를 만들었다. 암흑에서 비밀스럽게 피어난 배신이라는 꽃의 향기가 진동할 때가 다가왔음을 세자는 본능적으로 느꼈다.

"누구든 배신에 상응하는 대가를 치러야 할 것이다. 이미 죽었다 할지라도."

세자의 관자놀이가 거칠게 꿈틀거렸다. 이를 굳게 물고 활을 눈 높이로 짓쳐들었다. 팔의 궤적이 어둠 속에서 춤추듯 부드럽게 움직였다. 줌손으로 태산을 밀고 깍짓손으로 세상을 잡아당기듯 시위를 잡아끄는 세자의 자세는 유려했다.

하지만 부드러운 자세 뒤로 공기를 찢트리며 날아가는 철전이 있었다. 몇 번이나 철전은 과녁을 파괴할 기세로 날아갔다.

---

* 다섯 발을 모두 관중시켰다는 표시.

그렇게 세자는 어둠 속 과녁을 향해 화살을 날렸다. 배신자를 생각했다. 궁중의 법도 따위는 아랑곳하지 않은 채 자신을 등진 저 수많은 신하들을 생각했다. 그러자 숨이 거칠어지기 시작했다.

박필주는 무감한 눈으로 세자를 지키고 서 있는 이석문을 힐끔 쳐다보고는 조심스레 물러났다.

답이 없는 암호시를 적어온 유문승은 의금부 본청 집무실에 도착하자마자 종이를 활짝 폈다. 원찬식이 맞은편에서 불안한 시선으로 유문승을 살폈다. 그의 눈동자는 송사리가 몰려다니듯 빠르게 움직이는가 하면 가끔 먼 산을 보듯 멍하니 멈추기를 여러 번 반복했다.

유문승은 과거에 급제하여 어전에 나아갔을 때를 떠올렸다. 처음으로 조선의 왕을 알현하는 자리에서 영조는 뜬금없이 유문승을 포함한 급제자 셋에게 다음의 글귀가 적힌 문서를 건네며 그 뜻을 밝혀보라고 명했다.

一二三四五六七
孝悌忠信禮義廉

유문승은 왕이 내린 시구를 보고 당황해 귀밑까지 얼굴이 벌겋게 달아올랐다. 이 무슨 황당한 대련對聯인가? 그러나 반드시 전달하고자 하는 바가 왕의 머릿속에 있을 터였다. 아니, 이 종이 안에, 시구 안에 있을 것이다. 그런 만큼 어떤 방식으로든 말이 되는 뜻을 찾아내야 했다. 세 급제자는 침음성을 안으로 삼키며 죽음 같은

174

침묵을 지켰다.

이 대련은 흔히 보는 칠언으로 되어 있으나, 뒤의 구가 아무래도 완전하지 않은 것 같았다. 중요한 덕목인 '효제', '충신', '예의'를 열거한 것을 보면, 마지막은 '염치'가 되어야 했다. 특히 중국에서는 '예', '의', '염', '치' 넷을 나라를 다스리는 기본적인 덕목으로 보고 '사유四維'라 하며 존중하지 않는가. 그렇다면 '치' 자가 빠진 것이 단서가 될 듯했다.

셋 중에서 가장 먼저 입을 열어 대답한 것은 유문승이었다.

"여덟 가지 덕목을 잊고 부끄러움을 모르는 자를 가리킴이 아닌가 하옵니다."

유문승의 말에 영조는 시원하게 탁자를 내리치며 반갑다는 듯 말했다.

"훌륭하다. 명나라 말엽 청나라에 투항한 홍승주를 비난하기 위해 한 명사가 지은 시다. 명에 충신인 척하였다가 재빨리 청에 달라붙은 치행을 꼬집은 시구나. 한번 섬긴 나라는, 한번 섬긴 왕은 죽어서도 바꾸질 않는 것이다. 알겠느냐?"

그렇다. '부끄러움을 모르는 뻔뻔한 자'라는 뜻을 나타내기 위하여 '부끄러울 치' 자가 들어갈 자리에 고의로 글자를 누락시킨 것이다. 그렇다면 위 구절은 무슨 뜻일까. 일에서 칠까지 늘어놓았으니 뜻을 살피려면 팔八이 없는 것이다. '무팔'은 무슨 뜻인가.

대륙에서 흔히 쓰이는 고약한 욕 중에 '왕팔'이라는 것이 있다. 이는 본래 거북 또는 자라를 가리키는 말인데, 거북이나 자라가 어미의 보살핌 없이 마구잡이로 자라난다 하여 가르침을 받지 못하고 자란 막돼먹은 사람을 욕하는 말로 쓰였다. 그리고 '잊어버리

다'라는 뜻인 '망忘' 자의 중국어 발음이 '왕' 자와 같고 성조聲調*만
달랐다. 그렇다면 칠까지 쓰고 팔을 쓰는 것을 잊은 것은 '망팔'이
라 할 수 있으며, '망팔'은 '여덟 가지 덕목을 잊은 놈'이라는 의미
였다.

유문승은 지금도 그때와 다르지 않다고 속으로 되뇌었다.

하루가 완벽하게 저물고 마지막 해거름이 그림자 뒤로 그나마
남은 온기를 송두리째 앗아갔다. 침묵의 어둠이 호롱불의 허리를
부여잡고 이리저리 내두르는 것 같았다. 위태롭게 흔들리는 불빛
아래서 유문승은 완벽하게 신지에 빠져들었다.

유문승은 머리털이 빳빳하게 곤두서며 가벼운 어지럼증을 느꼈
다. 최헌직의 몸에서 나온 암호 시구를 본 순간과 비슷했다. 유문
승이 떨리는 목소리로 중얼거렸다.

"귀신같은 지혜! 실로 감탄할 만한 지혜!"

명쾌한 해석 같은 건 기대할 수도 없었다. 그저 열두 글자, 그리
고 칠언절구라는 단서뿐이었다. 자세히 들여다보면 어느 하나 제
대로 된 것이 없는 열두 글자가 사행으로 배열되어 있었다.

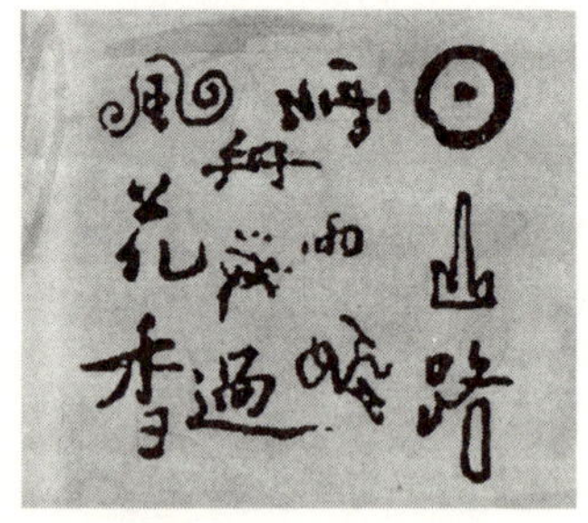

유문승은 백지를 펼쳐 붓에 먹을 찍어 발랐다. 일필휘지로 글자를 배열하기 시작했다.

첫 번째 행의 첫 글자는 둥근 원 중간에 점을 하나 찍어 넣었으니 분명 '해(日)'를 가리키는 것으로 모양이 둥글다는 것을 나타낸다. 그리고 그 밑에 세 개의 봉우리가 우뚝 솟아 있는데 가운데 봉우리가 가장 높다. '산山'이다. 이는 봉우리가 높은 산의 형상을 눈에 보이는 대로 표현한 상형자다. 그림대로라면 높은 산으로 해석할 수 있을 터. 이어진 '로路'는 '입구(口)' 자가 길다. 입이 긴 길. 유문승은 백지에 해석한 대로 일곱 글자를 써 내렸다.

圓日高山口長路

'둥근 해와 높은 산, 입이 긴 길'이라고 하니 무언가 어색하다. 아니다. 유문승은 앞에서 뒤의 사물을 수식해주는 형식이 아닌 뒤에서 앞의 사물을 동적으로 표현하는 형식으로 고쳐 일곱 글자를 다시 배열했다.

日圓山高路口長

이렇게 바꾸니 '해는 둥글고 산은 높으며 길 들머리는 길게 나 있다'라는 뜻이 되면서 그럴듯한 서경시의 한 구가 생겨났다.

나머지 행도 이런 식으로 정리해나갔다. 한 획이 빠져 있거나 글자가 옆으로 누워 있는 것, 글자가 거꾸로 서 있는 것, 굵거나 가늘게 쓴 것, 길거나 납작하게 늘인 것, 그리고 한 글자의 특정 부분만

가늘거나 길게 쓰여 있는 이 모든 글자의 의미를 반영하니 기묘하
게 쓰여 있던 열두 글자는 거짓말처럼 다음과 같은 칠언절구가 되
었다.

日圓山高路口長

해는 둥글고 산은 높으며 길 들머리는 길게 나 있고

雲橫雨細倒斜陽

구름은 옆으로 있고 비는 가늘며 해는 거꾸로 비스듬히 기우네

扁舟橫渡無人過

납작한 배가 강을 가로지르지만 지나가는 사람 없고

風券殘花半日香

바람이 휘감아 불어 이지러진 꽃이 한나절 향기롭네

순간 유문승의 머릿속으로 한 줄기 벼락이 내리쳤다. 빠르고 환
한 빛의 벼락은 소리 없이 유문승의 머리를 지나 등골을 타고 흘러
발바닥에 맺혔다. 찌릿한 감각은 땅속으로 사라지지 않고 발바닥
에서 시작해 등을 타고 머리로 역행하기 시작했다.

귀신같은 지혜, 신지는 문자의 형태와 구조의 여러 가지 변화에
근거하여 의미를 추출하게 만든 것이었다. 또한 거기에서 멈추지
않고 완벽하게 새로운 시구를 구성할 수 있다는 것에 중점을 두었
다. 그 새로운 구성, 새로운 의미가 바로 신지의 요체였다. 구상이
기발하고 간단한 장치로 뜻을 교묘히 숨길 수 있어 사람의 지혜가
아닌 실로 귀신의 지혜라 불릴 만했다.

유문승은 손바닥에 흥건하게 밴 땀을 닦아내고서 모사해온 다음

책장을 넘겼다. 그 순간 눈을 부릅떴다. 소동파의 시, '만조晩眺'라는 이름이 붙은 신지였다.

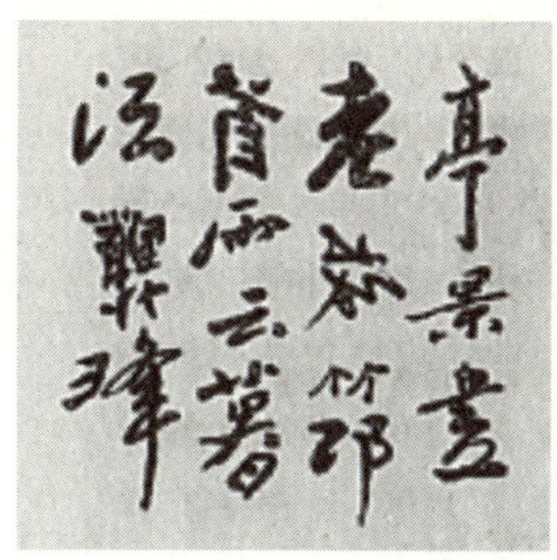

역시 앞의 것처럼 석 자를 한 묶음으로 하되, 그 형태와 구조를 한자로 풀어 정리하기 시작했다. 원리는 비슷했지만 숨겨놓은 장치를 찾는 것은 더욱 어려운 시였다. 유문승의 입이 바짝 타들어가기 시작했다.

긴 정자와 짧은 볕, 그리고 그림을 뜻하는 '화畵' 자의 아랫부분, '전田'이 들어가야 할 자리가 비어 있다. '수囚' 자로도 표현되는 부분이니 '무인無人'이라 표현하고 싶었던 것일까.

사람 없는 그림……. 머릿속 풍경이 빠르게 변하고, 시 속 등장인물이 바람처럼 왔다 갔다 자리를 바꾸며, 해가 뜨고 지기를 반복했다. 날이 변해 추위에 옷깃을 여미고 말없이 굽은 강가를 하염없이 주시했다. 얼마나 시간이 지났을까. 유문승은 칠언절구를 얻은 뒤에야 몽상에서 빠져나올 수 있었다.

長亭短景無人畵

긴 정자에 해 짧으니 사람 없는 그림 같고

老大橫拖瘦竹節

늙은이는 마른 대지팡이를 옆으로 끌고 가네

回首斷雲斜日暮

고개 돌리니 조각구름에 해는 비스듬히 저물고

曲江倒蘸側山峯

굽은 강에는 옆 산의 봉우리가 거꾸로 잠겨 있구나

유문승이 풀어낸 글을 훑어보던 원찬식이 가볍게 탄식했다. 이렇게 두 개의 암호시를 풀이하는 데 걸린 시간은 반각에 조금 못 미칠 정도였다.

유문승이 벼락을 맞은 듯 부르르 떨었다. 최헌직의 사체에서 나온 여섯 개의 글자. 신지. 미친 듯이 소매 속에서 암호를 꺼냈다.

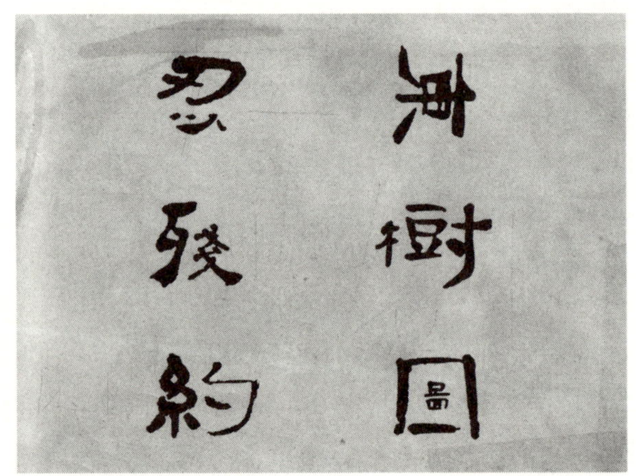

붓을 쥔 유문승의 손이 가늘게 떨렸다.

첫 글자 '동東'을 풀어내기 시작했다. 동쪽이라는 방향을 가리키는 한자가 옆으로 누워 있다. 누워 있는 방향 역시 동쪽이다. 동쪽이 두 번, 혹은 '동쪽에 치우친'이 될 것이다. 나무를 심는다는 뜻의 '수樹' 자는 나무목(木) 변이 턱없이 작다. 좌변이 나무, 그리고 중변은 물건이라는 뜻이고, 우변은 손이다. 손으로 직접 나무라는 물건을 심는 행위를 가리킨다. 그런데 나무가 작다. 작은 나무. 어린 나무.

순간 최헌직의 입에 물려 있던 귀룽나무 가지가 떠올랐다. 일 년이 채 되지 않은 나무. 손톱만 한 소름이 온몸에 우수수 돋아나기 시작했다.

첫 행의 마지막 글자는 까다로운 장치가 숨어 있는 듯했다. 유문승의 머릿속에서 태풍이 몰아치고 거센 바람이 불어닥쳤다. 조금만 더, 조금만 더. 침착해야 한다.

도圖는 일정한 토지(口)에서 농토를 나누어 그린 모양에서 '그리다'를 뜻하는 글자가 되었다. 영토에서 지도로, 다시 지도에서 '그림을 그리다'로 그 의미가 커진 것이다. 또한 영토는 '영토를 다스리다'라는 뜻으로 확장되기에 이르러 결국은 '정치적으로 일을 꾀하다'라는 뜻으로 쓰이기도 했다.

그렇다면 토지가 크고 농토가 작다는 것은 무엇을 뜻하는 것일까. 일을 꾀함에 대처가 미흡하다는 뜻인가.

유문승은 쉬지 않고 두 번째 행의 한자를 파고들기 시작했다. 칼날(刀)이 심장을 압박하고 있는 모양을 형상화한 글자 인忍. 아무리 고통스러워도 마음속으로 꾹 참는 모양. 그런데 칼날이 마음보다 크고, 마음은 아예 돌아선 듯 원래 글자와는 정반대의 모습을 하고 있다. 고통이 커서 마음이 방향을 잃고 돌아섰다는 의미다.

잔殘은 또 어떠한가. 사死 변이 크고 너무나 당당하다. 커다란 죽음. 많은 사람의 죽음. 그렇다. 하지만 들이나 길에서 파리 목숨처럼 죽어가는 모습은 커다란 존재가 죽고 난 뒤 야기될 현상이다. 귀인이 죽고 나니 창과 방패가 일어나는 모습을 뜻하기 때문이다. 많은 죽음이 따르는 전쟁 같은 의미를 나타내려 했다면 모질게 죽어 넘어지는 학虐이나 살殺도 표현해야 옳다. 그러니 중한 인물이 죽고 난 뒤 벌어지는 잔인한 학살, 혹은 일방적으로 당하는 사화나 사옥이 될 것이다. 큰 인물의 죽음이라.

유문승은 불안하게 널뛰는 마음을 겨우 붙들고 마지막 글자인 약約을 살폈다. 뜻을 나타내는 사糸와 음을 나타내는 작勺의 전음이 합해 이루어진 글자. 작勺은 다른 것과 확실히 구분 짓는 일을 말하는 것으로 실(糸)로 묶듯이 약속을 한다는 뜻인데, 실이 크고 두껍다. 묶는 실이 두껍다는 것은 일반적인 약속보다 더욱 단단하고 강고한 약속을 의미한다.

유문승의 이마에서 땀이 비 오듯 흘러내렸다. 여섯 글자의 의미를 잇고 풀어내는 데 엿새, 여섯 달, 육 년의 시간이 흘러버린 것만 같았다.

東偏幼木樹圖謀

동쪽으로 치우친 곳에 어린 나무를 심어 뜻을 도모한다

瘣心忍凶殘確約

상처 입고 돌아서버린 마음이여! 피바람 일으킬 것을 굳게 약속하노니

원찬식이 유문승의 등 뒤로 다가와 두 구로 이루어진 칠언시를 살피다가 믿을 수 없다는 말투로 유문승에게 물었다.

“이…… 이것이 무엇입니까?”

“난들 알겠는가. 섬뜩한 암호로군.”

그때 문밖 대청 마당이 시끄러워지기 시작했다. 부지런히 병사들이 오가고 문을 여닫는 소리가 혼란스럽게 뒤엉켰다. 최동수가 문을 벌컥 열고 들어와 숨도 제대로 가누지 못했다. 원찬식이 그를 보고 눈을 부라렸다.

“이 무슨 무례한 짓이오?”

“송구합니다. 한성부에서 별장이 찾아왔사온데…….”

“한성부에서? 무슨 일인가?”

유문승은 빨리 말하라는 듯 최동수를 재촉했고 원찬식은 영문을 모르겠다는 눈으로 바라보았다.

“저…… 그것이…….”

“천천히 말하게.”

약간의 시간을 두고 최동수가 빠르게 말했다.

“방화인지는 모르겠으나…… 가옥에 불이 났다는 신고를 받고 출동했사온데……. 사람이 죽어 있었답니다. 윤성환이라는 화원인데…….”

원찬식이 어이없다는 듯 대꾸했다.

“불타 죽었다는 말인가?”

“아니, 불타 죽은 것이 아니라 시체는 멀쩡하답니다. 아니, 멀쩡한 것이 아니라 불에 타지 않았답니다.”

최동수가 횡설수설하자 유문승이 원찬식을 제지하며 천천히 물었다.

“화원이? 그런데 그자가 왜?”

"예. 그런데 그 화원이 세자 저하를 지근에서 모셨다 합니다."
유문승이 몸을 벌떡 일으키며 되물었다.
"시체의 모습은 어땠다고 하던가?"
최동수가 등을 구부리고는 팔을 과장되게 휘두르며 말했다.
"방 안이 온통 피범벅이랍니다. 그리고…… 입에 꽃가지를 물고 있었답니다."
"앞장서라!"
유문승의 눈동자가 빠르게 흔들렸다. 원찬식과 최동수도 급히 유문승을 따라 움직였다.

저 멀리 지평선에 불이라도 난 듯 붉은 화염이 넘실댔다. 강렬한 색감이 유문승의 눈에서 서걱거리며 꿈틀거렸다.

경복궁의 주산인 백악白岳(현재의 북악)의 좌청룡인 동쪽의 낙산은 밋밋하고 얕은 지세인 데 반해 우백호인 서쪽의 인왕산은 높고도 우람하다. 인왕산의 주봉은 둥글넓적하면서도 낙산같이 부드럽거나 단조롭지 않으며, 백악처럼 빼어나지도 않지만 남성적으로 뻗어 있어 그들과는 또 다른 정취를 물씬 풍겼다.

유문승은 창덕궁을 중심으로 북쪽 첫 번째 갈림길에서 오른쪽으로 말 머리를 돌렸다. 왼쪽에는 지체 높은 양반과 사대부들이 살고, 그 오른쪽 인왕산 자락에는 역관이나 의원 혹은 화원 같은 중인, 경아전들이 많이 사는 곳이다. 지대가 높고 외져서 집값이 싸기 때문에 가난한 중인들이 관청과 가까운 인왕산 쪽으로 올라와 살게 된 것이다.

인왕산의 물줄기는 누각골(지금의 누상동)과 옥류동(지금의 옥인동)에서 각기 흘러내리다가 옥류동 47번지 일대에서 만났다. 깊은 산속에서 옥같이 맑게 흐르는 이 시냇물을 옥계玉溪라고 하는데 그 바로아래, 즉 위항委巷* 끝자락이 윤성환이 살고 있는 곳이었다.

좁은 골목에 다닥다닥 붙어 있는 가옥의 주인은 대부분 중인 이하의 계층이었다. 그것은 유문승이 맡기 시작한 냄새에서도 분명히 드러났다. 고기를 굽는 냄새나 생선을 굽는 냄새는 사시사철 맡을 수 없다. 단지 모기풀이 타는 냄새와 무언가에 그을렸거나 혹은썩은 물건을 태우는 냄새만이 주위에 가득했다.

좁은 집들이 모여 있는 누상동樓上洞과 누하동樓下洞을 중심으로한 인왕산 일대의 위항이 때늦은 관원들의 방문으로 어수선해지기시작했다. 윤성환의 집은 찾기 쉬웠다. 멀리서도 현장을 보존하려남아서 지키는 병사들의 횃불이 눈에 들어왔기 때문이다.

인근에 거주하는 주민들이 불구경이라도 하듯 구름처럼 몰려 있었다. 사람들 사이로 비집고 들어간 유문승은 최동수에게 구경꾼을 모두 돌려보내라고 명했다.

별장이 곧장 유문승을 사건 현장으로 안내했다. 한지를 두껍게바른 맹장지 네 짝 미세기문 앞에 서자 유문승의 눈에 핏자국이 스며나온 흔적이 보였다. 문을 열고 조심스럽게 안채로 들어선 유문승은 참담한 심정을 금할 수 없었다. 어두운 방 안 가득 피비린내가 진동하고, 무방비로 노출된 윤성환의 시체는 을씨년스러운 모습으로 방바닥을 향한 채 눈을 감고 너부러져 있었다.

유문승은 홰를 눈높이로 치켜들고 한 발을 내딛으며 방 안을 살

---

* 꼬불꼬불한 거리나 골목, 가난한 사람들이 많이 사는 동네를 가리킨다.

폈다. 일부러 누가 피를 흩뿌린 듯 사방이 피로 물들어 있었다.

하지만 무질서한 곳에도 분명 법칙은 존재한다. 그 법칙을 증명하기 위해 유문승은 방에서 나와 마아麻兒*와 형형색색의 실타래를 들고 다시 현장으로 들어섰다. 사방 벽간 기둥 위치에 홰를 고정하자 확실히 방 안이 환해진 느낌이 들었다.

방바닥에 떨어진 핏자국을 일일이 확인하며 조심스럽게 걸음을 옮겼다. 문에서 가까운 곳에 특히 많은 양의 피가 고여 있었다. 아마도 윤성환은 이곳에서 공격을 받은 듯했다. 그런데 이상했다. 고여 있는 핏자국 말고도 핏방울이 문에 조금 더 가까운 곳에 집중적으로 떨어져 있다. 역시 마아가 서 있어야 할 곳은 이곳이었다. 많은 핏방울이 있는 이곳.

유문승은 피범벅이 된 시체를 살펴보기 시작했다. 사체의 입에 무언가가 물려 있었다. 그것을 본 유문승의 입에서 절로 탄성이 흘러나왔다.

"아!"

두 번째 귀룽나무의 가지. 최헌직의 입에 꽂혀 있던 귀룽나무와 같은 것이었다. 으스스한 느낌에 팔뚝과 양 뺨에 소름이 오소소 돋아났다.

또한 자세히 보니 오른쪽 눈은 감겨 있고 왼쪽 눈은 뜨고 있었다. 괴기스러운 모습이었다. 생기를 잃어버린 왼쪽 동공에서 붉은 횃불이 넘실거리며 희미하게 유문승의 얼굴 형태가 생겨났다. 시선을 더 아래로 내리자 왼쪽 가슴에서 흘러내린 피가 시체의 복부

---

* 사람처럼 만든 허수아비로 군에서는 진법을 연습하는 용도로도 쓰였다.

와 다리에 이르기까지 진득하게 물들이고 있다. 마치 위아래 한 벌의 옷을 절반만 피로 염색한 듯한 모습이었다. 미간에 주름을 잡은 채 유문승은 상처가 없는 윤성환의 팔에 손을 얹었다. 아직 윤성환의 몸은 채 식지 않은 상태였다.

유문승의 행동을 하나하나 지켜보던 별장이 다가와 자초지종을 설명하기 시작했다.

"이곳에 도착한 것은 유시가 되고 일각이 지난 무렵이었습니다. 멀리서도 금방 분간이 되었지요. 별채에서 피어오르는 불길이 곧 옆채로 번질 것 같았습니다. 불길을 잡고 금줄을 칠 수밖에 없었습니다."

"별채만 불에 탔다는 말인가?"

"예."

유문승은 고개를 갸우뚱거렸다. 왜 별채를 태웠을까? 시신이 있는 본채는 그대로 두고.

일단은 주변인부터 알아봐야 했기에 유문승은 그 생각을 머릿속에서 잠시 한쪽으로 미뤄뒀다.

"윤성환의 가족은 없는가?"

"이웃에 의하면 부인과 둘이 살고 있는데, 부인은 부친상을 당해 남원에 내려간 지 열흘이 넘었다 합니다."

"흠."

살인을 하기에는 최적의 조건이었다. 가족도 없는 어두컴컴한 밤.

유문승은 휴대용 해시계를 조심스레 쓰다듬었다. 울퉁불퉁하게 양각한 장미꽃잎 문양을 손으로 정성껏 문질렀다.

"사체를 밖으로 옮긴다. 그 무엇도 건드리지 말고, 특히 사체에서 피가 흘러내리지 않도록 조심해야 한다.”

최동수가 나장 하나를 데리고 들어와 조심스럽게 사체를 밖으로 옮겼다. 밖으로 옮긴 사체는 입을 벌리고 두 주먹을 살짝 그러쥔 채, 누렇던 살빛이 조금씩 창백하게 변해가고 있다. 너덜해진 상투 속에 머리칼이 흉하게 뭉쳐 있고, 가슴 매듭과 저고리 깃 위에 조붓 하게 덧대어 꾸미는 하얀 헝겊 오리인 동정니가 풀어지고 찢어져 있다. 습격 당시 처절했을 몸부림이 눈에 보이는 것만 같았다.

유문승은 사체의 머리 뒤 부근을 보다가 눈을 가까이 들이대고 살피기 시작했다.

잠시의 시간 동안 미동도 하지 않은 채 살피던 유문승이 자그마 한 가위로 상투를 위에서 잘라냈다. 그가 완전히 상투를 벗겨내기 까지는 그리 오랜 시간이 걸리지 않았다. 붉고 푸른 자국이 보였 다. 붉은 것은 출혈을 의미할 것이고 푸른 것은 타박에 의한 멍일 것이다.

유문승은 방으로 다시 돌아와 마아를 사체가 공격받아 쓰러진 곳에 세우고 여러 색깔의 실타래를 풀었다. 한 올씩 마아에 엮어 핏방울이 맺힌 각각의 위치에 연결해나갔다. 핏자국의 양태는 여 러 가지였다. 튀어서 바닥에 방울져 떨어져 있기도 했고 뭉쳐 있기 도 했다. 뭉쳐 있는 핏자국은 빨간색 실로 연결했고, 방울져 있는 자국은 하얀색 실로 연결했다. 창살이나 장지문에 튄 핏자국을 실 로 연결하는 작업은 더욱 세심한 손길이 요구되었다. 장지문은 종 이로 되어 있기에 간단하게 바늘로 꿰매면 되었지만 창살은 미리 준비한 풀로 붙여야 했기 때문이다.

피가 뿌려진 출처를 추적하기 위해 각 흔적의 축을 따라 벽과 바닥에 표시를 했다. 출처가 벽에서 얼마나 떨어져 있는지 알아내기 위해 핏자국이 길어진 상태를 이용해 핏방울이 부딪친 각도도 판단해야 했다. 핏방울의 길어진 모양으로 벽과 연결된 하얀색 끈의 각도가 타격 지점과 사망 지점을 알려줄 수 있는 것이다.

마아와 핏자국을 실로 반듯하게 연결하는 작업은 지루하게 계속되었다. 핏자국이라면 단 한 군데도 놓치지 않고 연결하다 보니 어느덧 일각이라는 시간이 훌쩍 지났다.

작업을 마치고 보니 방 안은 온통 실로 연결되어 시선을 어지럽혔지만 오히려 유문승은 안도감이 들었다. 분명 피가 튀어 묻은 곳의 궤적을 쫓으면 급박한 당시 상황을 알 수 있을 것이기 때문이었다.

분출된 피의 모양은 표면에 특징적인 흔적을 형성하며 절단된 동맥에서 분출될 때 생긴다. 원형 자국은 피가 별다른 힘을 받지 않고 낙하 경로와 수직인 표면에 부딪칠 때 생기고 타원형 핏자국은 비스듬하게 부딪쳤음을 보여주며, 튄 자국에 꼬리가 뚜렷이 달려 있는 것은 피가 표면에 삼십 도 이하의 각도로 부딪쳤음을 알려준다. 그리고 요철형 자국은 피가 빠른 속도로 뿌려지거나 높은 곳에서 떨어졌을 때 생기고, 피 웅덩이는 피해자가 움직이지 않는 상태에서 살아 있었음을 의미한다.

끌려간 핏자국이 이차적으로 튄 자국에 둘러싸여 있기도 했다. 유문승은 머릿속에 그림을 그리듯 시선을 멀리한 채 혼잣말하듯 중얼거렸다.

"둘은 마주 보고 있지 않았다."

최동수는 눈앞에 펼쳐진 광경을 보고 턱이 떨어졌다. 이토록 복잡한 지망수사*는 보지 못했기 때문이다. 수없이 연결된 실 사이에서 무언가를 중얼거리며 바쁘게 움직이는 유문승을 보고 도저히 따라 할 수 없는 경지를 느꼈고, 그 경지는 틀림없이 사건의 방향을 올바르게 지시해줄 것만 같았다.

"왜 그렇습니까?"

최동수가 물었다. 사건도 사건이지만 탁월한 수사법을 배울 수 있는 절호의 기회였기 때문이다. 그것도 현장이 아닌가.

"보료 위에 앉아 있던 윤성환이 침입자가 있음을 알게 되었다면 어떻게 행동했을까?"

유문승이 아랫목에 깔려 있는 보료 근처로 다가서며 되물었다.

"도망치려 했겠지요."

"어디로?"

"글쎄요. 아무래도 방문으로 도망치려 하지 않았을까요?"

"퇴청에 연결된 창문이 손만 뻗으면 닿을 곳에 있는데도? 그리고 아랫목은 정돈되어 있는 모습이 아닌가."

"그렇다면?"

유문승은 답을 보류한 채 마아에서 출발해 출입문에 붙은 흰색 실을 보며 잠시 생각에 잠겼다. 그렇다. 윤성환에게 범인은 면식이 없는 자였다. 그리고 윤성환은 범인을 중요한 인물이라 여긴 듯했다. 그렇지 않고서야 직접 맞이할 리가 없는 것이다.

유문승은 마치 범인이 되어 움직이듯 움직이기 시작했다.

---

* 지망蜘網은 거미줄이라는 뜻으로 가상의 사체를 세우고 모든 핏자국에 일직선으로 실을 연결하여 피의 궤적을 살피는 수사법.

"윤성환이 이 방에 먼저 들어왔다. 그 뒤를 따라 범인이 들어왔어. 문을 열고 들어오는 순간 뒤에서 뒷머리를 가격했다. 정신을 잃으며 앞으로 쓰러지는 바람에 코가 부러졌고, 그 뒤에 심장을 찌른 것인가."

유문승의 시선이 문의 허리 높이에 멈췄다. 작은 흠집. 날카로운 것에 파인 흠집이 있다.

최동수가 이상하다는 듯 물었다.

"자리에 앉지도 않고 죽었다는 말씀입니까?"

"그래. 범인의 용무는 오로지 살인뿐이었어."

확실히 보료 근처는 깨끗했다. 넘어진 가구도 없고 핏자국도 없다.

유문승은 왼손을 앞으로 내밀어 구부린 채 가상의 윤성환을 만들어놓고 내려다보듯 말했다.

"엎어진 윤성환의 왼쪽 가슴께를 칼로 찔렀군."

유문승은 떨어진 핏방울을 보라는 듯 발을 들며 말했다. 최동수가 고개를 숙여 유문승의 왼다리를 보았다. 그의 발바닥은 길게 옆으로 이어지던 핏자국이 마치 단절된 것처럼 비어 있는 곳에 위치했다.

유문승은 가슴에서 피가 흘러내리는 모양을 손으로 연기했다. 바닥으로 떨어지는 모양. 그런데 유문승의 왼 무릎 때문에 피가 묻지 않은 바닥.

최동수가 손뼉을 마주쳤다. 방바닥에 피가 단절된 흔적이 있는 이유는 바로 범인의 무릎에 피가 묻었다는 방증이기도 했다.

유문승이 계속 말을 이어갔다.

"가슴의 상처 말고는 사체가 깨끗해. 과연 앞에서 범인이 이렇게 깨끗하게 윤성환을 죽일 수 있었을까? 공격을 받는 사람은 날아오는 칼날로부터 자신을 방어하거나 칼을 붙잡으려 하기 때문에 팔이나 손바닥에 베인 상처가 남는 경우가 허다해. 범인의 위치는 윤성환의 시선이 닿지 않는 곳, 즉 뒤였어."

유문승은 시체가 누워 있던 곳으로 움직여 무릎을 굽히고 사방을 둘러봤다. 방바닥, 병풍 뒤, 보료 아래를 샅샅이 뒤졌지만 아무것도 나오지 않았다.

유문승은 윤성환이 누워 있던 자세를 생각했다. 고개가 꺾인 그의 시선이 머무른 곳. 그곳에는 보료 위에 한쪽 다리를 걸친 경상이 놓여 있었다. 그는 왜 마지막 순간에 경상을 부자연스러운 모습으로 바라보았을까.

유문승은 경상을 들어 한쪽으로 밀쳐놓았다. 경상 다리 안쪽을 더듬던 유문승의 눈이 커졌다가 가늘어졌다. 만져지는 촉감. 딸그락거리며 쌍으로 움직이는 무엇. 유문승이 손을 거두자 최동수가 물었다.

"무얼 찾으셨습니까?"

유문승의 목소리가 가늘게 떨렸다.

"방녕깃*이다."

"허허. 성균관을 이 잡듯 뒤질 수도 없고. 난처하게 되었네요."

최동수는 어지간히 실망한 모양이었다. 이름도 없는 방녕깃의 주인을 어떻게 찾는단 말인가.

---

* 유생들이 신분을 드러내기 위해 심의나 학창의에 덧댄 깃.

"방녕깃은 돈 많은 의생들이 멋을 낼 때 하기도 하지."

유문승도 실망하기는 마찬가지였다. 하지만 윤성환은 방녕깃을 할 필요가 없는 화원이다. 그렇다면 분명히 이것은 침입자의 것, 범인의 것이리라.

범인은 윤성환을 죽이고 별채에 불을 낸 뒤 유유히 사라졌다. 왜 별채에 불을 지른 것일까. 시체를 별채로 옮기지도 않고 별채에 불을 지른 것은 시체를 유기할 생각이 없었다는 뜻이다. 시체를 태울 생각도 없으면서 밤중에 별채에 불을 지른 이유가 무엇일까.

유문승은 고개를 돌려 최동수에게 물었다.

"안채와 별채가 떨어진 거리는?"

"이 장(약 6미터) 정도입니다."

"거센 바람이 불지 않는 한 쉬 옮겨붙지 않을 정도의 거리구나."

바람이 거의 없는 밤이기에 불이 옮겨붙는다는 것은 괜한 소리다.

"이미 탈 것은 홀랑 다 타버렸습니다. 별채를 서가 겸 화실로도 이용한 듯합니다."

"무엇이 탔는가?"

"장부부터 그림까지, 도저히 내용을 살필 수 없을 정도로 불에 타버렸습니다."

유문승은 입을 다물었다. 대부분 살인을 한 범인은 잡히지 않기 위해 시체를 유기하거나, 증거를 남기지 않기 위해 노력한다. 현장을 깨끗이 치우거나 그럴 만한 시간적 여유가 없을 때는 일부러 방화를 저지르기도 한다. 죽은 자는 말이 없고 타버린 현장은 아무것도 보여주지 않기 때문이다. 그리고 연쇄살인이다. 동일 인물이 범인이다.

갑자기 유문승은 뒷머리를 얻어맞은 것처럼 놀랐다.

"이런 멍청한! 보여주기 위한 것이구나. 여기 죽은 사람이 있으니 보라는 것이야. 쉬 옮겨붙지 않을 거리의 별채를 불태운 이유는 그것이었어. 영악한 놈이다."

혼잣말처럼 중얼거리는 유문승에게 벽장과 연등천장 등 나머지 공간을 뒤져보던 최동수가 급하게 다가왔다.

"이것을 좀 보십시오."

"무엇이냐?"

최동수가 유문승에게 건넨 것은 시선을 강렬하게 잡아끄는 묘한 그림이었다. 호랑이와 소나무 그리고 까치를 그린 그림이었다. 나무 위에 까치가 앉아 있다. 그리고 소나무 아래에는 커다란 호랑이가 무심한 듯 앞을 보고 앉아 있다.

"어디서 발견했는가?"

"더그매(평천장 사이의 삼각형 공간)에서 발견했습니다."

그림의 뒷면을 보자 '헌중山中'이라는 인장이 희미하게 찍혀 있었다. 바탕 부분을 파내 찍었을 때 붉은색 글씨가 되는 양각이 아니라 글씨 부분을 파냄으로 찍었을 때 흰색 글씨가 되는 음각의 글씨였다.

유문승은 원찬식을 불러 최동수와 함께 시체를 의금부로 옮기라고 지시하며 물었다.

"근처에 도화원의 화원이 살고 있는가?"

원찬식이 잠시 생각하다 답했다.

"현감인 현재玄齋(심사정의 호) 나리가 멀지 않은 곳에 기거하고 있다고 들은 기억이 있습니다."

　유문승은 돌아가는 길에 인근 주민에게 물어 현감의 집을 어렵지 않게 찾을 수 있었다. 심사정은 다 늦은 저녁에 찾아온 손님 때문에 당황한 얼굴이었다. 유문승은 자리에 앉자마자 윤성환의 기묘한 그림을 보여주었다. 심사정의 표정이 빠른 속도로 굳어갔다.

영의정 홍봉한, 승문원을 찾다

승문원 서리가 참교의 부름을 받아 그의 앞에 선 것은 술시(오후 7시~9시)가 되고 일각이 지난 시각이었다. 피곤한 눈으로 서리를 바라보던 참교가 무겁게 입을 열었다.

"위관이 검열한 서문이 무엇이냐?"

"소동파의 시집과 신지만 살폈사옵니다."

"두 번째 서가만 살폈느냐?"

서리가 가볍게 고개를 끄덕였다. 두 번째 서가는 무명의 시인이 쓴 시와 출처가 불분명한 서신, 그리고 언어유희를 다룬 금기시를 모아둔 곳이었다.

참교가 알 수 없는 표정으로 얼굴을 찡그렸다. 참교는 실학을 탐구하면서 좌충우돌하던 젊은 시절의 기억을 떠올렸다. 모든 걸 떠나서 마치 자신의 모습을 보는 것 같아 위관을 도와준 터였다.

복잡한 표정의 참교를 보며 서리가 물었다.

"어디가 안 좋으십니까?"

"아니다. 그리고 다른 말은 없었느냐?"

"예. 없었습니다."

"원하는 것을 다 얻어갔는가?"

"잘 모르겠습니다. 그리고 나가는 길에 혹시 두 번째 서가를 찾은 관리의 명단을 볼 수 있느냐고 물었습니다."

"그래서?"

"그럴 수 없다 하였지요. 열람이 불가한 곳에 방명부가 있을 리 만무하지 않습니까."

서리는 참교에게 왜 그들에게 허락했는지 표정으로 묻고 있었다. 전 서리에게도 그렇게 들었다. 그리고 전 서리도 그전 서리에게 그렇게 들었다고 들었다. 결코 열람이 허락되지 않는 곳이라고. 그런데 그것을 모를 리 없는 참교가 왜 그랬는지 이해할 수 없었다.

"참으로 미꾸라지 같은 자가 아니냐. 허허."

참교가 알 수 없는 미소를 지었다. 말도 안 되는 소문과 억측을 몰고 다니는, 주머니 속의 송곳 같은 그가 자신이 지닌 능력을 조선에 녹이겠다며 동분서주하고 있지 않은가. 주변의 멸시와 비아냥거림이 천둥처럼 울릴 것인데도. 참으로 용기가 대단한 자였다.

하지만 그만큼 철퇴를 맞기 쉽다. 전하께서 꽤나 아끼신다고 하여 앞날이 보장되는 것은 아니다. 오히려 더 많은 정적을 만들 수도 있다. 마치 술 때문에 발효되어 부풀어 오르는 기주떡처럼 그를 견제하려는 세력은 늘어만 갈 것이다.

서리가 참교의 말이 끝났음을 알고서 원래 자리로 돌아가려고 등을 돌려 출입문으로 향해 걸어갈 무렵이었다. 별안간 출입문이 벌컥 열렸다. 온다 간다 말도 없이 승문원 문을 거칠게 열 수 있는 자가 몇이나 될까. 그 몇 안 되는 사람의 얼굴을 보고 참교는 눈을 부릅떴고 곧 자리에서 벌떡 일어나 예를 갖췄다.

"영상 대감, 이 늦은 시각에 여긴 어인 일이십니까?"

홍봉한이 수행을 하나 데리고 승문원 서가에 들어섰다. 급하게 발걸음을 놀렸는지 숨소리가 다소 거칠었다.

"참교, 금일 입직이 맞는가?"

"그렇습니다."

"그런데 어이하여 이곳에 계시는가?"

"이미 순찰이나 수문 교대에 관한 업무는 마쳤습니다. 잡무가 남은 관계로 승문원에 잠시 들렀습니다."

"그런가?"

홍봉한이 붉은 도포 자락을 걷고 참교의 맞은편에 자리했다. 참교도 부랴부랴 자리에 앉았다. 홍봉한의 입이 무겁게 닫혀 있다. 참교가 서리에게 자리를 피하라고 말하자 그제야 홍봉한이 나지막이 말했다.

"자네가 보관하여야 할 중요한 물건이 있네."

참교는 침을 꿀꺽 삼켰다. 영의정이 오밤중에 찾아와 중요한 물건을 보관해야겠다고 말한다. 분명 가벼운 물건은 아닐 것이다. 입직이 보관해야 할 물건은 많지 않았다. 하지만 없지도 않았다. 그 무게에 참교의 손이 떨리기 시작했다.

"무엇을…… 말씀하시는 것인지요."

"자네가 알 것은 없네. 그저 보관해야 할 곳에 보관만 하면 되는 것이야."

참교가 의심스러운 눈길로 홍봉한의 얼굴을 바라보았다. 홍봉한이 참교에게 덧붙였다.

"직접 내가 보관하면 될 것을, 왜 이곳에 가져와 이렇게 부산을 떠는지 궁금하겠지."

"사실…… 그렇습니다."

"그 어떤 명령보다 앞서는 명이 담긴 서류일세. 어차피 시간이 필요한 터라 속히 받들어야 할 명은 아니지만 공정하게 보관하는 것이 무엇보다 중요하지."

참교가 영문을 모르겠다는 듯 계속 홍봉한을 물끄러미 바라보았다. 잠시간의 침묵이 찾아왔다. 그러다 참교가 깜짝 놀라 홍봉한에게 물었다.

"어명입니까?"

"승정원의 승지나 액정서의 관원에게 일일이 찾아갈 시간이 없네. 그래서 자네를 찾았고."

점점 의혹이 짙어갔다. 도대체 무슨 문서이기에 이러는 것일까. 진정 어명이란 말인가. 승정원을 통해 내려오지 않고 이렇게 비밀스레 내려오는 어명이 무엇일까. 그리고 공정하게 보관하는 것이 무엇보다 중요하다는 말은 도대체 무슨 의미일까. 감조차 잡지 못해 참교는 답답했다.

입직 근무가 겉으로는 단순한 듯 보이지만 여러 업무를 하룻밤에 모두 마쳐야 할 정도로 복잡하다. 그중 가장 중요한 업무가 밤새 도성 문을 관리하는 것이다. 수문 교대식을 지켜보고 보고를 올려야 하는 것은 물론이거니와, 궁성 문을 여닫는 모든 절차와 예법을 주관해야 했다. 입직을 제외한 세 명이 없어도 도성 문은 열릴 수 있지만 입직이 없으면 도성 문은 결코 열리거나 닫히지 않는다. 중요한 서류나 인장 등을 보관하는 업무도 비슷하거나 같다. 홍봉한이 다른 관리를 찾지 않고 입직을 찾은 이유가 바로 여기에 있었다.

"또한 자네에게 중요한 것은…… 이 일을 포함해 지극히 정상적으로 업무를 처리하면 된다는 것일세. 어제御題도 이렇게 보관하였으니 어렵지 않은 일이야. 무슨 말인지 알겠는가?"

사리대로 처리하라는 말에 참교는 조금 침착해졌다. 법대로, 원칙대로 처리하면 된다는 말에 일말이나마 안도감이 찾아온 것이 사실이었다.

"어떤 분부이십니까?"

홍봉한은 이제야 말이 통하겠다는 듯 미간에 주름을 잡았다가 바로 풀었다.

뒤에 시립해 있던 수행원에게 홍봉한이 팔을 뻗었다. 수행원이 품에서 조심스럽게, 길이는 길지만 폭이 좁은 서찰 보관함을 꺼냈다. 상아를 윗면에 입힌 상당히 고급스러운 보관함이었다. 홍봉한이 수행에게 건네받은 보관함을 책상 위에 올려놨다.

"만약의 상황에 대비한 전하의 밀지일세. 이것을 보관하면 되는 것이야."

참교가 조심스럽게 손을 뻗어 보관함을 잡으려는 순간 홍봉한이 자기 쪽으로 끌어당기며 단호하게 말했다.

"몇천의 목숨보다, 몇백 칸의 궁궐보다 더 중한 것일세. 이 보관함 안에 조선이 있네. 조선의 명운이! 조선의 미래가! 알겠는가!"

홍봉한의 말에 참교는 갑작스레 두려움에 휩싸였다. 불길한 일에 휘말릴지도 모른다는 생각에 입안이 바싹 말라왔다.

"저는 너무 당황스러워……."

"그저 자넨 입직의 임무를 수행하면 그뿐일세."

참교가 눈을 깜빡거렸다. 그의 눈에 공포가 스멀스멀 피어올랐다. 홍봉한의 얼굴이 나찰의 그것보다 더 험악하게 변해갔다. 겨우 고개를 끄덕인 참교가 보관함을 집어 들었다.

"보관함의 열쇠는 내가 갖고 있네."

"알겠습니다."

말을 마치자마자 홍봉한은 바람처럼 빠져나갔다. 혼자 남겨진 참교는 보관함에서 손을 떼고 유심히 바라보았다. 자그마한 열쇠가 달려 있는 보관함. 이 안에 조선이 있다니. 조선의 운명이 달려 있다니. 순식간에 만근도 넘는 바위가 떡하니 가슴에 얹힌 기분이었다.

뙤약볕에 대지가 녹아들 정도로 하루 종일 이글거리던 태양이 잠시 자리를 비우자 세상은 다시 깊은 어둠 속으로 빠져들기 시작했다.

심사정의 방은 과연 주인의 성품만큼이나 소박한 모습이었다. 간단한 화구와 화지, 서류들 사이에서 둘을 맞은 심사정이 윗자리를 양보하려 몸을 일으켰다. 유문승이 극구 사양하며 털썩 자리에 앉자 심사정과 원찬식도 자리를 잡았다.

심사정은 어려서 정선鄭敾에게 그림을 배웠고, 강세황姜世晃과 함께 고화를 감상하고 그림을 제작하는 등 상당히 가까이 지내며 정선과 함께 영조 화단 최고의 화명을 날리는 화가였다. 오십이 넘어 육십을 바라보는 심사정은 그림 그리는 솜씨만으로도 능히 당상관이 되었어야 마땅하지만 그의 조부가 죄에 연루되면서 그 굴레를 지고 아직도 종육품 현감에 머물러 있었다.

심사정은 기다란 얼굴에 턱 주위 얼마를 제외하고 털이란 털은 모조리 하얗게 새어버린 백수白鬚였다. 흰 터럭이 듬성듬성 끼어 있는 실팍한 눈썹은 빗자루를 연상시켰는데 그림만을 위해 외곬의 삶을 살아온 것을 대변하는 듯했다. 그러나 그 아래로 고요하고 온유한 눈이 자리 잡아 어려운 세월을 비켜간 듯 청초한 모습이 아직 남아 있었다.

"갑작스러워 놀라셨지요?"

"아닙니다. 이 나이가 되면 손님이 늘 반가운 법이지요."

반갑다고는 하나 그의 표정은 매우 불편해 보였다. 그 때문에 눈매 위아래로 둘러진 상하 안검眼瞼이 더욱 선명한 동그라미를 그렸다.

"제가 그림엔 까막눈입니다. 조사하고 있는 것이 있는데 설명을 부탁드립니다. 단, 그림을 그리는 화원으로서 설명해주십시오."

유문승의 말에 심사정이 느닷없이 일어나며 말한다.

"일어나시지요."

심사정은 옆 칸으로 옮겨가 문을 활짝 열어젖힌 뒤 올라서는 유문승에게 말했다.

"뜻이 없는 그림은 없습니다. 만물의 생몰에 모두 이유가 있듯 그림 또한 그렇습니다."

화실로 들어서며 고개를 끄덕인 유문승은 방을 가득 채운 그림을 차례로 살폈다. 각종 지도와 형세도, 일월오봉병·모란도병·십장생도병·영모도병 같은 병풍과 가리개가 한쪽 벽면에 자리 잡고 있었다. 다른 벽에는 교화를 목적으로 한 감계도와 고사도, 오륜행실도 같은 도서의 삽화, 길상도, 마지막으로 문양을 새겨 넣은 도자기에 이르기까지 다양한 종류의 그림이 빽빽하게 자리 잡았다. 개인의 집에 이렇듯 많은 그림이 있으리라고는 상상도 못한 터였다.

심사정이 그중 석 장의 산수화를 꺼내 눈앞에 펼쳤다. 같은 듯 다른 그림. 왼쪽의 그림부터 하나씩 가리키며 설명했다.

"겸재 선생의 그림이지요. 붓을 든 사람은 그림에 뜻을 담기 마련입니다. 아무리 속을 알 수 없는 사람이더라도 말입니다."

금강산을 그린 그림으로 한눈에 보아도 격조가 높았는데 산과 바위의 모습이 웅장하고 거대하며 정려했다. 절벽을 길게 수직으로 내리그었고, 흙산은 비구름과 안개가 숲이 우거진 산봉우리를 휘감고 있는데, 나무숲은 굵은 먹점米點을 몇 번이고 덧찍어 푸른빛이 뚝뚝 흘러내리는 것 같았다.

"다음이 저의 것이고, 마지막이 표암의 그림이지요."

심사정이 그린 것은 '하경산수도夏景山水圖'라 이름 붙은 그림이었다. 여름 장마철 비 오는 산간의 경치를 묘사하였는데, 화폭의 중앙에 흐르는 시냇물 위에 돌다리가 가로놓여 있고, 오른쪽 근경에 담묵의 버들과 초묵焦墨으로 둥지와 가지를 치고 총총히 잎새를 묘사한 몇 그루의 나무가 서 있는데 우장을 쓴 두 행인이 보였다. 다양한 구도 감각이 돋보였는데 음양 대비와 음양 조화로 일관하던 겸재의 그림과는 대조적이었다. 겸재보다 여백의 미가 있으면서도 고루함이나 편벽함으로부터 자유로워 산을 능히 언제고 오를 수 있는 존재로 그리는 과감성이 보이기도 했다.

마지막 강세황의 그림은 사물을 사실적으로 묘사하지 않고 순수한 점과 선, 면과 색채로 추상적으로 표현해 마음의 고담한 경지를 드러내는 문인화에 가까웠다. 현실보다는 관념이 확실히 두드러지는 그림이었다.

"어느 하나 걸작 아닌 것이 없지만 전부 다르군요."

"그렇지요. 같은 산을 그려도 이렇게 다릅니다."

조선이야말로 주자의 정신을 계승한 마지막 땅이라는 의식을 지닌 노론이 겸재의 그림에 있고, 현실의 개혁을 추구하면서도 원리 원칙을 중요시하는 소론이 심사정의 그림에 있으며, 오래전 성군이 다스린 요순시대를 그리워하는 왕권중심적인 남인의 이념이 표암의 그림에 있는 것이다.

심사정이 어느새 호랑이와 대나무를 그린 그림 옆에 유문승이 가져온 그림을 걸어두고 말을 이었다.

"호죽도虎竹圖입니다. 그리고 가져오신 것이 호작도虎鵲圖라 하는 것입니다."

유문승이 둘을 비교하며 바라보다 물었다.

"호랑이와 까치가 있는 그림이라는 말씀이시군요."

심사정이 고개를 끄덕거렸다. 유문승은 호작도를 뚫어지게 쳐다보며 다시 물었다.

"대체 이 그림엔 무슨 뜻이 있는 것입니까?"

"호죽도나 호작도나 모두를 아울러 세화歲畵라 합니다. 민초들이 정초에 대문에 붙이는 것으로 복을 들이고 악운을 막는 그림이라 믿지요."

호죽도와 호작도를 엄연히 구분한다면 분명 각자가 지닌 의미가 다를 것이다. 유문승이 의미심장하게 물었다.

"그렇다면 소나무나 호랑이, 까치는 어떤 의미가 있습니까?"

"소나무는 겨울, 즉 정초를 의미하고 호랑이는 여러 부분에서 상징적으로 쓰입니다. 무서운 산신령처럼 화를 막아준다 믿기도 하지만 도리어 나쁜 기운이라 여기기도 하지요. 그리고 까치는 희보喜報를 의미하는데 새해에는 나쁜 기운은 물러가고 기쁜 소식만 가득하게 해달라는 것입니다."

"민초들만이 이 그림을 세화로 받아들인다는 말입니까?"

"꼭 그렇지만은 않습니다. 사대부들도 그런 미신을 믿어 도화원에서 간혹 그리기도 합니다. 덧붙여 도화원은 민화를 포함해 그림을 통제하는 역할을 하고 있습니다. 그렇기에 그곳에서 모르는 민화는 존재하지 않는다고 생각하시면 됩니다."

"그림의 유통을 책임진다는 말씀인가요?"

"그렇습니다. 화명이 높은 도화원의 화가가 대표적으로 하나를
그려 그것을 일반 화원이나 사가私家 화원들에게 주면 민화로 그려
지게 되는 것이지요."

"왜 그렇지요?"

"좋은 뜻을 계고하기 위함입니다. 상상력으로 붓을 잘 휘두르지
못하는 일반 화가는 대개 모사에 능하기 때문입니다."

상상력이나 뜻을 붓놀림에 녹일 수 없는, 한마디로 창의력이 부
족한 화가들이 모사할 본보기를 통제한다는 말이다. 그렇다면 모
든 민화에 마치 어머니처럼 화명을 날리는 당대 화원의 같은 그림,
혹은 비슷한 그림이 있다는 말이 된다. 심사정의 뜻을 온전히 알아
들은 유문승은 고개를 주억거렸다.

"이 호랑이에는 위엄이 없어 보입니다. 오히려 익살스러워 보일
정도인데……. 다른 뜻이라도 있는 것인지요."

"잘 보시었습니다. 호랑이는 사람을 잡아먹기도 하는 무서운 동
물입니다. 민초들에게도 호랑이와 같은 부류가 있긴 하지요. 호랑
이에 양반을 대입해 우스꽝스럽게 그림으로써 불만을 표현하고 있
다는 말입니다. 더 이상 민초에게 양반은 무섭거나 동경의 대상이
아닌 조소와 비난의 대상이 되었다는 말이 더 가깝겠습니다."

"익명이기에 더욱 그렇겠군요?"

"물론입니다. 민화엔 그린 이가 없지요."

유문승은 심사정의 말에 눈빛을 반짝였다. 그러고는 심사정이
일러준 대로 그림을 살피다가 호랑이 쪽으로 뻗은 소나무의 가지
위에 걸려 불그스름하게 빛나는 것을 가리키며 물었다.

"이것은 무엇인지요?"

심사정이 올 것이 왔다는 듯 침을 꿀꺽 삼키고서 말을 이었다.

"이 그림의 가장 큰 화가 바로 이것에 있습니다. 얼핏 해처럼 보이지만 이것은 달입니다. 해는 이렇게 경계를 흩트리며 그리지 않고 끊어서 뭉쳐놓은 듯 단호하게 그리지요. 그 자체로 빛을 발하는 신성한 것으로 여기기 때문에 그렇습니다."

유문승은 심사정의 말에 한 발짝 그림으로 다가섰다. 심사정의 말처럼 해처럼 보이던 것은 경계가 불투명하게 처리되어 있었다.

"달이라……. 그림 속은 낮이 아닙니까."

"낮에 뜬 달은 이치에 어긋나는 것으로, 해는 세상을 밝게 비추는 것입니다. 해는…… 왕을 상징하기도 합니다."

심사정의 말에 유문승은 깜짝 놀랐다. 왕을 상징하는 해가 있어야 할 곳에 달이 떠 있고 까치가 소나무 가지에 앉아 호랑이를 비웃듯 내려다보고 있다. 자못 의미하는 바가 상서롭지 않았다.

유문승이 확인하듯 심사정에게 물었다.

"달은…… 역심을 뜻하는 것입니까?"

"이 그림에선 그렇습니다."

"민초가 보는 호랑이가 양반이라면, 양반이 보는 호랑이는 왕이 될 수도 있지 않을까요?"

"이미 답을 알고 계시면서 묻습니다."

심사정이 겨우 답했다. 역모라고 이야기하자니 불충이요, 다르게 말하자니 거짓이 되기 때문이었다. 그런 심사정의 고충과는 상관없이 유문승의 기세가 다소 거칠어지기 시작했다.

유문승이 심사정에게서 눈을 떼지 않고 물었다.

"윤성환의 집에서 발견한 그림입니다. 그의 호가 맞습니까?"

잠시 뜸을 들이다 심사정이 괴로운 듯 대답했다.

"하지만 이것은 거짓 그림입니다."

유문승이 깜짝 놀라 물었다.

"무슨 근거로 그런 말씀을 하시는 겁니까?"

"그림의 뒷면을 보시지요."

유문승이 그림의 뒷면을 살폈다.

"유독 한 부분이 우부룩하게 솟아 있지 않습니까? 그곳이 그림의 어느 부분인지 다시 살펴보십시오."

"달이군요."

"덧칠을 한 것입니다. 만약 윤성환이 그린 그림이라면 덧칠할 필요가 있었겠습니까?"

그렇다. 그가 그린 그림이라면 덧칠을 할 필요가 없었을 것이다. 그렇다면 역모를 나타내는 그림을 그렸다고 믿게끔 만들려는 수작일 것이다.

"화원이 다른 자의 원한을 살 만한 일이 있었습니까? 원한 관계라든지……."

"글쎄요. 저하를 보필한 것 말고는 소신도 잘 모르겠습니다."

"화원이 저하를 보필했다는 것은 무엇을 의미합니까?"

"그림입니다. 눈으로 보고 그칠 것을 기록으로 남기는 것이지요."

"예를 들자면?"

"경치를 그릴 수도 있지요. 또한 지도를 그릴 수도 있습니다."

경치는 능히 이해가 되지만 지도를 그린다는 것은 쉽게 이해가 가지 않았다.

"화원이 지도를 그리는 것이 자주 있는 일입니까?"

"종종 있는 일입니다."

"현감께서는 혹시 근래 들어 이상한 일을 겪지 않으셨습니까? 이상한 사람이 도화원에 왔다거나, 평소에는 맡지 않던 작업을 맡았다든가……."

심사정이 잠시 생각에 잠겼다가 대답했다.

"이 비슷한 그림을 달포 전에 가선이라는 여인이……. 아니, 여승이 가져온 적이 있습니다."

"비슷한 그림을, 여승이 말이오?"

"예. 윤 화원에게 이런 그림을 전한 걸로 알고 있습니다."

유문승의 목소리가 떨리기 시작했다.

"어느 절로 가면 됩니까?"

"절이 아닙니다. 세자 저하께서 들여놓은 여승입니다."

유문승은 몸을 벌떡 일으켰다. 윤성환의 검시도 빠르게 진행해야 했고, 가선이라는 여승도 찾아야 했다. 역모를 나타내는 그림이 그의 심장 옆에서 펄떡펄떡 뛰고 있는 것 같았다.

원찬식은 까끌까끌해진 입안을 물로 헹구었다. 시체가 놓인 검안대 옆으로 다가서자 그때 성균관으로 돌아간 이정균이 안치소로 헐레벌떡 들어섰다. 원찬식이 착잡하게 말했다.

"두 번째 피해자일세."

이정균이 팔을 걷어붙이며 숨을 고르기 시작했다. 겨우 진정이 되자 검안대로 다가서서 사체를 살피며 말했다.

"죽은 지 한 시진은 지났고 두 시진은 지나지 않아 보입니다. 가슴을 찌른 이 상처가 사인인데, 과다 출혈로 인한 사망으로 보입니다."

일부러 시체를 훼손한 흔적은 없다. 시체가 말하는 대로, 보이는 대로만 판단하면 된다고 생각한 원찬식이 말했다.

"발견 당시에는 엎드린 상태로 죽어 있었네."

이정균이 눈에 띄게 고개를 끄덕였다.

"시반屍斑*을 살펴도 그렇군요. 일반적인 시체의 시반은 바닥에 닿아 압박을 받는 견갑부肩胛部*와 둔부를 제외한 후면에 고루 나타나는데, 이 시체는 복면에 나타나고 있습니다."

그 말대로 가슴 부분을 중심으로 옅은 자줏빛 반점이 넓게 착색되어 나타났다. 인체는 심장박동이 정지된 뒤 피는 더 이상 흐르지 않고 몸의 저부에 있는 혈관 아래로 침강하여 표피층에 색깔이 나타나는데, 자줏빛의 옅고 짙음에 따라 시반은 달라진다. 그것은 피해자가 살해된 시각을 추정할 수 있게 해주는 '죽음 위에 핀 시간의 꽃'이라 할 수 있었다.

때마침 심사정의 집에서 돌아온 유문승이 검안대로 다가왔다. 유문승은 윤성환을 보며 인상을 구겼다. 무엇이 그를 지금 이렇게 차디찬 돌바닥 위에 끔찍한 몰골로 누워 있게 만들었단 말인가. 먹을 갈고 붓을 잡은 손으로 혼을 화폭에 쏟아붓기에도 부족한 인생이 아닌가. 그의 집에선 역모를 나타내는 그림이 발견되었다. 그가 죽은 이유는 진정 무엇일까.

이정균이 허리를 숙이고 다리를 굽힌 채 한참이나 사체의 가슴에 난 상처를 만지지 않고 가까이에 눈을 고정하고 있다가 고개를

● 사후에 피부에 나타나는 자줏빛 반점.
● 어깨 뒤 삼각형의 넓적한 뼈가 있는 부분.

들며 말했다.

"정확하진 않지만 이 상처의 너비와 깊이가 이전 사체의 상처와 비슷한 것 같습니다."

내부 출혈로 인해 붉은 멍처럼 타원형으로 피부 중앙에 생긴 상처는 거의 반듯하게 찔러 넣었다고 생각될 정도로 땅과 수직을 이루고 있었다.

"같은 무기를 썼을 수도 있다는 말이군."

날카로운 무기가 들어간 가슴 부위의 상처는 일 촌보다 조금 커 보였다.

"그렇습니다. 손잡이에 가까울수록 도신이 넓고 끝으로 갈수록 좁은 칼이 사용되었습니다."

"칼?"

"칼날을 사용하지 않은 경우는 상처의 창구가 이렇게 가지런하지 않습니다. 이런 상처를 낼 수 있는 것은 칼뿐이지요."

이정균의 말대로 죽창으로 찔러 죽였을 경우 사체의 상처는 눌리고 문드러지는데 그 흔적과는 전혀 달랐다. 예리하고 날카로운 칼에 찔린 상처가 분명했다.

이정균이 또랑또랑하게 말을 이어나갔다.

"다행이라 여겨야 할지도 모르겠습니다만, 범인은 찌른 칼을 방향을 바꾸지 않은 채 그대로 빼냈습니다. 피해자의 몸에 칼을 찌른 뒤, 만일 그 칼을 비틀면서 뽑으면 상처의 모양은 사슴의 발자국 형태(v)나 십자 형태(+)를 띠게 되지요. 신체를 파고드는 흉기의 끝부분이 피부를 뚫고 들어가기 직전에 피부를 누르면서 피부가 늘어날 수 있기 때문입니다. 반면에, 칼을 비스듬히 뽑으면 상처가

사도세자 암살 미스터리 3일

흉기보다 커집니다. 또한 둥글고 날카로운 무기라 하더라도 상처를 원형으로 내지는 못합니다. 피부가 한 방향으로만 찢어지기 때문이지요. 날카롭게 자른 대못을 흉기로 사용할 경우, 겉으로 드러나는 상처는 삼각형이나 십자 모양으로 나타나기도 합니다.”

이정균의 말을 들은 뒤 유문승이 검시에 필요한 물건들 사이에서 목척木尺을 꺼내 들어 사체의 상처 부위에 가져다 댔다. 상처의 깊이를 보는 동시에 칼의 길이를 가늠해보기 위함이었다.

유문승은 이정균에 비해 상처나 사체를 많이 접하진 못했지만, 병조에 근무하기에 칼의 특성을 잘 알고 있었다. 무기의 제작 의도나 목적, 형태 같은 것은 눈에 딱지가 앉을 정도로 보아왔다. 칼의 치수를 알아내면 범행에 사용한 무기를 빠른 시간 안에 알아볼 수 있다.

유문승이 빈 종이를 가져와 간단한 그림을 그리기 시작했다. 상처가 시작되는 곳의 너비와 그 끝부분의 너비, 그리고 상처의 깊이를 수치로 적어 넣고 도를 그렸다.

“상처의 너비는 일 촌 삼 푼(약 4센티미터), 상처의 깊이는 육 촌(약 18센티미터)이라. 그렇다면 상대기소傷大器小*를 감안하여도 너비는 일 촌 사 푼(약 4.5센티미터) 정도일 테고.”

찔린 상처는 보통 빠끔히 벌어지는데 그 벌어진 폭이 범행에 사용된 흉기 날의 폭과 꼭 일치하지는 않는다. 상처가 깊을 경우에는 근육과 건腱(힘줄), 혈관도 같이 잘리는데 근육이 잘린 경우 상처는 더욱 크게 벌어지기 때문이다. 상대기소란 상처와 관련해 자상의 외형이 범행에 사용된 무기의 형태나 크기와 반드시 일치하지 않

---

* 상처는 원인인 무기보다 크다는 형률학의 법칙.

212

기에 비율적, 통계적으로 그보다 한 치수 작은 크기를 유추해낼 수 있는 율법이었다.

비례적으로 도신의 너비와 길이를 산출해낸 유문승이 한참이나 고개를 갸우뚱거리다 원찬식을 불렀다. 단도라 하기에는 도신의 길이가 너무 짧고 폭은 넓었기 때문이다. 원찬식에게 직접 그린 그림을 보여주며 길이와 폭을 설명했다.

"넌 이 길로 군기감軍器監*에 가거라."

원찬식이 나가자 유문승은 사체의 상처 안쪽을 살피고 있던 이정균에게 말했다.

"머리 뒤에 타격을 당한 흔적이 있네. 아마도 윤성환을 기절시키기 위한 것으로 보이네만."

이정균이 사체의 머리 뒷부분을 자세히 살피고는 답했다.

"그렇습니다."

"그렇다면 기절시킨 뒤 가슴을 찔렀다는 말이겠군. 그런데 왜 오른쪽 눈이 부어 있는 것일까? 이 피는 무엇인가?"

윤성환의 오른 눈은 부어 있기도 했고 약간의 피가 들러붙어 있었다. 눈곱이 끼는 자리인 콧대와 가까운 부분에.

"넘어지면서 손상을 입었다고 보기에는 무리가 있지 않을까?"

"일반적으로는 얼굴에서 가장 돌출된 부분인 코가 부러지기 마련이지요."

"그렇다면 눈을 가격할 필요가 없는 것 아닌가? 기절시킨 뒤 눈을 가격했고 다음으로 심장을 찔렀다? 아니면 눈을 가격한 뒤 기절

---

* 병조에 속하여 병기의 제조를 맡아보던 관아.

시킨 다음 심장을 찔렀다?"

"순서는 범인만이 알겠지요."

"이상하군. 윤성환을 죽인 뒤 범인은 보란 듯이 집에 불을 질렀네. 시체를 태울 수 없다는 걸 알면서도 말이야. 태울 생각이 없었어. 사체를 손상시키면 안 되었다는 말이지."

유문승의 말이 떨어지자마자 둘이 동시에 서로를 바라봤다. 최헌직을 죽인 자가 윤성환도 죽였다. 연쇄살인. 그렇다면 최헌직의 사체에서 나온 암호가 윤성환의 사체에서도 발견될 수 있다.

"감긴 오른쪽 눈!"

이정균이 오른 눈을 조심스레 살펴보며 말했다.

"부었다고 하기에는 조금 부자연스러운 점이 있습니다. 이렇게 돌출될 정도로 타격을 입었다면 눈이 감기지 않을 것입니다. 그리고 나리의 말씀처럼 피를 설명할 수가 없습니다."

유문승이 눈을 부릅떴다.

"설마…… 눈을……."

"아마도 그런 것 같습니다."

이정균이 손가락으로 눈꺼풀을 최대한 눈썹 부위까지 끌어올린 뒤 작은 가위를 이용해 눈꺼풀과 눈 사이를 지그시 눌렀다. 눈알이 빠져나오는 소리가 귀신의 목소리처럼 음산하게 들렸다. 유문승은 차마 볼 수 없어 눈을 돌렸다.

"나리, 이것을 보십시오."

유문승은 이정균의 손바닥에 놓여 있는 윤성환의 눈알을 보고 차마 믿을 수가 없었다. 눈알의 뒷부분에 매달려 있는 하얀 힘줄 같은 것이 그의 시선을 오랫동안 붙잡았다. 이정균의 다른 손에 올라 있는 작은 대나무 토막. 첫 번째 피해자인 최헌직의 폐에서 나온 것과 같은 크기의 대통이었다.

"눈알을 뺀 뒤 그곳에 삽입했습니다. 그리고 눈알을 다시 집어넣었습니다. 그래서 피를 흘렸고 부은 것처럼 보인 겁니다. 눈알이 원래의 위치에 있지 않으니 그리 보인 것이지요."

유문승은 순간 뒷목이 서늘해지는 것을 느꼈다. 꿈에서 볼까 무서운 섬뜩한 장면이었다. 이정균이 천천히 대통 속을 들여다본 뒤 유문승에게 두 번째 암호를 건넸다. 암호를 펼쳐본 순간 유문승은 몸이 얼어붙는 것을 느꼈다.

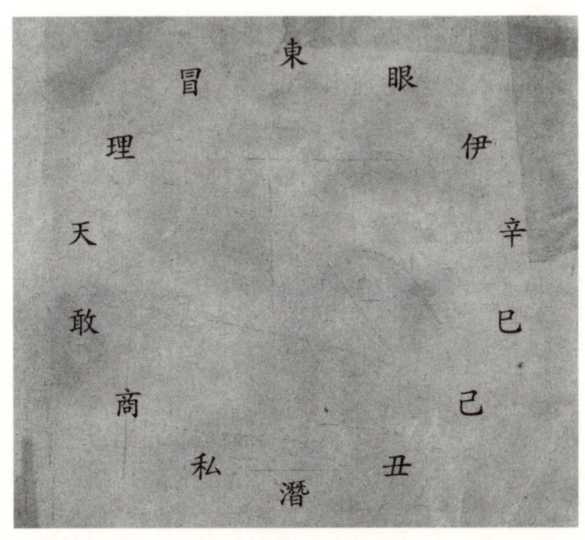

원형의 글자들이 유문승의 머릿속에서 크고 둥글게 휘돌면서 떠다녔다. 도대체 무슨 말을 하고 있는 것인가.

욕지거리를 간신히 참고서 유문승은 최헌직의 사체에서 나온 암호와 새로 발견한 암호를 나란히 포개어 말아 쥔 채 문을 박차듯

의금부를 나섰다. 승문원에 다시 한번 도움을 요청해야 한다. 그리
고 가선이라는 여인과 호작도의 관계를 파헤쳐야 했다. 이를 악다
문 유문승이 어둠 속으로 빠르게 사라졌다.

13

세자가 궁에 들인 가선을 만나다

유문승은 동궁 건물 중 가장 외곽에 위치한 네 칸짜리 작은 전각 앞에서 기척을 내려다 귀를 기울였다. 촤르르, 물 떨어지는 소리가 간헐적으로 들려왔기 때문이다. 발에 힘을 주어 소리를 내지 않으며 전각을 돌아 후면으로 접근했다.

별안간 우뚝 멈춰 선 유문승의 눈에 들어온 것은 새하얀 면포를 물에 헹궈내는 잿빛 승복을 입은 한 여인의 뒷모습이었다. 품이 큰 것인지 너무 야윈 것인지 분간하기 힘들 정도로 큰 승복을 입고 있었다. 물이 든 커다란 돌그릇을 앞에 두고 땅에 천을 깔아 그 위에 무릎을 꿇고 있는 모습은 마치 정성스럽게 염불이라도 드리는 듯 경건해 보였다.

유문승은 조심스럽게 헛기침을 흘렸다. 그러자 그녀의 작은 몸이 움찔거리더니 급하게 일어나 뒤돌아 합장했다.

승복을 입고 있으니 비구니가 맞을 테지만 합장한 손이나 피부, 머릿결을 보았을 때 너무 어리다는 생각이 들었다. 게다가 검은 머리카락이 등허리를 덮을 정도로 길다. 유문승은 검디검어 푸르기까지 한 그녀의 눈동자를 보며 말했다.

"위관이오. 조사할 것이 있어 늦은 밤을 무릅쓰고 실례하였소."

"송구하오나 조정의 일은 잘 모르옵니다. 위관이라는 벼슬이 무엇인지 모르겠으니……."

모르니 설명을 해달라는 말인가? 작고 여린 몸에서 나온 곱상한 목소리. 위축되지 않는 모습이 되레 당돌해 보이기까지 한다. 세자께서 궐 밖에서 데리고 들어온 여자라고 하더니 과연 믿는 구석이 남다른 것일까.

"한 사건을 맡은 임시 판관이오. 뿌리는 병조에 있소."

사건이라는 말에 여인이 긴장하기 시작했다. 그 모습에 궁궐의 구석에서 평화롭게 살아가는 여인인 체하는 것은 아닐까 하는 의심이 피어올랐다.

하지만 세자 저하의 승은을 입었을지도 모른다. 생각이 거기까지 미치자 유문승은 더욱 조심스러울 수밖에 없었다.

"묻고 싶은 게 있소. 이런 곳에서 말할 수 있는 것이 아닙니다."

유문승의 말에 여인이 주변 바위에 널어놓은 댕기와 저고리 깃, 고름, 끝동 등을 소중히 품에 안고 안채를 향해 허리를 숙인 채 말했다.

"오르시지요."

사랑방 댓돌을 오르는데 여인은 차라도 내올 생각인지 바로 따라 들어오지 않았다. 유문승이 방의 중앙에 자리를 잡자 여인이 살포시 문을 열고 발소리를 죽이며 들어왔다. 그녀의 방은 참으로 단출했다. 법전 몇 권이 앉은뱅이책상에 올라 있고, 깨끗한 백화지를 권취지처럼 말아놓은 두루마리와 붓발, 나무 문진, 깔지 등이 정갈하게 정리되어 있었으며, 작은 나무 불상이 사람 키 높이에 걸려 있는 것이 전부였다.

부드럽게 우려낸 대추차를 내려놓는 그녀의 승복 소매 안으로 커다란 화상 자국이 보였다. 그녀가 호롱의 면화유에 불을 붙인 뒤 공손하게 말했다.

"가선이라 합니다. 초면에 무례하였다면 용서하세요. 저하의 당부가 있어 그리한 것입니다. 이제 제가 답해야 할 것이 무엇인지 말씀해주세요."

누가 찾아오든 신분을 정확히 밝히게 하라는 명이었을까. 아니면 함부로 외인을 만나지 말라는 것이었을까. 세자 저하의 입장에선 사람들의 구설수에 오르지 않게 하기 위함이었겠지만 무언가 점점 머릿속을 답답하게 만들고 있는 것은 분명했다.

"비구니처럼 승복을 입었는데 머리가 길군요?"

유문승의 날카로운 질문에 가선이 움찔했다.

"전 지금 비구니가 아니랍니다. 비구니가 되고 싶을 뿐이지요."

"그건 무슨 말이오?"

"과부가 아니라면 비구니가 되는 것은 허락되질 않아요. 처녀는 비구니가 될 수 없을뿐더러 설사 비구니가 되었다 하더라도 환속還俗 당하고 맙니다."

처녀가 머리를 깎는 것은 엄히 금하고 있었다. 이유인즉 비구니가 된 후에 부끄럼 없이 얼굴을 드러내고 마음대로 행동한다는 것 때문이었다.

유문승은 가선의 말을 듣고 무겁게 고개를 끄덕거렸다. 부처의 품안에서 살고 싶어도 결혼을 하지 못하거나, 남편을 잃지 않는 이상 비구니가 될 수 없는 것이다. 쓸쓸함이 입안 가득 번져나갔다.

공기가 무거워지자 가선이 힘겹게 입을 열었다.

"송구하지만 오래 시간을 낼 수 없습니다. 저 같은 것이야 괜찮지만 저하께 피해가 갈 수도 있으니……."

"알겠소."

먼발치에서 보던 여인과 가까이서 본 가선은 판이하게 달랐다. 나이는 이제 스물쯤 되었을까. 올망졸망한 두 눈은 잔잔한 호수같이 서늘하게 젖어 있고, 가지런하게 내리뻗은 콧날, 그 아래로 살짝 벌어진 입술은 복숭아 꽃물을 곱게 들인 것처럼 윤기 있는 선홍빛으로 빛났다. 묘한 매력의 여인이었다.

"그림을 그리시오?"

"제대로 배워본 적은 없지만 보타사에 머물 때 화승畵僧께 붓 놀리는 법을 잠깐 배운 적은 있습니다."

유문승이 호작도를 꺼내 가선에게 건넸다. 호작도를 본 가선이 깜짝 놀라며 큰 숨을 내쉬었다. 그녀가 숨을 내뱉은 공기 속에서 달콤한 아카시아 향기가 풍겼다.

"이 그림을 들고 도화원에 간 적이 있습니까?"

"그렇습니다. 하지만 제가 들고 간 그림은 이것과는 다른 그림이에요."

유문승의 미간이 급작스럽게 좁아졌다.

"어떻게 다른 그림입니까?"

"전 해를 그렸지만 이 그림은 아닙니다."

유문승은 머릿속이 복잡해지기 시작했다.

"그림이 전달된 사정을 들을 수 있을까요?"

"석 달쯤 전이었을 거예요. 저하께서 그림이 하나 필요하다 하셨습니다. 호랑이와 까치의 그림이 말이에요."

"저하께서 호작도를 그리라고 명하셨다는 말인가요?"

"네. 그것이 제가 이곳에 온 목적이자 이유인걸요. 저하께선 심란하실 때, 고통스러울 때, 어둠에 갇혀버린 것처럼 답답하실 때, 그리고 울적하실 때에도 그림으로 마음을 달래곤 하셨습니다."

유문승도 세자께서 유난히 그림을 아끼고 사랑하신다는 말은 들은 적이 있다. 조충도鳥蟲圖부터 인물화, 산수화를 가리지 않고 그려 저하께 드렸다는 말에 유문승이 의아해하며 물었다.

"도화원이 따로 있는데 왜 부러 소저에게 그림을 그리라 명하셨을까요?"

"저하께서는 도화원 화원들의 그림도 매우 훌륭하다 하셨습니다. 하지만 그들이 살아온 삶의 방식처럼 어떤 굴레가 무형의 법칙으로 그림에 나타난다 하셨지요. 양반으로 태어나면 아무리 서민을 위한다 하더라도 양반의 기질을 버리기 힘들고, 거지로 태어나면 그 역시 근성을 떨치기 힘들듯이, 도화원 화가의 그림은 다른 듯 같다고 말씀하셨지요. 그래서 화원으로서 교육을 받지 않은 소녀가 자유롭게 그린 그림을 미쁘게 봐주신 것이 아닐까 합니다."

자유로운 그림을 그리는 비구니라. 그 느낌은 대추차에서 피어오르는 한 줄기 김처럼 묘한 친근감을 불러일으켰다.

유문승이 가선에게 물었다.

"혹시 소저가 그린 그림을 볼 수 있겠소?"

가선이 고개를 저었다.

"제겐 없습니다. 저하께서 보관하고 계실지도 모르겠어요."

사도세자 암살 미스터리 3일

“도화원의 윤성환이라는 화원을 만난 적이 있소?”

“예. 제가 그린 그림을 바탕으로 그 화원에게 그림을 부탁했어요. 똑같이 그려달라는 당부도 함께 드렸지요. 저하께서 그로부터 달포 뒤에 화원에게 그림을 받았다는 말을 들었어요. 그런데 이렇게 다른 그림이라니. 알 수가 없네요.”

세자께서 가선에게 호작도를 그리게 한 뒤 그녀의 그림을 다시 윤성환에게 모사하게 만들었다는 말이다. 그리고 윤성환은 작업을 마친 뒤 세자께 가선이 그린 그림을 돌려주었다. 그런데 무엇이 문제란 말인가. 일의 순서가 헝클어진 느낌이 들었다.

“저하께서 호작도를 그려 무엇을 하시려고 했는지 혹시 짐작하시오?”

“저하를 반대하는 대신과 훈신勳臣*, 척신戚身*들에게 나눠주고 싶다 하셨어요.”

유문승이 가선의 말에 의외라는 듯 고개를 갸우뚱거렸다. 호작도를 세화의 목적이 아닌 공유의 목적으로 그리게 하셨단 말인가? 이미 돌아설 대로 돌아서버린 신하들에게 호작도를 준다는 것은 무슨 의미였을까? 그들에게 진심으로 복이 찾아오길 바라는 마음에서? 알 수 없었다.

가선이 덧붙여 말했는데 꽤나 의미심장했다.

“저하께서는 먼저 손을 뻗고 싶어 하셨어요. 어른이 먼저 아이를 안아주듯이. 아이들은 아무리 어른을 미워해도 안아주는 손길에

---

* 나라나 임금을 위하여 드러나게 공을 세운 신하.
* 임금과 성이 다르나 일가인 신하.

화가 눈 녹듯 녹으니까요."

잠자코 있던 유문승이 가선의 말에 덧붙였다.

"하지만 저들은 결코 어린아이가 아니지요. 어린아이처럼 순수하지 않습니다."

세자를 반대하는 노론에만 해당되는 말은 아니다. 소론이든 남인이든 위정자는 목적에 의해서만 움직이는 자들이 아닌가. 목적에만 합하면 능글맞게 웃으며 바보가 될 수도 있고 목적에 반하면 그 누구에게라도 눈에 핏발을 세우며 비난을 서슴지 않는다. 이치나 의리는 저 멀리 지나가는 개보다 더 무감하게 바라본다.

가선이 유문승의 말에 고개를 끄덕이면서 말을 이었다.

"저들은 결코 먼저 화해의 손길을 내밀지 않을 것을 아셨지요. 그렇게 무리를 지어 살다 보면 적개심은 커지고 자비심은 줄어든다 하셨어요. 그러니 저하께서 먼저 손을 내미는 것이라고. 그 순간 저하의 표정은 슬픔, 그 자체였어요."

유문승은 동궁 후원에서 받은 저하의 하교를 떠올렸다. 노론과의 관계, 청나라와의 관계를 재정립해야 한다던 말씀. 그 말씀에 담긴 뜻은 무엇일까? 타고난 무인의 기질? 원대한 포부? 작은 변방의 나라가 둘로 쪼개져, 그리고 다시 여러 개로 쪼개져 편 가르기에만 열중하고 있는 사대부들의 작태에 대한 염증? 모든 것을 아우르는 열정? 알 수 없다.

그런 세자께서 내부의 배신자를 처단했을지도 모른다는 생각이 불현듯 유문승의 머릿속을 헤집었다. 이 모든 일이 의혹투성이다.

가선이 걱정스러운 표정으로 유문승에게 물었다.

"호작도는 무엇 때문에 그러시는 건가요? 무슨 안 좋은 일이라도 있나요?”

유문승이 잠시 고심하다 답했다.

“살인 사건이오. 피해자의 집에서 이 그림이 발견되었소.”

가선의 얼굴이 순식간에 백지장처럼 창백해졌다. 가슴을 부여잡
은 손가락이 가늘게 떨리고 있었다.

유문승은 대추차를 한입에 들이켰다. 오늘 입에 넣은 것이라곤
물 몇 모금과 대추차가 다였다. 따뜻한 기운이 번져나가며 속이 살
며시 쓰려오기 시작했다.

유문승이 자리에서 일어났다.

“고맙소. 그리고 늦은 시간에 실례가 많았소.”

인사를 하는 둥 마는 둥 하고 나가는 유문승을 가선이 복잡한 눈
빛으로 배웅했다.

유문승이 본 가선이라는 처자는 그림과 불교에 열성을 다하고,
다른 여인이라면 욕심냈을 부귀나 권세를 멀리하며 단출한 삶을
살고 있다. 하지만 그녀의 말을 모두 믿을 수 있을 것인가. 가선에
대해 알아볼 필요가 있다고 느꼈다.

유문승은 구석에 위치한 가선의 처소를 한 번 쳐다본 뒤 등을 돌
렸다. 눈앞의 어둠보다 머릿속의 어둠이 더 깊었다.

의금부에 당도한 유문승은 이정균이 추가로 몇 가지 검시를 더
한 뒤 돌아갔다는 이야기를 들었다. 그가 성균관으로 돌아갔다는
말에 마음이 조금은 편해졌다. 과거시험 준비에 최대한 지장을 주
고 싶지 않았기 때문이다.

유문승은 아직 불이 밝혀진 한익모의 집무실로 향했다. 한익모

는 퇴궐하지 않은 채 유문승을 기다리며 상당히 초조한 얼굴로 앉아 있었다.

"아직 퇴궐하지 않으셨습니까?"

"조금만 더 기다려보겠다는 것이 벌써 날이 저물었군."

사건의 최고 책임자로서 상황이 어떠한지 궁금하지 않다면 오히려 이상한 일이다. 유문승은 보고를 제때 올리지 못한 점을 송구스럽게 생각했다.

"우려한 대로 어젯밤 인시경 동궁에 침입자가 있었습니다. 순경 근무를 하던 겸사복 둘이 크게 다치고 하나는 겨우 움직일 정도로 습격을 받은 모양입니다."

"허, 이것 참."

"그런데 저하께 이미 보고가 올라간 모양입니다. 저하께서는 외부에 알려지는 것이 이롭지 않다 생각하신 듯합니다. 자체적으로 조사에 들어갔다곤 하나 최헌직의 죽음조차 모르고 있었습니다."

"어떻게 그런 일이 가능했단 말인가?"

한익모가 장탄식과 함께 혀를 끌끌 찼다. 기가 막힐 일이었다. 동궁의 숙위 체계가 무너진 것도 문제지만 그것을 저하께서 덮어두려 하시는 것도 문제였다.

"숙위 체제를 손금 보듯 꿰고 있는 자이거나, 내부의 협조가 있었던 것 같습니다."

내부의 협조라는 말에 한익모의 눈이 더 이상 커질 수 없을 정도로 커졌다.

"그리고 두 번째 피해자가 나왔습니다."

"두 번째? 연쇄살인이란 말인가?"

"예. 도화서 화원 윤성환이라는 자의 집이 화재로 타버렸는데 시체는 온전합니다. 귀룽나무의 가지가 입에 물려 있었고 사체에서 두 번째 암호가 나왔습니다."

"이거 느낌이 좋지 않군."

"그의 집에서 호작도를 발견했습니다. 역모를 나타내는 그림인데 누군가 그를 모함하려 하는 것 같습니다."

"뭐? 역모를 나타낸다고?"

한익모가 믿을 수 없다는 듯 되물었다. 사건의 총책임자로서 이 사건이 미칠 풍파를 생각하니 눈앞이 캄캄해지는 모양이었다. 그렇지 않아도 전하가 위독한 탓에 조정이 벌집을 쑤셔놓은 것만큼이나 혼란스러운 가운데 역모와 관련된 그림이라니.

"그런데 놀라운 점은 그 그림을 그리라고 명하신 분이 저하라는 것입니다. 저하의 명을 받아 가선이라는 비구니가……. 아니, 여인이 그렸고, 그녀가 그린 그림을 윤성환이라는 자에게 주어 모사하도록 명한 모양입니다. 하지만 문제는 저하의 명을 받아 그린 호작도가 윤성환의 집에서 발견된 호작도와 다르다는 점입니다."

한익모의 얼굴이 한층 어두운 빛을 띠었다.

"어려운 일이로군. 저하와 관련되어 있다니. 조사에 조심, 또 조심을 기해야 할 것이야."

유문승이 비장하게 고개를 끄덕이며 말을 이었다.

"가선에게 그림을 전해 받은 윤성환은 이상이 없는 그림을 저하께 돌려드렸다고 합니다. 그다음에 문제가 생긴 것 같습니다. 다른 존재가 개입했을 수도 있지요. 결과적으로 윤성환의 집에서 발견된 호작도는 누가 그린 것인지 분명하지 않다는 점만 확실할 뿐입니다.”

“흠, 그렇지만 윤성환이 그렸다기보다는 살인자가 두고 갔다는 것이 더 합당해 보이는군.”

유문승은 고개를 끄덕이며 호작도를 건넸다. 한익모도 무겁게 고개를 끄덕이며 호작도를 바라보다 한숨을 내쉬었다.

“대감께 여쭐 것이 있습니다. 저하께서 궁에 들이신 가선이라는 여인에 대해 말씀해주십시오.”

한익모가 그럴 줄 알았다는 듯 고개를 주억거렸다.

“과연. 언젠가는 문제가 될 것이라 생각했네. 저하께서 일 년 전 안암동 개운사의 작은 암자인 보타사에 들르신 적이 있는데, 그녀가 그린 그림에 매료되어 들이셨네. 비구니가 아니기에 별 문제 없다고 여기셨겠지. 그런데 그 일을 강경 노론이 끈질기게 물고 늘어지고 있네. 비구니를 들여 간음하고 수태시켰다는 망발을 퍼뜨리고 있어. 게다가 그 소문을 퍼뜨리는 사람 중에 저하의 친모인 영빈 이씨도 포함되어 있네. 하지만 모든 노론이 그런 것은 아닐세. 저하의 장인이신 영상 홍봉한 대감은 그런 풍문을 잠재우고 뒷수습하느라 끌어다 쓴 돈도 있는 모양이야. 그 용도로 많은 돈이 들었다고 들었네.”

친어미도 저하를 음해하고 있다는 말에 유문승은 적잖이 충격을 받았다. 유문승도 풍문을 듣지 못한 것은 아니다. 하지만 그저 정치적인 공격일 뿐이라 치부해버리고 말았다. 시간이 지나면 잠잠해질 거라고 생각했다. 그런데 아직까지도 추문과 음해 공작에 저하께서 시달리고 계시다니. 그들의 끈질김이 무서울 정도였다.

어떻게 하면 친자식을 욕되게 할 수 있을까. 자식을 사랑하는 본

사도세자 암살 미스터리 3일

능이 노론과 소론이라는 당적보다 못한 것일까. 사대부도 아니고, 신하도 아닌 저하의 생모가. 정치의 무서운 일면이 뼛속까지 시리게 다가왔다.

"그런데 가선이란 여인이 처녀라는 것이 문제였네. 비구니가 되고 싶은데 될 수가 없는 상황이지. 노론의 이빨에 제대로 걸려들었어."

"애초에 들이지 않았다면 문제가 되지도 않았을 것입니다."

"허허. 어디 일이 그렇게 생각처럼 되던가? 지친 심신을 눕힐 곳이 없으셨을 게야, 저하께서는. 그래서 그리 무예에 골몰하시고 그림에 빠지셨겠지."

"기거하는 곳이 외지고, 나인도 없이 지내는 것이 이상합니다."

"흠. 그렇기에 저하의 심중이 깨끗하다는 방증이 되기도 하지."

유문승도 한익모의 말에 동의한다는 듯 고개를 끄덕거렸다.

"저하께서도 처음엔 나인을 붙여주셨네. 그런데 가선이라는 여인이 극구 사양을 했지. 진흙탕 같은 환경에서 자란 탓일 거야. 한 번도 그런 환경을 겪지 못했으니 오히려 고통스러웠겠지. 어릴 때 돌림병으로 부모를 잃고 형제도 없다고 하더군. 보타사의 주지가 세 살도 되지 않은 가선을 데려다 그때부터 길렀다고 들었네."

그렇게 나이가 들어 혼기가 차도 혼처가 들어오지 않았을 것이다. 세상과 떨어져 평생을 절에서 살았으니. 천민이라도 얼굴을 마주해야 정도 생기고 연분도 생길 것이 아닌가.

"행실에는 전혀 문제가 없는 여인일세. 오히려 마음가짐이 정갈하다고 할 수 있지. 허드렛일을 해 푼돈이나마 꾸준히 보타사에 보낸다고 하더군. 그러나 아무리 몸가짐을 바르게 해도 지탄받을 수

밖에 없는 상황이 문제야. 덕분에 요승이니, 발정난 비구니니 하는 독설을 듣고 있지."

유문승은 그녀가 바위에 널어놓은 것들을 기억했다. 천에 자줏 물을 들이고 말린 뒤 시전에 내다파는 모양이었다.

조선은 하층민 여인에게 잔혹했다. 기녀나 첩, 비구니, 무녀, 여종 등의 신분을 타고난 최하층민은 조선이 버린 여인들이었다. 세종대왕의 서자인 창원군은 데리고 있던 계집종 고읍지를 꿈에 남자를 봤다는 이유로 칼로 찔러 죽였다. 또한 양반에게 수없이 강간당한 수많은 여종은 어디다 하소연도 못하고 죽어나가거나 고단한 삶을 살아야 했다.

비구니 역시 이들과 크게 다르지 않았다. 사백 년에 걸친 척불정책과 유교 사상의 확산은 여성 불자에게 이중의 족쇄로 작용했다. 특히 비구니는 조선의 통치 이념과 사회질서 및 문화 관습의 관점에서 볼 때 불교, 출가, 여성이라는 세 가지 열악한 요소를 모두 갖춘 비주류 내지는 반주류의 주변인 집단이었다. 조선 사회의 유교화가 심화되면서 결국 비구니들은 수행자가 아닌 부녀의 범주에 갇히게 되었다. 그래서 남녀유별의 논리를 따르지 않으면 안 되는 상황에 이른 것이다.

"그랬군요."

씁쓸한 기운이 둘 사이에 어색하게 감돌았다. 유문승이 용호영에서 본 병사들에 대해 물었다.

"용호영에서 훈련도감의 병사를 보았습니다. 겸사복들이 물러나고 그들이 대신하는 것 같았습니다. 어찌 된 영문인지 알고 계신것이 있으십니까?"

"그렇지 않아도 지금 전하께서 계신 환경전부터 동궁까지 병사들이 계속 충원되고 있다는 말을 들었네. 이유도 모른 채 병사들이 무기를 들고 궁을 드나드니 조정이 지금 전쟁을 겪는 것보다 더 혼란스러워하고 있어. 대신 회의에 참석해보면 무슨 영문인지 대강이라도 알 수 있겠지."

군기감에 다녀온 원찬식의 보고를 듣고 유문승은 가슴이 답답해졌다. 원찬식이 자리에 앉으며 말했다.

"모든 방법을 동원해 알아보았습니다만, 무기도감에도 그런 칼은 없었습니다."

유문승이 원찬식의 말에 놀라 물었다.

"그런 무기가 없다? 그렇다면 조선에서 만들어낸 무기가 아니란 말인가?"

"아닙니다. 군기시나 병조에 기록이 없다면 그것은 원래 없는 무기라는 뜻입니다."

"그러니까 그런 칼이 없다?"

"그렇습니다. 비록 다른 나라에서 들여온 무기라 하더라도 전부 기록되어 있지요."

"답답하군."

도대체 아귀가 맞질 않는다. 상처를 살핀 결과 살해에는 분명 짧은 도가 쓰였다. 하지만 그런 무기는 없다는 결론을 받아들이고 보니 무기를 밝혀낼 수 있는 방도가 사라져버렸다는 소리가 멀리서 메아리쳐 돌아오는 것만 같다.

"아니, 분명히 그런 칼이 있다. 밝히지 못하는 것일 뿐이야."

유문승은 책상을 손가락으로 툭툭 쳤다. 책상을 두드리는 소리가 규칙적으로 들리다가 조금씩 느려졌다.

유문승은 상처를 살핀 뒤 정확하게 치수를 밝혀냈다. 그것에서 오차는 많이 잡아야 세 푼(약 1센티미터)이었다.

범인은 분명 궁궐에 출입할 수 있는 자다. 그렇지 않고서야 어떻게 동궁에 침입할 수 있단 말인가. 그렇기에 무기를 알아내는 것이 중요하다고 생각했다. 각 관아마다 무기는 조금씩 다른 특징을 지닌다. 해당 관아에 맞게 장단점을 반영하기 때문이다. 그래서 무기를 밝힌다면 용의자의 선상을 줄일 수 있을 것이라고 생각했다. 하지만 결과적으로 살인에 쓰인 무기를 밝혀내지 못해 수사는 앞으로 나가지 못하고 있다.

어느새 밤이 깊었다. 꼭두새벽부터 환관의 시체를 보고 조사하며 하루를 시작한 유문승은 결국 그 끝에도 시체를 보고 말았다.

피로가 온몸을 파김치처럼 늘어지게 만들었다. 게다가 머리 왼쪽, 눈 바로 뒤에 둔탁한 통증이 자리 잡았다. 누군가가 붉게 달군 숟가락의 납작한 면을 거기에 대고 누르는 것 같았다. 그것이 피로의 부작용이자, 심한 편두통의 첫 징조라는 것을 잘 알고 있었다. 유문승은 청에서 상인들에게 일을 배울 때부터 편두통에 시달리기 시작했다. 극심한 편두통은 일시적으로 눈이 안 보일 정도로 심해지기도 했다. 그럴 때면 밖으로 나가 해를 오랫동안 바라보며 서 있곤 했는데 작은 송곳이 하늘에서 우박처럼 우수수 쏟아져 머릿속에 박히는 것만 같았다.

편두통을 피하는 방법은 오로지 어느 한곳에 집중하는 시간을 점차 늘려가는 것뿐이었다. 그래서 얻은 것은 만성 피로와 그로 인해 축 늘어진 육체뿐이지만. 유문승은 늘 잊지 않고 있었다. 몸이 늘어지고 늘 피곤하다고 느끼는 것보다 편두통이 더 견디기 힘들다는 것을.

유문승은 잠깐 눈을 감고 심호흡을 했다. 엄지손가락으로 관자놀이를 세게 눌렀다. 아픔이 노곤함에 스며들기 시작했다. 그러자 정신이 좀 돌아오는 것 같았다.

"승문원에 다녀왔습니다. 두 번째 암호는 첩자疊字의 일종이라 하더군요."

"첩자? 글씨가 중첩된다는 말인가?"

"예."

남산골샌님처럼 쓸데없이 자존심만 강해 교항한 줄로만 알았던 그들로부터 도움을 끌어낸 것은 어떻게 보면 행운과도 다르지 않았다.

화원의 눈에서 나온 두 번째 암호시와 함께 그와 형태가 비슷한 소동파의 시를 펼쳤다. 유문승은 조용히 눈을 감았다 떴다. 날카롭게 곤두선 신경이 차분히 가라앉는다.

"소동파의 시집에 있던 것이라 하지 않았습니까? 저자가 다른 이름입니다."

"시를 지은 사람이 진관으로 표기되어 있군. 진관은 소동파의 여동생인 소소매蘇小妹의 남편일세. 아마도 소동파의 이름에 묻혀 같이 편철된 것 같군."

"소소매의 남편이 지은 시라는 말씀입니까?"

"아직까진."

진관의 시가 편철된 부분은 첩자라는 대제가 붙어 있었다.

원찬식이 다시 물었다.

"한 글자가 여럿으로 해석될 수 있다는 말씀입니까?"

"글쎄, 열네 글자로 이루어진 원의 형태. 분명 겹치는 글자가 있을 걸세. 글자를 겹치게 하여 몇 글자로 시를 만들어내느냐는 것인데……."

유문승은 난감한 표정을 지었다. 시작하는 글자를 찾을 수도 없을뿐더러 어느 방향으로 돌아가며 글자를 배열해야 하는 것인지도 모르는 상황이었다. 첫 번째 암호시는 이상한 글자 모양에 담긴 뜻을 칠언으로 확대하여 이구를 만들어냈지만 이것은 전혀 달랐다. 지극히 정상인 글자. 하지만 배열이 문제였다.

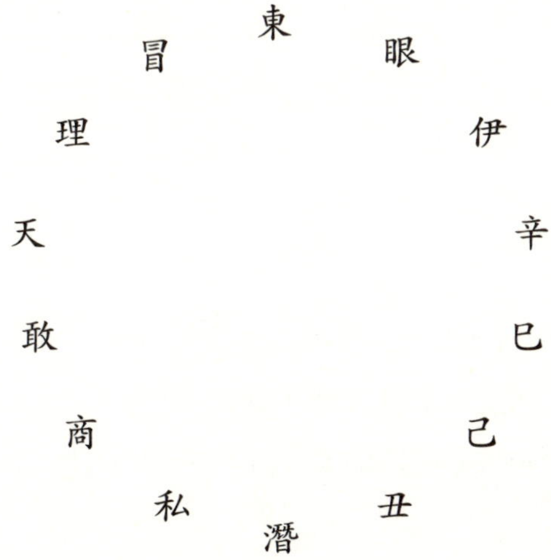

글자의 배열과 형태를 유심히 살피던 유문승은 지금껏 알지 못했던 새로운 사실을 알게 되었다. 가슴이 거칠게 두방망이질하기 시작했다.

"보게. 이 시는 얼핏 보기에는 원의 모양일세. 하지만 둥글다는 인식을 버리면 다른 것을 볼 수 있네."

원찬식이 원형의 시를 뚫어지게 노려보았다. 한참 후 어깨를 으쓱하며 잘 모르겠다고 말하자 유문승이 붓으로 획을 그리며 빠르게 덧붙였다.

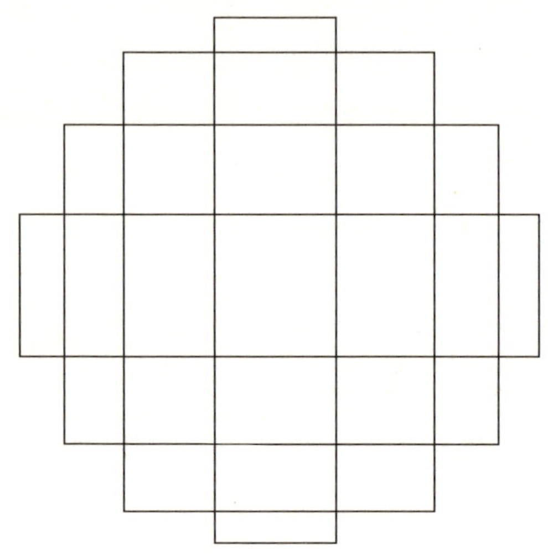

"보게. 원이되 원으로 이루어진 것은 아닐세."

"그렇다면 이것이 원의 모양이 아닙니까?"

"원이지. 하지만 장방형으로 이루어진 원이라는 말이 더 정확하겠군."

원찬식은 유문승의 붓놀림에 만들어진 네 개의 장방형 도형을 보고 고개를 끄덕거렸다. 크기만 조금 다를 뿐 그것은 장방형 도형 네 개가 겹쳐 만들어진 원의 모습이었다.

"또한 글자와 글자의 간격이 일정하네. 정확한 계산 뒤에 그린 것이라는 말일세. 정말 놀랍군. 장방형으로 원을 만들어내다니……."

말하면서도 유문승의 머릿속은 끊임없이 회전했다. 기하학과 도형학, 수리학, 천지오행, 음양 합체……. 하지만 사정없이 충돌하는 그것들 때문에 오히려 머릿속은 더 복잡해져갔다.

원찬식이 별 뜻 없이 불쑥 한마디를 내뱉었다.

"이렇게 보니 팽이의 모습을 닮은 듯도 합니다."

유문승의 눈썹이 꿈틀거렸다. 팽이를 닮았다는 말이 꽤나 진지하게 들렸기 때문이다.

그때 문득 머릿속을 스치는 것이 있었다. 그것은 팽이가 돌아가는 모습이었다. 팽이가 안정적으로 돌아가는 것은 날개 역할을 하는 둥근 몸통 때문만은 아니다. 가장 중요한 것은 중심축이었다.

"중심축이야. 시에서 중심축이라 하면 홀수의 구와 관련이 있을 것이네."

"어떻게 그것이 중심축이 되는 것인지요?"

"예로부터 양은 홀, 음은 짝이라 여겼네. 그래서 홀을 길하게 여기는 것일세. 예를 들어 명절을 보면 알 수 있는데 설은 일월 일 일, 삼짇날은 삼월 삼 일, 단오는 오월 오 일, 백중은 칠월 칠 일, 중양절은 구월 구 일이지. 그리고 또 있네. 거의 대부분의 탑이 홀수로 되어 있다네. 불국사의 석가탑을 비롯한 대부분의 탑이 삼층이지."

"경천사 석탑은 십층이 아닙니까."

"그 석탑을 본 적이 있는가?"

"그렇습니다. 밑에 큰 석재가 세 대, 그 위로 작은 석재 일곱 대가 쌓여 있지요."

"보게. 삼 대 칠의 비율일세. 열이라는 층수를 맞추기 위해 쌓은 것이 아니라 삼 대 칠의 비율로 만들었기에 열이라는 층수가 나온 것뿐이지. 그리고 열은 스물, 서른 할 때의 숫자 관념으로 보면 홀일세."

유문승은 일구와 삼구의 시작에 동東과 잠潛을 써넣었다. 네 구의 중심을 잡아줄 글자를 뽑아냈다. 하지만 다음 글자를 쓰지 못한 채 유문승은 붓을 든 손을 머뭇거렸다. 잠시 붓을 내려놓고 생각을 가다듬기 시작했다.

원으로만 보이던 형태가 실은 네 개의 장방형 도형으로 이루어졌다는 것. 그리고 네 개의 도형은 서로 겹치는 모습을 하고 있다는 것. 축을 제외한 나머지 장방형 도형에 포함된 각각의 네 글자……. 그렇다면 칠언절구의 형식이다.

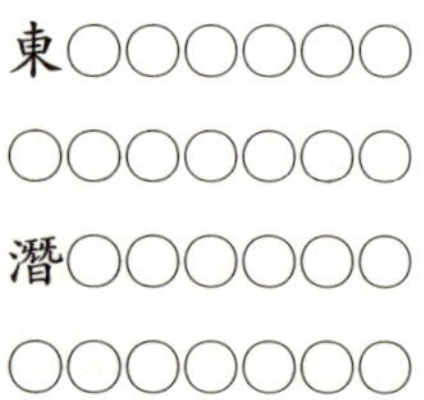

네 글자로 이루어진 장방형 도형이 놀라운 속도로 회전하는 모습이 환상처럼 떠올랐다. 도저히 무슨 글자인지도 모를 정도로 빠르게 돌던 도형이 천천히 속도를 줄이기 시작했다. 천천히. 그러다 멈추었다. 다시 붓을 든 유문승의 손도 떨림을 멈추었다.

"하나의 중심축이 있다. 그리고 서로 겹치는 도형이 네 개다. 시도 사구이고. 그러므로 서로 겹치는 글자의 수도……."

혼자 중얼거리는 유문승을 응시하던 원찬식의 눈이 반짝 빛났다. 암호시라든가 장방형이라든가 도형 같은 것은 잘 모르지만 유문승이라면 해법을 찾을 수 있을 것이라 믿었다.

유문승이 그려놓은 도형에 네 개의 점을 찍었다. 그것은 동서남북 사방을 가리키고 있는 모습이었다.

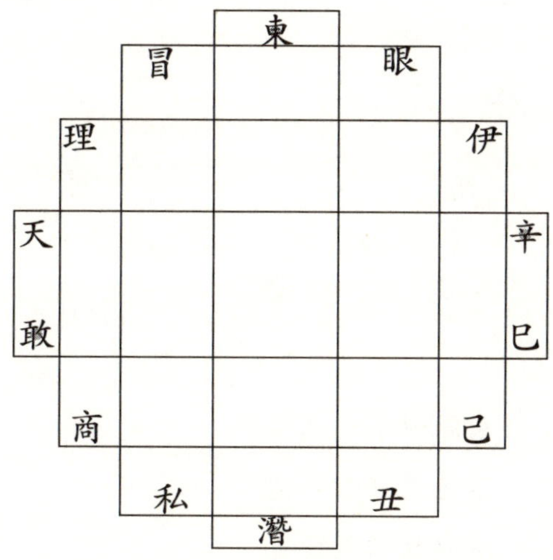

"한 구가 시작되는 곳이 바로 이 부분들일세."

동서남북 끝에 위치한 작은 장방형 도형을 붓을 들지 않은 왼손으로 찍어 눌렀다.

"이렇게 일곱 글자가 하나의 구를 이루고, 첫 구의 네 글자가 다시 두 번째 구에 반복되고. 그리고 세 번째 구는 중심축에 해당하는 맨 아래 글자로 시작하고……."

유문승은 네 글자가 겹친다는 믿음으로 머릿속에서 한 구가 일곱 글자로 이루어진 절구를 완성했다.

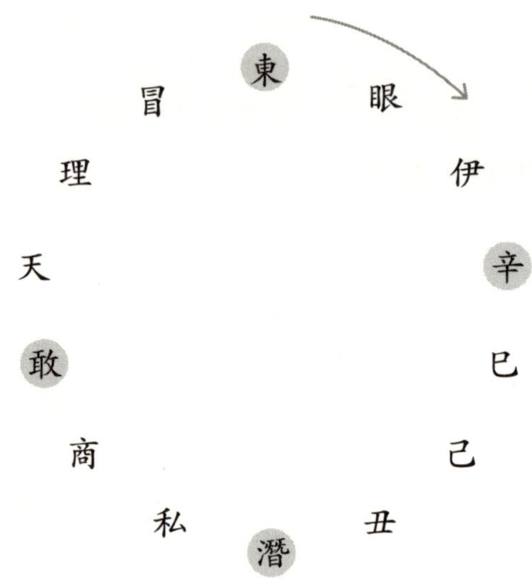

첫 번째 구   東眼伊辛巳己丑
두 번째 구   辛巳己丑潛私商
세 번째 구   潛私商敢天理冒
네 번째 구   敢天理冒東眼伊

유문승은 새하얀 종이를 가져와 칠언절구를 적어 내렸다. 모든 글자가 동일한 횟수로 중복되어 쓰임으로써 완벽한 첩자시가 되었다.

東眼伊辛巳己丑

동의 눈이 추한 뱀 몸뚱이를 보고

238

辛巳己丑潛私商

추한 뱀 몸뚱이 스스로 헤아린 듯 사사로이 숨어든다

潛私商敢天理冒

사사로이 숨어들어 감히 하늘의 이치를 범하는가

敢天理冒東眼伊

하늘의 이치를 범한 동의 눈이로다

첫 번째 암호시에서도 시작은 동쪽이었다. 두 번째 역시 동의 눈으로 시작하니 동을 가리키고 있다. 동의 눈. 무슨 의미일까. 왜 동궁의 귀룽나무를 가리키고, 동의 눈이 추한 뱀 몸뚱이를 보았다는 것일까.

이 사건의 중심엔 세자가 있다. 그것은 그 누구도 부인하지 못할 사실이었다. 문제는 세자가 살인 사건을 일으켰는지 여부다.

원찬식이 유문승의 아픈 곳을 찌르듯 물었다.

"그런데 나리, 저하께 보고를 올려야 하지 않겠습니까? 벌써 피해자가 둘이나 나왔는데……."

"신경 써주는 것은 고맙네. 다만 조금 더 알아봐야 할 것이 있어 그러니 염려 말게."

원찬식의 푸석한 얼굴을 보며 물었다.

"병사들은?"

"금부로 넘어온 다섯이 그대로 대기하고 있습니다."

"……."

"인원이 더 필요하신 겁니까? 그렇다면 추징하여 오겠습니다."

원찬식이 눈치 빠르게 물었다.

"아니다. 아직 그럴 필요는 없을 것 같구나."

생각보다 의금부의 나장들이 역할을 잘 수행해주고 있었다. 짐꾼으로나 쓰일 법하던 최동수가 보다 많은 사건을 처리하면서 경험이 쌓인 것이 도움이 되었다. 초동수사에 대한 대처도 제법 훌륭한 편이었다.

아직까지 의금부와 병조의 병력이 혼선을 빚고 있진 않지만 분명 난잡한 상황이 닥치면 서로 엇갈리는 문제가 생길 수도 있다. 하나의 명령 체계 안에서 다른 두 조직이 움직이고 있기 때문이다. 유문승은 그 문제를 확실히 하기 위해 원찬식을 불렀다.

"금부의 나장들은 그들만의 규칙이 있다. 행해온 방식이 있어 병조의 병사와는 본질적으로 차이가 있다. 너도 알겠지만 그들은 창의적으로 움직이며 범인을 쫓는 데 익숙하지만 병조의 병력은 상명하복에 익숙한 자들이다. 만약에 대비하여 너와 다섯의 병사는 항시 나의 명을 대기하고 있되 다른 일에는 일절 간섭하지 마라."

"예."

짧고 강하게 원찬식이 답했다. 우직한 충성으로는 둘째가라면 서러울 사람이 원찬식이다. 명을 내린다면 한겨울 강의 얼음을 깨고 곤鯤*을 잡아오라 해도 눈 하나 깜짝하지 않고 실행에 옮길 만큼 충직한 자였다. 유문승은 그런 부분에서 늘 그를 의지하고 믿고 있었다.

"끼니는 해결하였는가?"

"나리께서도 아직 제대로 된……"

---

* 장자가 비유해 말한 어마어마하게 큰 물고기로 붕鵬이라는 새로 변한다.

"되었다. 그보다 시간이 늦었다만 내국內局*에 좀 다녀와라."

원찬식이 눈을 동그랗게 떴다.

"예?"

"내국에 좀 다녀와야겠다."

유문승은 이유를 설명하지 않았다. 무슨 뜻으로 내국에 다녀오라는 것인지 원찬식의 머릿속이 헝클어졌다. 출입조차 자유롭지 못한 곳에 다녀오라는 것은 방녕깃 때문일까. 그렇지만 어떻게 그곳에서 방령깃의 주인을 찾는단 말인가. 그것이 아니라면…….

"낭자에게 전하실 말씀이라도 있으신지요."

"네 눈에는 내가 공과 사도 구별 못하는 위인으로 보이더냐? 범인을 추적할 단서를 찾기 위함이다."

원찬식은 송구한 마음에 잠시 고개를 수그렸다. 곧이어 나온 그의 목소리는 우직하면서도 무거웠다.

"출입이 불가할 수도 있습니다."

"아마 난리 북새통일 게다. 생체의학, 그것에 집중해라."

---

* 내의원의 다른 말로 궁중의 의약醫藥을 맡은 관청.

내의원을 찾아가다

원찬식을 내의원으로 보내고 유문승은 두 번째 암호시를 꺼냈다. 역시 두 번째 암호시도 동쪽을 가리키고 있다. 추한 뱀 몸뚱이는 배신자를 의미하는 것이리라. 최헌직과 윤성환은 배신자이기 때문에 죽임을 당한 것이 아닐까.

같이 있던 자들이 모두 나가자 실내는 완벽한 침묵에 휩싸였다.

살인에 쓰였을 무기를 알아보는 일이 난관에 부딪히자 유문승은 범인이 해부에 능통한 것에 초점을 맞추고 도움을 얻기 위해 원찬식을 내국으로 보냈다. 수사를 이원화하기보다는 집중하는 것이 좋은 방도겠지만 현재로서는 딱히 다른 방법이 보이지 않았다. 해부학에 능통한 자라는 것이 현재 범인을 쫓을 수 있는 유일한 단서다. 범인은 해부에 능통한 자이고 그를 매수한 자가 암호시와 관련이 있지 않을까? 모를 일이었다.

고개를 내저은 유문승은 암호시와 관련하여 상황을 정리하기 시작했다.

사체에서 발견한 암호시는 조선에 정식으로 소개된 적이 없는 형식의 시다. 암호화하는 이치를 완벽하게 숙지하지 못하면 흉내도 내기 힘들다. 그런 시가 있다는 풍문을 들은 것만으로는 만들 수 없는 수준이다. 그런 고급 정보에 직접 접근할 수 있는 자가 범인의 뒤에 있는 것이 아닐까.

일각 정도 지났을 무렵 유문승의 깊은 한숨이 갑작스러운 문밖 소리에 허공으로 흩어졌다.

"나리, 찾아오신 분이……."

최동수의 목소리다.

"그만. 소란 피우지 마라."

그를 막아서는 굵고 낮은 목소리가 연이어 들려왔다. 유문승은 스르르 열린 문가에 굳은 표정으로 서 있는 세자를 보고 잠시 멍한 표정을 지었다.

원찬식은 물과 주먹밥으로 간단히 속을 채운 뒤 내의원으로 출발했다. 어둠 속을 헤쳐 나가던 원찬식이 어금니를 굳게 물었다.

환관과 화가가 연이어 죽임을 당했다. 솜씨나 남겨둔 귀룽나무 가지와 암호시를 보았을 때 범인은 하나다. 살인범을 잡기 위해 유문승이 수사관으로 내정된 뒤 원찬식은 훈련원에서 날래고 강인한 병사 다섯을 차출했다. 그러고는 꼬박 하루가 넘는 시간을 분주하게 움직였다. 중간에 간단한 끼니도 때우지 못할 정도로 바쁘게 움직인 하루였다.

원찬식은 문득 자신의 한계를 느꼈다. 생각이나 판단, 결정은 오로지 유문승의 몫이고 자신과 수하 병사들은 따라 움직일 뿐이었다. 그러나 누군가 자신에게 유문승의 역할을 부여한다면 잘해낼 수 있을까? 할 수 없을 것이다. 이 시간은 배움의 시간이었다. 살인 사건을 헤쳐 나가는 방법을 배우는 것이 아니라 이성과 합리적인 판단을 배우는 시간인 것이다.

사람이 사람에게 무엇을 배울 수 있을까. 조선의 사대부에게 배울 만한 점이 무엇일까. 원찬식도 사대부이지만 양반은 이미 선을 넘어섰다 생각했다. 우월한 신분이면서도 하위 계층을 억압하고 착취하기만 할 뿐. 그들에게 공생의 방법은 일방적으로 결정될 뿐이었다.

원찬식도 몰락한 잔반만 아니었다면 아마도 그들과 같은 삶을 살고 있을지도 모른다. 논과 밭 한 뙈기를 목숨 줄처럼 붙잡고 일평생을 땅 냄새만 맡으며 사는 농사꾼들의 피눈물 나는 도움이 없었다면. 그들이 십시일반으로 쌀 한 톨, 보리 한 톨을 모아 원찬식의 과거 경비를 대주지 않았다면.

원찬식은 우여곡절 끝에 과거에 합격한 뒤 사헌부 관원이 되기 위해 낮과 밤을 잊고 노력했다. 끝없이 오만하고 야비한 사대부들을 정당하게 규찰하고 싶었기 때문이다. 죄의 유무를 공정하게 따진 뒤 죄가 있다면 죗값을 치르게 함으로써 법의 정신을 곧추세우고 기강을 바로잡을 수 있기를 바란 것이다.

그러기 위해서는 원찬식 자신이 먼저 커야 했다. 그들을 심판할 수 있을 정도로 힘을 키워야 했다. 배경이 없는 원찬식에게 그런 힘을 갖출 수 있는 방법은 오로지 스스로 큰 사람이 되는 것뿐이었다. 그래서 원찬식은 사헌부에 들어가기를 꿈꾸었다.

하지만 조정에 나온 그의 눈에 비친 사헌부도 다르지 않았다. 백관을 감시하고 억울한 이를 만들지 않는다던 사헌부는 더 이상 존

재하지 않았다. 그저 정치적으로 휘둘리며 이용될 뿐 본래의 목적
과 존재 이유는 부정당하고 있었다. 준엄한 형벌은 백성에게 복종
을 강요하기 위함이고, 도덕적인 감화를 통해서 그들이 심복하여
국법을 준수하는 것은 이미 퇴색되어 너저분하게 변해버렸다. 법
으로 다스리는 법치주의는 썩었고 인치주의人治主義가 판을 치고 있
었다.

백 년에 걸친 치열한 당쟁이 원인이기도 했다. 그로 인해 더 이
상 위정자는 덕을 중요시하며 그로써 인심을 감화하지 못했다. 하
늘의 별에 비유한다면 위정자는 북극성이고, 백성은 그 둘레를 도
는 별과 같은 형상인데 백성을 가리키는 별이 어둠 속에 묻혀 빛을
내지 못하고 있다.

조선은 임진년과 병자년의 난리를 겪은 뒤 빠르게 회복했지만
깊은 곳의 고름은 손도 대지 못하고 있었다. 조선은 노론에 잠식당
한 뒤 균형을 잃어버린 채 점점 안에서부터 썩어가고 있다.

그는 어렵게 사헌부에 대한 환상에서 벗어났다. 무의미한 나날
이 계속되고 있던 차에 일 년 전 유문승이 의금부에서 병조로 옮겨
왔다. 내병조를 담당하는 좌랑의 자리가 유문승의 직무였는데 그
조직 안에 원찬식이 있었다. 직속상관인 유문승을 처음 만난 날의
느낌을 원찬식은 잊을 수 없었다. 큰 키에 검게 그을린 피부, 억척
스러운 팔뚝은 마치 막농꾼을 연상시켰다. 갑과로 합격한 사람이
라고는 도저히 볼 수 없었다.

원찬식이 본 유문승은 반반한 가문의 후손도 아닌 자가 너무나
당당했다. 권문세가 앞에서도 결코 눈을 내리깔지 않았고 병판 앞
에서도 소신을 굽히지 않았다. 또한 품계와는 상관없이 능력이 있

고 노력하는 자를 가까이 두었다. 그 때문에 위계질서를 염려하는 목소리가 병조 내부에서 들끓기도 했지만 유문승은 결연했다.

또한 그는 자신에게 쏟아지는 비난을, 청나라에서 상인들 뒤치다꺼리나 했다는 수군거림을 걷어내는 일에는 도통 관심이 없었다. 숫자에 매우 강해 병조의 살림살이를 꾸려가는 데 주력했는데 어디에 우선순위를 둘 것인지 빠르게 판단하는 모습에서 반짝반짝 빛나는 논리를 볼 수 있었다.

그러다 낙마 사고를 당했다. 접골을 할 수 있는 수준의 부상이 아니었기에 다리를 자르거나 평생 불구로 살아야 할 기로에 섰다. 그때 원찬식은 왕의 힘을 미약하게나마 느꼈다. 유문승이 다치고 하루가 채 지나기 전에 내의원에서 은이 낭자를 보냈기 때문이다. 유문승은 치료 과정을 기억하지 못했다. 그 불가사의한 치료를 누가 담당했는지도 끝내 은이 낭자는 밝히지 않았다. 그저 도움의 손길이 있었을 것이라 짐작하며 유야무야 넘어가게 되었다.

유문승은 좌랑의 자리에서 물러나기 위해 사직을 상소했다. 몸이 불편하니 물러나겠다고 직접 상소를 올렸지만 왕은 반려했다. 집에서 사무를 볼 수 있게 편의를 봐주겠다는 것이 왕명이었다. 원찬식이 유문승과 각별한 사이가 된 것은 그때부터였다. 대신하여 움직이며 유문승을 가까이 모신 것이 계기가 된 것이다.

사람이 걸어가는 인생길에는 갈림길과 막다른 길이 있다. 갈림길에서는 그 각각의 갈림길이 어디로 이어지는지 보여주는 지도가 필요한 법이다. 삶의 다양한 길이 펼쳐진 때에 하나같이 선비들은 경전을 그런 지도로 인식한다. 하지만 어떤가. 말뿐인 정신이다. 경청하는 것처럼 보이지만 자신의 외침 외에는 어떤 말에도 귀 기울이지 않고, 이타적으로 백성을 위하는 정치를 해야 한다고 목청을 높이지만 누구보다 이기적이다. 경전의 주옥같은 글귀는 한 귀로 들어가 다른 귀로 흘러나갈 뿐이다. 좋은 지도를 제대로 읽을 줄 모르고 이해하지 못하는 것이다. 아니, 읽을 줄은 알지만 실행할 수 없는 것이다.

유문승의 지도는 무엇이고 자신의 지도는 무엇일까? 뿌리가 없는 유문승의 지도는 조선일까? 조선이라는 하나의 존재 가치만 생각하고 염려하기에 청국에서 장사치나 따라다니던 자가 조정에 들어올 용기를 낼 수 있지 않았을까? 세상의 중심에서 변방의 조선이 그의 눈에는 어떻게 비쳤을까?

유문승이 지도를 읽는 방법은 여느 선비들과는 조금 달랐다. 적어도 원찬식에게 그는 특별하게 지도를 읽는 존재였다. 그는 원찬식에게 주자학의 주자, 불당의 불상처럼 열렬하고 온몸을 자맥질하게 하는 피처럼 뜨거운 존재였다.

문득 선조가 남긴 한마디가 떠올랐다.

"이이는 군자다. 이이만 같다면 당이 있는 것이 걱정이 아니라 당이 없는 것이 걱정이겠다. 나도 주희의 말처럼 너희의 당에 들고 싶노라."

원찬식에게 유문승은 선조가 바라본 이이와 다름없었다.

어느덧 창덕궁에 도착한 원찬식은 주변을 둘러보았다. 이곳도 병사들이 둥글게 진을 치고 있었다. 정문인 돈화문은 대낮처럼 밝았고 내의원에 당도하기 전 마지막 관문인 숙정문도 마찬가지였다. 오히려 내의원에 가까워질수록 배치된 병사의 수는 많아졌다. 창덕궁을 지키는 것이 아니라 내의원을 지키고 있는 것 같았다.

　정문에서 소문, 그리고 각각의 건물을 지나갈 때마다 검열은 복잡하고 까다로워졌다. 정칠품인 병조주사兵曹主事의 호패가 지금 어영청 호위 병사들에게는 아무런 긴장감도 주지 못하는 듯했다.

　내의원 마당에 당도하자 거구의 병사가 원찬식의 앞을 막아섰다. 당청에 임시로 가져다 놓은 의자에 앉은 어영청의 늙수그레한 관리가 원찬식을 내려다보며 물었다.

　"무슨 일인가?"

　원찬식은 고개를 들어 위를 보았다. 붉은색이 어깨를 감싸고 푸른 배면의 관복이니 당상관이었다. 총 다섯 계단의 댓돌이 무척이나 높아 보였다.

　"어명을 수행 중인 병조주사 원찬식이라 합니다. 제조 대감을 뵙고 물을 것이 있어서 찾아왔습니다."

　"어명? 전하께서 병환으로 누워 계신데 어명?"

　당상관의 어조가 올라가자 주위의 어영청 병사들이 원찬식을 앞뒤에서 포위하며 다가오기 시작했다. 포박하겠다는 것이 아니라 목을 치겠다는 기세를 뿜고 있었다. 원찬식의 등줄기를 타고 한 줄기 식은땀이 흘러내렸다.

　"예. 세자 저하의 명이니 어명이 아니겠습니까?"

　"끙."

　어영청의 당상관이 신음성을 흘렸다. 그는 살인 사건의 조사에 협력하라는 홍봉한의 명령을 기억했다.

　"들여보내라. 단 제조 대감은 자리에 안 계시니 부제조를 만나면 될 것이다."

　내의원 계단에 올라서는 발걸음이 무거웠다. 원찬식은 자신의 온몸을 훑어 내리듯 바라보는 당상관의 시선이 따갑게 느껴졌다.

내의원 전각에 들어선 원찬식은 강한 탕약 냄새에 잠시 머리가 지끈거렸다. 세 개의 탕약기 앞에서 부채가 정신없이 움직였고, 내의원들의 이마에서는 땀이 비 오듯 흘러내리고 있었다. 그곳에 은이 낭자도 있었다.

흰색 천을 소매에 덧댄 부제조가 원찬식을 발견하고는 경계심을 가득 담아 물었다.

"무슨 일인가?"

"어명으로 살인 사건을 조사하고 있습니다. 몇 가지 여쭙고 싶은 것이 있습니다."

조제실 모든 의원의 시선이 원찬식에게 쏠렸다. 은이 낭자의 시선도 원찬식을 향했다. 원찬식은 그녀에게 고개를 끄덕여 알은체를 했다.

부제조가 몸을 일으키며 마땅치 않은 듯 말했다.

"따라오게."

옆 칸으로 자리를 옮긴 부제조가 의자에 앉아 원찬식을 노려봤다.

"무엇인가? 묻겠다는 것이?"

원찬식은 유문승이 자신을 왜 내의원에 보냈는지 생각했다. 생체의학!

"연쇄살인 사건이 벌어지고 있습니다. 사체를 살핌에 부제조 영감의 도움이 필요하여 찾아온 것입니다."

"그곳에도 인원은 충분할 텐데?"

부제조는 검시의원이 필요하다는 청을 하러 온 줄 알고 있었다.

"아, 그것이 아니오라, 생체의학에 대해 여쭐 것이 있습니다."

부제조는 그제야 경계심을 늦추기 시작했다.

내의원은 지금 전쟁을 치르고 있었다. 왕의 목숨이 오락가락하는 순간이다. 잠시의 실수가 삼대를 멸할 수도 있는 순간이다. 그런 시기에 외부인이 찾아왔으니 경계하는 것은 당연했다. 아마도 홍봉한 대감의 눈은 이곳 주위를 샅샅이 훑고 있을 것이다.

원찬식이 조목조목 자세하게 말했다. 사체가 입은 상처의 개수와 위치, 발견 당시의 상태, 시반까지 모조리 설명하자 부제조가 기다렸다는 듯 물었다.

"그런데 어떻게 사체의 폐를 들어내고 해부할 수 있었는가?"

"해부에 달통한 유생에게 도움을 받았습니다."

"유생?"

어떻게 유생이 그런 해부학 지식을 습득할 수 있었을까? 부제조의 얼굴이 기괴하게 일그러졌다. 피곤에 절어 윤기를 잃은 그의 피부를 보니 적어도 이틀은 집에 가지 못하고 제대로 씻지도 못한 것 같았다.

부제조가 방 한구석에서 의서를 하나 집어 들어 원찬식에게 건넸다.

"《동의보감》일세."

의성醫聖 허준의 《동의보감》이었다. 오랜 세월 윤독을 했는지 매끈해진 표지를 넘기자마자 사람의 모습을 이상하게 그려놓은 그림이 나왔다.

"신형장부도身形臟腑圖일세. 조선의 모든 의원이 신성시하는 《동의보감》 첫 장에 이 그림이 있는 이유를 자네는 아는가?"

"송구합니다."

원찬식은 왜 이런 그림을 보여주는지 의아해하면서도 신형장부도를 뚫어져라 보았다. 너무 엉성한 해부도였다. 정면이나 후면이 아닌 측면으로 사람을 그렸고, 팔다리 없이 상체와 머리뿐인 그림이었다.

"소신은 이해하기가 쉽지 않습니다."

"그 그림은 해부도가 아닐세."

부제조를 바라보는 원찬식의 눈이 갑자기 커졌다. 부제조가 잠시간 침묵으로 응대했다. 원찬식은 천천히 그리고 유심히 다시 그림을 살피기 시작했다.

"잘 보게. 배꼽을 중심으로 물결 모양으로 호흡하는 파동을 그려놓았고, 등에는 위쪽부터 옥침관, 녹로관, 미려관이라 하여 주천周天 순환 시 가장 통과하기 어려운 세 개의 관문을 그려놓은 것일세. 또 머리 부분을 보면 뇌를 수해髓海라 하여 골수가 많이 모여 있는 곳으로 중시함을 알 수 있으며, 뇌 중앙 부위를 특별히 니환궁泥丸宮이라 하여 우리 몸의 진짜 주인인 원신元神이 거처하는 궁궐이라고 표기해놓았네."

"……."

"측면을 그린 것은 기가 순환하는 모습을 가장 효과적으로 보여주기 위함일세."

무슨 이유로 이 그림을 보여주면서 자세한 설명을 덧붙이는 것일까? 원찬식은 계속 그것을 생각했지만 지금으로서는 도저히 알 수 없었다.

《동의보감》 스물다섯 권에 나오는 그림이라고 해야 약물을 빼고 나면 손가락으로 꼽을 수 있을 정도네. 그런데 그렇게 중요하게 다룬 그림 중 첫 번째 그림이 그것일세. 제일 앞장에 배치해놓기도 했고. 다른 내로라하는 의서도 그림은 많지 않아."

부제조 영감의 말처럼 중요한 그림인 것은 틀림없으리라.

"동양의 의술은 일찍 죽을 사람을 오래 살게 하고, 오래 사는 사람은 신선이 될 수 있게 하는 데 목적이 있다네. 도가의 사상이 그 뿌리인 셈이지."

"인체를 소우주로 보고 천인합일을 강조한다는 말씀입니까?"

"이제야 말귀를 좀 알아듣는군. 무슨 말인가 하면, 결과적으로 조선의 의관에게는 해부가 관심 밖이라는 이야기야. 어찌 되었든 시체를 전문적으로 다루는 검시관의 경지를 뛰어넘은 것만은 확실하네."

"그 말씀은?"

"관원이 아니라는 말이지. 조정에 해부학 서적이 수입된 적이 없지는 않네. 하지만 누구도 거들떠보지 않았을 뿐 아니라 수준이 많이 떨어졌지. 그저 그들의 사상이나 생활을 알고 싶은 호기심 정도라고 할까? 그렇게 난해하게 난도질할 순 없는 수준일세."

"영감께서는 이런 짓을 할 만한 놈을 짐작할 수 없다는 말씀이십니까?"

원찬식의 몸이 부제조에게 달려드는 것처럼 앞으로 기울었다. 그만큼 원찬식은 다급했다. 무엇이라도 정보를 얻어가야 했다.

원찬식은 내의원에 가라던 유문승의 눈빛을 기억했다. 그것은 무언의 구조 요청 같은 것이었다. 암호시를 남긴 배후를 생각하니 목에 걸린 가시처럼 불편했지만 분명 어느 한쪽이든 파고들면 범인과 배후에 있는 자를 잇는 선을 발견할 수 있을지도 모른다.

"내의원에도 단연 의학에 뛰어난 친구가 있었네. 아마 그치도 많이 늙었을 게야. 그 친구가 그렇게 해부에 미쳐 있었지. 왜국에 사은사로 한 번 다녀온 뒤로는 미쳐 나돌며 시체를 찾아 다녔어. 내의원에서 내쳐진 뒤 가끔 백정처럼 소도 잡고, 돼지도 잡은 돈으로 술만 퍼마신다고 들었네. 정말 미쳐버린 듯 이상한 말을 해대고 다녔지."

"무슨 말을 하고 다녔습니까?"

원찬식이 침을 꿀꺽 삼켰다.

"신경神經●이라는 알 수 없는 말을 입에 달고 살았다네. 이상한 말을 쑥덕거리기도 했지."

원찬식이 몸을 바짝 끌어당겼다.

"왜에 다녀온 뒤 그가 지니고 다니던 책이 있지.《장지藏志》라는 해부학 책일세."

"그가 누구고 지금 어디 있습니까?"

"역관 안경원의 아들, 안승주일세. 북촌의 기생촌에서 보았다는 사람이 있네."

원찬식이 급하게 몸을 일으켜 예를 갖춘 뒤 나가려는 찰나 부제조가 덧붙였다.

"그런데 말일세. 안승주라는 작자, 완전히 정신 줄을 놓고 산다고 하더군. 그리고 그가 키운 제자가 하나 있다고 언뜻 들은 기억이 있네만."

● 동아시아의 전근대에도 분명히 해부가 있었고, 또 전쟁과 같이 인체의 속을 들여다볼 기회가 많았음에도 신경이라는 개념은 나오지 않았다.

사도세자 암살 미스터리 3일

원찬식은 귀가 뻥 뚫리는 것 같았다. 안승주라는 존재와 함께 그가 가르친 제자. 무언가 강한 느낌이 왔다.

원찬식은 허리를 깊숙이 숙여 감사를 표하고는 문을 열고 나섰다. 나오니 어영청 당상관이 원찬식을 날카롭게 노려보고 있었다.

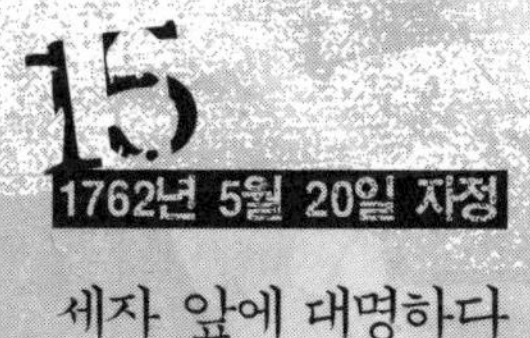

세자 앞에 대명하다

유문승은 굳은 표정의 세자를 맞아 득달처럼 몸을 일으켰다. 때 맞춰 자정을 알리는 징소리가 멀리서 희미하게 들려왔다.

"저하."

"조용. 들어가자."

세자가 성큼 안으로 들어섰다. 훈련이나 사냥에 나갈 때 입는 강사포를 입고 있었는데, 수행으로 이석문 하나만 대동한 채였다. 강철의 빛같이 검푸른 색을 온몸에 휘두른 이석문의 모습은 마치 저승사자처럼 음산해 보였다.

세자가 앞자리를 권하며 앉으라고 말하자 유문승은 분분하게 움직였다.

"조사는 어찌 되어가는가?"

"저하, 송구스럽습니다. 정리할 부분이 있어 아직 보고를 올리지 못했사옵니다."

"무엇을 정리한다는 말인가?"

"실은 두 시진 전, 두 번째 피해자가 나왔습니다."

세자의 눈빛이 더욱 깊어졌다. 계속하라는 듯 세자는 굳게 입을 다물었다.

"윤성환이라는 도화서의 화원이온데, 집에서 화를 당했습니다."

"뭐! 윤성환이 죽었다고?"

세자는 확연히 동요하고 있었다. 세자의 마음속 어딘가에서 작고 강한 파동이 느껴지는 것 같았다.

"호작도라는 세화를 그린 화원입니다. 저하께서 가선이라는 여인을 시켜 그린 그림을 다시 그린 자입니다."

"그런데 무슨 이유로 그자가 죽은 것이냐? 또한 두 번째 피해자라 하였으니, 범인이 동일 인물이란 말인가? 이유를 말하라."

유문승은 세자에게 윤성환이 그린 호작도를 꺼내 보여주었다. 세자는 단번에 자신이 명하여 그린 그림이 아니라는 것을 알아챘다. 가짜 그림에서 무엇을 더하고 무엇이 바뀌었는지 꼼꼼하게 살피던 세자가 나직이 말했다.

"묻질 않는구나. 이 그림이 무슨 용도로 쓰였는지. 왜 그래야만 했는지. 어떤 부분이 왜곡되었는지. 이미 알아보았는가?"

"그렇습니다."

"가선에게도 갔던가?"

"……."

"그 아이를 세상의 잣대에 맞추어 생각하지 마라. 그 아이는 배신과 죽음, 비열함과 냉정함이 판치는 조정에는 어울리지 않는 아이야."

세자의 목소리에서 진심이 느껴졌다.

하지만 티 없이 맑고 순수하게 자랐다고 해서 사건과 관계가 없

는 것은 아니다. 그녀도 다른 사람처럼 똑같은 선상에서 평가될 뿐
이다. 의심스러운 점이 있다면 의금부로 압송해 모진 고문을 할 수
도 있고, 증거가 나온다면 살인죄를 쓰고 죽임을 당할 수도 있는.
그렇게 똑같은 사람일 뿐이다.

유문승은 급하게 말머리를 돌렸다. 세자가 유문승의 얼굴에 나
타난 미세한 표정 변화를 주시했다.

"넌 그 아이의 진심을 보았구나."

고개를 조아린 유문승을 세자가 뚫어지게 주시했다. 유문승은
두 장의 암호시를 세자에게 올렸다.

"살펴주시옵소서."

세자가 암호시를 낚아채듯 받아들었다. 펄럭거리듯 종이가 나풀
거리며 책상에 낮게 엎드렸다. 암호시를 살피는 데 여념이 없는 세
자의 얼굴빛이 시간이 지날수록 어두워졌다.

"범인의 몸에서 나온 암호시입니다."

"사체에서 나왔다는 말인가?"

세자의 말끝이 확연하게 떨리고 있었다.

"아뢰옵기 송구하오나 우부승직의 폐에서 첫 번째 암호시가 나
왔고 윤성환의 눈에서…… 두 번째 암호시가 나왔사옵니다. 범인
은 암호시를 통해 무언가를 전달하려 하고 있습니다. 사람을 죽이
는 방법을 보았을 때 흉악한 심계를 품고 있는 것 같사옵니다."

"육조거리 입구에 시체를 버려두고 간 것은 많은 사람에게 알리
고 싶다는 뜻이 아닌가?"

"그렇습니다. 우부승직의 사체가 발견된 곳은 조정 관료들의 발
길이 들끓는 곳으로는 으뜸인 곳입니다."

"보아라, 이곳에 시체가 있으니?"

"두 번째 피해자인 윤성환은 집에서 피살되었습니다."

"그렇다면 여러 사람의 눈에 띄기 힘든 것 아닌가? 발견 시점도 늦춰질 수 있고."

유문승은 윤성환의 사체가 발견된 정황을 소상히 설명했다.

세자가 물었다.

"증거 인멸인가?"

"일단은 이목을 끌기 위한 것으로 보입니다."

세자가 알겠다는 표정으로 암호시를 가리키며 물었다.

"그렇다면 이 시가 무엇을 말하는지 밝혀냈는가?"

유문승이 분분하게 말했다.

"저하, 두 암호시의 공통점은 한자의 생성 원리를 이용해 만들었다는 것입니다."

"무슨 말인가?"

"이러한 암호시를 응용해 만들 수 있는 방법은 중국의 암호시가 기재된 서책의 유입이 유일합니다. 중국과 달리 조선은 문자의 기괴한 변신이라며 금기시해온 것이 사실이지 않사옵니까. 이런 정보에 접근할 수 있는 자는 조정에 많지 않습니다."

"그렇겠지. 왕족에게도 쉽게 허락되지 않는 곳이다."

"애석하게도 열람 기록이 없습니다."

세자가 진지하게 말했다.

"대신들을 조사하려면 확실한 증거가 없는 한 위험할 수 있다."

유문승이 고개를 들어 세자의 얼굴을 똑바로 바라보며 말했다.

"왜 대신이라고 믿으시나이까? 소신은 대신뿐 아니라 왕족도 조사할 필요를 느끼고 있습니다."

세자의 얼굴이 일그러졌다.

"왕족이라니, 누구를 말함인가?"

유문승이 머리를 조아리고 있는 짧은 순간에 정막이 흘렀다. 묘한 긴장감이 부풀었다. 유문승의 눈이 세자의 눈과 마주쳤다.

"그 누구라도 말입니다."

세자의 사나운 눈빛이 유문승의 온몸을 훑기 시작했다. 유문승은 날카로운 시선이 온몸을 관통하고 지나는 것을 느꼈다.

"원한에 의한 것인가?"

세자의 물음이 유문승의 가슴을 세차게 두드렸다. 유문승은 물러설 수 없다는 듯 단호하게 답했다.

"그럴 수도 있고 아닐 수도 있습니다."

"원한이 아니라면?"

"어떤 목적에 의한 것이겠지요."

"목적이라……."

세자는 유문승의 말에 침묵을 지켰다. 목적에 의한 살인이라면 그것이 무엇일지 생각하고 있을까? 유문승은 목까지 치밀어 오르는 말을 씹어 삼켜야 했다. 그 목적을 저하께서는 잘 알고 있을 것이라는 말을. 그와 동시에 두려운 감정도 연기가 피어오르듯 생겨났다.

세자가 암호시를 보며 말을 이었다.

"어떻게 이런 것을 사람의 몸속에 집어넣는다는 말인가. 참으로 흉악한 짓이구나."

"범인은 해부에 매우 능통한 자입니다. 또한 조정에 깊이 몸담고 있는 자이기도 합니다. 이것을 살펴주시옵소서."

유문승은 세자에게 방녕깃을 조심스레 건넸다. 방녕깃을 살펴본 뒤 말없이 유문승의 입을 바라보는 세자. 유문승은 방녕깃에 대해 소상히 말한 뒤 세자의 말을 기다렸다.

"그러한가?"

"우부승직의 이동 경로를 잘 알고 있었다는 점과 동궁에 침입한 경로, 호작도를 그린 자를 알고 있는 점을 보았을 때 일개 의생이나 의원이 얻을 수 있는 정보가 아닙니다. 분명 범인의 뒤에 누가 있다는 증거라 사료되옵니다."

"음……."

세자가 낮게 신음했다. 그의 머릿속도 치열하게 움직이고 있는 것 같았다. 유문승이 마른침을 삼키며 조심스럽게 물었다.

"호작도를 전해 받은 자가 몇이었습니까?"

"김상로, 홍봉한, 정휘량, 조재호. 이렇게 넷이다."

대신 중에서도 대신들이다. 김상로 대감은 강경 노론의 수장이고 홍봉한 대감은 세자의 장인으로서 전하의 총애를 받는 대신이다. 정휘량 대감은 홍봉한 대감의 뒤를 이을 차기 수장감이고, 조재호 대감은 소론의 영수다.

"가선이라는 여승이, 아니 여인이 그런 그림을 가지고 계시옵니까?"

"그렇다."

"소신이 확인하도록 해주시옵소서."

세자가 살며시 고개를 끄덕거리며 물었다.

"암호는 어느 정도 풀었는가?"

유문승은 가장 강력한 용의자를 앞에 둔 채 암호를 해석하고 있는지도 모른다. 복잡해지는 감정을 억누른 채 암호를 해독한 시를 세자에게 건넸다.

東偏幼木樹圖謀

동쪽으로 치우친 곳에 어린 나무를 심어 뜻을 도모한다

瘻心忍凶殘確約

상처 입고 돌아서버린 마음이여! 피바람 일으킬 것을 굳게 약속하노니

東眼伊辛巳己丑

동의 눈이 추한 뱀 몸뚱이를 보고

辛巳己丑潛私商

추한 뱀 몸뚱이 스스로 헤아린 듯 사사로이 숨어든다

潛私商敢天理冒

사사로이 숨어들어 감히 하늘의 이치를 범하는가

敢天理冒東眼伊

하늘의 이치를 범한 동의 눈이로다

암호를 해독한 시를 읽어 내려가는 세자의 얼굴이 시시각각 변해갔다. 그의 얼굴에는 초조함과 더불어 당혹감까지 비치고 있었다. 끝까지 읽은 뒤 세자는 주먹을 굳게 쥔 채 결연한 얼굴로 무겁게 몸을 일으키며 말했다.

"순서대로, 그리고 차례대로 차근차근 진행하라."

유문승은 고개를 들지 못했다. 이 연쇄살인 사건은 세자와 아주

깊은 연결 고리가 있다. 두 사체의 공통점이 바로 세자와의 인연이었다. 세자의 수족과도 같던 환관과 세자의 곁에서 명을 받들던 화가.

세자의 발소리가 조금씩 멀어지고 문이 닫혔다.

유문승은 병조의 병사들을 불러 모았다.

"세자 저하와 관련된 모든 이야기를 수집하라. 소문이든, 추문이든 저하와 관련된 이야기는 무엇이든 상관없다. 무슨 병을 앓으셨는지, 어떤 책을 가까이하시는지, 심지어 하루에 뒷간에는 몇 번이나 가시는지까지. 알겠는가?"

"예."

"쓸데없는 이야기라 판단하는 것은 내가 할 일이다. 알겠는가!"

병사들이 썰물 빠지듯 빠져나간다. 유문승은 나가려던 최동수를 가까이 불렀다.

"너는 이 암호시의 필체를 알아보아라."

"필체를 어떻게 알아보라 하십니까? 모래사장에서 바늘 찾는 것도 아니고요."

"이놈아, 말을 끝까지 들어라. 당상관 이상의 대신들만 중점적으로 살피면 될 것이다."

"네?"

의아한 표정으로 묻는 최동수에게 유문승은 말문이 막혔다. 일일이 설명해야 하니 구차스러웠기 때문이다. 답답한 마음으로 나지막이 말했다.

"하라는 대로 해라."

분명 암호시에는 필체가 드러나 있다. 괴상한 글씨지만 필체가 있다. 그렇다면 필체를 모사했을 가능성도 염두에 두어야 한다. 그렇게 해서 공격하고 싶은 자가 있다면 그것은 반드시 대신이거나 중요한 위치에 있는 인물이어야 했다.

유문승의 가슴속에서 완연하게 이 연쇄살인을 주도한 인물의 얼굴이 떠오르고 있었다.

세손궁 별감 손대선이 궁 주위를 돌며 순찰하고 있었다. 평소라면 열둘의 병사와 좌장사나 우장사 혹은 좌종사나 우종사 한 명을 포함해 열셋의 인원으로 두 조가 세손궁을 지킬 테지만 어제부터 세손궁도 경비가 강화되었다. 평상시 세손궁 경비의 두 배에 달하는 어영청 병사들이 외곽을 철통처럼 에워싸고 있었다.

세손궁에 출입하는 것은 사람뿐만 아니라 물건까지도 철저히 검열했다. 손대선이 좌종사를 보며 눈짓을 했다. 좌종사가 어둠 속에서 소환小宦* 내시와 눈높이를 맞추고 조용히 말했다.

"너도 이게 다 세손 저하를 위하는 일임을 잘 알고 있을 것이야. 그리고 무슨 일이 있어도 어영청의 병사들과 눈을 마주쳐선 안 된다. 알겠느냐?"

"예."

소환 내시는 잔뜩 겁을 집어먹은 목소리로 간신히 답했다. 좌종사가 소환 내시의 고사리 같은 손을 잡고 손대선에게 말했다.

"들어가시지요. 이미 이야기는 끝났습니다. 예정대로 된다면 좋겠지만 그렇지 못할 경우엔……"

---

* 나이가 어린 환관으로 보통 열 살을 전후하여 궁에 들어온다.

사도세자 암살 미스터리 3일

"알겠네."

제거하라는 말이었다. 손대선이 좌종사에게 소환 내시를 인계받았다. 소환 내시는 마치 생사를 헤매던 때를 떠올리는 듯 온몸을 부르르 떨었다.

손대선이 소환 내시에게 부드럽게 말했다.

"걱정하지 마라. 넌 그저 그곳에서 잠시만 지내면 되니."

소환 내시가 고개를 끄덕였다. 손대선이 좌종사와 눈빛을 나누고는 세손궁으로 조금씩 다가섰다. 어영청 병사들이 밝힌 횃불이 바람에 일렁거리고 있었다. 손대선의 작은 발소리와 소환 내시의 겁먹은 표정이 어둠 속에서 서로를 끌어당겼다. 손대선이 소환 내시의 손을 잠시 꼭 쥐었다.

어느새 손대선과 소환 내시는 어영청 병사들이 지키고 서 있는 외문에 다가섰다. 어영청 병사들이 칼집에서 칼을 빼 든 채 둘을 제지했다.

"별감 나리, 이 늦은 밤에 어인 일이십니까?"

"세손 저하께서 밤늦게까지 잠을 이루지 못하신 지가 달포나 되었네. 그동안 이 소환 덕에 간신히 잠을 이루셨어. 오늘도 명이 내려왔네."

칼을 빼 든 채 다가온 병사 하나가 소환 내시의 얼굴에 횃불을 가까이 들이댔다. 깜짝 놀란 소환 내시는 불안한 시선으로 앞만 보고 서 있었다. 소환 내시의 얼굴은 하얀색과 붉은색 물감으로 덧칠한, 흡사 도깨비 같은 작은 가면을 쓰고 있어서 표정이 거의 드러나 보이지 않았다.

덜덜 떨리는 소환 내시의 손을 손대선이 꾹 누르듯 쥐었다.

"네 이놈, 얼굴에 뭘 덮어쓴 것이냐? 그리고 네놈이 무슨 재주로 세손 저하의 불면을 치료한다는 말이냐?"

"제가…… 궁에 들어오기 전에……. 그러니까 사당패에서 지냈습니다."

"지엄한 세손궁에서 뛰거나 구른다는 말이냐? 이렇게 흉측한 가면을 쓰고서?"

병사가 소환 내시의 가면을 벗기려고 손을 뻗었다. 소환 내시가 움찔하며 한 발짝 뒤로 물러섰다. 손대선이 병사의 손목을 가볍게 붙잡고서 부드럽게 말했다.

"이 아이가 왜 내시가 된 줄 아는가?"

병사가 어찌 알겠느냐고 퉁명하게 대꾸했다.

"이 아이, 솟대쟁이패*를 남사당패의 규모로 성장시킨 아일세. 귀신놀이 같은 가면놀이로 인기를 얻게 되자 오광대패*가 이 아이를 납치했어. 어르고 때리고 협박해서 가면술의 비밀을 얻어내려 했지. 하지만 어떤 회유와 협박에도 발설하지 않자 고자로 만들어 내다버렸다네. 천신만고 끝에 살아나 소환 내시가 되었지."

변검은 가문의 비기로 전해지는 것이었다. 죽이지 않을 바에는 가면에 손대지 말라는 말에 병사가 불편한 기색을 흘렸다.

"세손께서 불쌍히 여기시고 재주를 어여삐 보셔서 아끼는 아이일세. 그런 아이를 자네가 죽여 없애버린다면 자네의 목 하나로 해

---

* 경상남도 진양을 본거지로 전국을 순회하던 유랑 예인 집단.
* 오광대놀이를 전문적으로 연희한 직업 광대로 각 지방에 전승된 탈놀이 형성에 많은 영향을 끼쳤다.

결될 일이 아닌 듯한데?"

소환 내시가 손대선을 물끄러미 바라보고 있었다. 작은 눈망울이 두려움으로 흔들리고 있었지만 동시에 결연한 의지도 엿보였다.

"세손궁에 들어가면 따로 준비할 시간이 없다네. 그래서 변검을 미리 준비한 것이야."

병사의 눈에 호기심이 일었다. 변검은 무척이나 화려한 가면을 찰나의 순간에 바꿔 쓰는 가면술을 말하는데, 말로만 듣던 변검술을 직접 볼 기회가 생겼기 때문이다.

손대선이 소환 내시에게 말했다.

"잠깐만 보여주렴."

소환 내시가 손대선의 손을 놓고 병사와 마주 섰다. 병사는 횃불 너머 소환 내시의 얼굴을 주시했다.

소환 내시가 펄럭거리는 검은색 포袍의 끝자락을 붙잡고 발을 높이 치켜들며 병사에게 한 걸음 다가섰다. 그 순간 소환 내시의 가면이 붉은색에서 푸른색으로 바뀌었다. 다시 한 걸음 물러난 소환 내시의 얼굴은 검은 가면으로 바뀌어 있었다. 단 두 걸음 내딛는 순간에 두 개의 가면을 바꿔 쓴 소환 내시가 짧은 한숨을 내쉬었다.

맞은편 병사의 턱이 툭 떨어졌다. 병사가 손대선을 바라보자 그는 씁쓸하게 웃었다.

눈앞에서 보고서도 믿을 수 없는 광경이었다. 아쉬운 듯 소환 내시에게서 시선을 거둔 병사가 외문을 지키고 서 있는 병사들에게 길을 열라고 말했다.

외문을 통과하자 세손궁까지는 오래 걸리지 않았다. 모두 다 같

266

은 세력권의 사람이기에 검열의 절차가 없기도 했다.

손대선이 불이 켜진 방에 나직이 고했다.

"저하, 소환이 왔습니다."

완벽한 침묵.

세손이 기거하는 방문이 열리자 소환 내시가 몸을 잔뜩 수그린 채 안으로 들어섰다. 세손이 펼쳐보던 책을 덮으며 소환 내시를 맞았다.

"오늘은 조금 늦었구나."

"저하, 송구합니다."

같은 나이 또래. 비슷한 목소리에 덩치도 비슷한 세손과 소환 내시. 기묘한 분위기가 방 안을 맴돌았다.

열한 살 나이의 세손이 눈을 비볐다. 어둠 속에서 촛불 하나에 의지해 밤늦게까지 서책을 보는 세손은 이런 날이 잦은 편이었다. 소환 내시가 옆 칸 문을 열고 앞으로 나아갔다. 세손이 좌상을 옆으로 밀어놓자 소환 내시는 문을 닫지 않고 세손 앞에 서 예를 갖추었다.

"시작해도 되겠습니까?"

"그래."

소환 내시가 검은색으로 길게 늘어진 포의 끝자락을 왼손으로 붙잡고서 서서히 움직였다. 원을 그리듯 둥그렇게 움직이다 앞으로 그리고 뒤로 빠르게 움직일 때마다 얼굴의 가면이 바뀌었다. 어지러운 발걸음마다 가면이 바뀌어가자 세손의 얼굴도 빠르게 변했다. 감탄과 놀라움이 공존하는 얼굴이었다.

소환 내시의 발걸음이 무뎌지더니 어느 순간 열어놓은 문 반대

사도세자 암살 미스터리 **3일**

방향으로 움직였다. 소환 내시의 움직임을 쫓아 세손이 고개를 돌린 순간 소환 내시가 얼어붙은 듯 멈춰 섰다.

"왜 그러……."

세손이 소환 내시의 시선을 따라 열어놓은 문 쪽으로 고개를 돌리려는 순간, 손대선이 세손의 뒷목을 빠르게 내리쳤다. 세손은 말도 맺지 못한 채 픽하니 쓰러졌다.

소환 내시가 황공하다는 듯 바닥에 엎드렸다. 세손을 부드럽게 안아 든 손대선의 뒤로 박필주가 어두운 얼굴로 들어섰다.

손대선이 세손을 조심스럽게 눕혔다.

"염려할 것 없다. 너는 시키는 대로 얌전히 이곳에 있으면 되는 것이야."

박필주가 소환 내시에게 담담하게 말했다.

소환 내시가 엎드린 채 사시나무 떨듯 떨었다. 가까스로 몸을 일으킨 소환 내시가 겉옷을 하나씩 벗기 시작했다. 속곳을 제외한 옷을 다 벗는 동안 손대선도 조심스럽게 세손의 옷을 벗겨냈다.

알몸이 된 두 소년의 옷이 바뀌었다. 소환 내시는 보기 안쓰러울 정도로 두려움에 떨고 있었다.

손대선이 소환 내시의 옷을 입힌 세손을 망설임 없이 가슴으로 안아 일어섰다. 변검에 쓰이는 가면까지 쓴 세손의 얼굴은 자세히 보아도 알 수 없을 정도로 가려져 있었고, 발치까지 늘어진 검은색 포는 아녀자들의 쓰개치마처럼 나푼나푼하게 흔들렸다.

조재호의 병력이 움직이다

늦은 밤, 밖은 이미 어둠으로 가득 차 있었다. 한양에서도 한참이나 동쪽인 이곳 춘천에서는 해가 일찍 뜨지만 그만큼 빨리 지기도 했다.

소론의 영수인 조재호의 집에는 어두침침한 기운이 한결 더했다. 조재호가 턱을 괴고 생각에 잠겨 있다 인기척이 들려 고개를 들었다. 어느덧 사랑채로 춘천부사 김익천이 들어서고 있었다.

조재호가 다급하게 물었다.

"연락이 없는가?"

김익천이 자리에 앉으며 말했다.

"예. 조용하군요."

"허허. 그럴 리가 없거늘."

조재호는 육십이 넘은 나이에도 정정함을 자랑하는 검은 턱수염을 천천히 쓸어내렸다. 백색 천으로 짓고 그 가장자리에 검정 비단으로 선을 두른 학창의를 입은 그의 모습은 의衣와 상裳이 서로 잇닿아 몸을 휩싸고 있어 심원深遠한 느낌을 주었다.

그의 표정에는 도대체 이해할 수 없다는 의문이 강했다. 주상께서 병환으로 목숨이 오락가락하는 탓에 조정엔 전운이 감돌기 시작했다. 세자의 등극을 한사코 막아야 하는 노론 강경파의 세력이 워낙 강대한 탓에 제대로 된 전쟁이 될 리는 없다. 세자 저하는 지금 호랑이 아가리에 머리를 집어넣은 것과 같은 어려운 상황에 봉착한 것이 틀림없다. 그런데 한양에서, 저하에게서 연락이 없다니.

조재호는 혀를 끌끌 차더니 입술을 잘근 씹었다.

"이백오십 리나 떨어진 이곳에서도 궁의 어려운 상황을 짐작할 수 있는데, 무슨 일이란 말인가. 왜 아무런 연락이 없단 말인가."

조재호의 목소리에는 안타까움을 넘어선 분노가 숨어 있었다. 김익천의 얼굴에도 고역스럽다는 표정이 맴돌았다.

조재호는 생각했다. 만약 돌아가신 아버님이라면 어떻게 행동하셨을까.

풍릉군豊陵君 조문명. 본래 소론 가문 출신으로 붕당정치의 폐해를 걱정하여 붕당의 타파와 공평무사한 탕평의 실현을 정치 목표로 하고 억강부약抑强扶弱과 시비절충是非折衷, 쌍거호대雙擧互對를 그 실천 방안으로 제시한 소론 온건파의 수장이자 금상의 탕평론에 지대한 영향을 끼친 명사. 금상 재위 초기 역모 적발로 불안하던 왕권의 안정과 확립에 중대한 기여를 했고, 온건론자를 중심으로 노소 연합 정권을 세우려 한 꿈의 정치가. 그러나 그런 꿈도 그의 죽음으로 결국 환상에 지나지 않게 되어버렸다. 그가 조금만 더 살아 연합 정권을 세웠다면……. 지금쯤 조선은, 아니 세자의 입지는 많이 달라졌을 것이다.

소론이면서도 송인명, 김재로와 매우 친밀할 정도로 노론계 명사와 널리 교류하신 아버님이라면 지금 어떤 선택을 하셨을까?

삼 년 전, 돈녕부영사로 있으면서 계비 정순왕후의 책립을 반대한 죄로 임천으로 귀양을 갔다가 이듬해에 겨우 풀려나 춘천에 은거 중인 조재호는 지금의 사태를 생각하니 가슴속이 쩍쩍 갈라지는 것 같았다. 힘이 없어 저하를 가까이에서 지키지 못하고 소론의 영수로 있으면서 숨어들듯 들어선 춘천에서 어떤 도움도 되지 못한다는 생각이 자책으로 번져가고 있었다.

김익천이 분분하게 물었다.

"대감, 무슨 생각이라도 있으십니까?"

조재호는 깊은 수면에 잠긴 사람처럼 생각에 빠져 있었다.

"대감!"

"저하와 약조하였느니라. 저하께서 파발로 신호를 보내시면 적은 병력이나마 움직이겠노라고. 저하께 작은 힘이지만 보태드리겠다고 약조하였다."

"그런데 지금 소식이 없질 않습니까!"

"파발이 도착하지 않은 것은…… 무언가가 잘못된 것이야. 지금이 아니면 늦을 수 있다."

"대감, 이런 때일수록 조심해야 합니다."

조재호는 아버지 조문명의 유언을 상기했다. 훌륭한 위정자와 위대한 예술가의 공통점은 사람의 마음을 움직일 줄 안다는 것이라던 유언. 그리고 따를 만한 사람이 생긴다면 죽음을 두려워하지 말라는 유언을 기억했다.

조재호가 주먹으로 탁상을 내리쳤다.

"가당치도 않다. 저들은 이미 독니를 드러냈느니라."

사도세자 암살 미스터리 3일

"그러니 조심해야 합니다."

"조심한다는 것이 무엇이냐? 지금은 말이 통하지 않는 시대야. 죽임을 당하지 않으려면 먼저 움직여야 해. 저들의 말 한마디에 죽은 듯 몸을 납작 엎드리고, 숨소리에도 벌벌 떨지는 않을 것이다."

"물론입니다. 하지만 조심스럽게 움직일 수도 있지 않겠습니까."

"그런 수가 있었나, 애초에? 이곳만 해도 나를 감시하는 저들의 눈이 사방에 깔려 있지 않은가. 일단 움직이기로 심중을 굳혔다면 도성으로 진입하여야 한다. 다른 수는 없어."

"대감의 말씀처럼 눈이 많습니다. 그들이 모를 리 없습니다."

조재호의 말처럼 춘천에서 병력을 이끌고 도성에 가는 방법은 그것이 유일했다. 병력의 움직임을 알고 있지만 그것을 막아설 시간이 여유롭지 못하게 하는 것.

"그들은 우리가 움직이는 것을 훤히 보고 있을 것이다. 마땅히 대책도 마련하겠지."

"그렇습니다."

김익천은 안타까운 눈빛으로 조재호를 바라보고 있다. 조재호가 눈에 힘을 주어 김익천에게 물었다.

"가용 병력은 몇이나 되는가?"

"소론의 잔재 병력 이천 정도에 관원 육백은 표시 나지 않게 가용할 수 있습니다. 도합 이천육백이지요."

"이천육백이라."

조재호가 김익천에게 말했다.

"자네, 지도를 꺼내보게."

김익천이 품속에서 말아놓은 지도를 꺼내 양쪽을 눌렀다. 조재호는 곰방대로 춘천을 가리켰다.

"전투 능력보다는 담력이 있고 오랫동안 움직일 수 있는 병력을 소집하게. 천팔백에서 이천백 정도면 될 것이야."

김익천이 뜨악하게 물었다.

"무슨 말씀이십니까? 전장에 나가는 병사를 모으는데 전투력보다 다른 점을 더 따지다니요."

"이보게, 김익천."

"예."

"병법에 능하신 저하의 생각일세. 의아하지만 분명 무슨 생각이 있으셔서 그런 것이 아니겠는가!"

"대체 무슨 말씀인지 소인은 모르겠습니다."

"나도 더 이상 자세한 것은 알지 못하네. 저하께서 그리 당부하셨으니 우리는 믿고 따르면 될 뿐."

"허, 이것 참."

김익천은 어이가 없다는 듯 헛기침 소리를 냈다. 물론 김익천의 입장에서도 세자의 능력에 의구심을 갖는 것은 아니었다. 그저 답답한 마음이 앞섰기 때문이다.

세자가 누구인가. 그 누구보다도 병법에 능하고 병사를 다루는 데도 익숙한 왕세자가 아니던가. 그는 《무예신보武藝新譜》*를 편찬

---

* 훈련도감, 어영청, 금위영, 용호영 등 각 군영은 모두 독립적으로 운영되었기에 무예를 익히고 평가하는 규정이 달랐다. 이를 통일한 것은 영조 35년에 대리청정을 하던 세자에 의해서다. 세자는 무예의 훈련과 평가 방법을 고증하여 바로잡고 이를 하나의 책으로 묶었으니 그것이 바로 《무예신보》다. 훗날 정조가 이를 장용영을 통해 《무예도보통지武藝圖譜通志》로 승격시켜 새롭게 편찬했다.

함으로써 각 군영에 대한 직접적인 지배력을 높이면서 효과적으로 각 군영의 지휘권을 통일해나가고 있었다. 누구보다도 조선의 중앙군에 대해 잘 알고 있는 사람이 바로 세자였다.

조재호가 눈빛을 달리하며 말했다.

"물론 전투용 무기를 지니고 떠날 걸세. 육칠백의 병사를 한 부대로 하되 총 세 부대로 나눌 것이야. 각각 커다란 깃발을 선두 기병에게 맡기고 붉은색 천이나 옷을 두르고 갈 것이네. 첫 부대는 정기 관로인 가평을 지나 금남, 마석을 통과한 뒤 남양주로 향하고 두 번째 부대는 홍천에서 양평을 거쳐 하남을 지난 뒤 남양주에 도착할 것이며, 세 번째 부대는 포천, 양주, 의정부를 지나 남양주에 당도할 걸세."

조재호의 곰방대가 춘천에서 서울에 이르는 세 갈래 길을 가리키며 말했다. 첫 부대의 이동로는 일직선에 가까워 관에서 낸 길을 가리켰고, 두 번째는 홍천, 양평을 지나는 길로 아래 방향으로 잠시 내려갔다가 도성으로 향하는 길이며, 세 번째는 포천, 양주, 의정부를 지나 위 방향으로 조금 올랐다가 도성으로 향하는 길이었다. 첫 관로를 제외한 나머지 두 갈래의 진군 방향은 약간 우회하는 길이라 볼 수 있었다.

김익천이 무언가 물으려 하자 조재호가 손을 들어 말문을 막았다.

"자세한 이야기는 움직이면서 해도 늦지 않을 걸세."

김익천의 얼굴이 긴장감으로 물들기 시작했다.

이제 병력을 움직일 때가 된 것이다. 숨죽이면서 모르게 키워온 병력이 힘을 발휘할 때가 된 것이다. 조재호 대감의 말을 믿을 수밖에 없고, 세자 저하의 능력을 믿을 수밖에 없었다.

조재호가 돌연 몸을 일으켰다.

"병력이 준비되었다면 한시도 지체할 틈이 없네. 움직이지."

결연한 조재호의 말에 김익천이 몸을 벌떡 일으켰다. 노론의 독재를 막아내고 진정한 국본을 세우는 진격이 시작된 것이다.

안승주를 조사하다

새날이 열리는 새벽, 어슴푸레한 여명이 서서히 세상을 깨우기 시
작했다. 긴 동면에 빠져 있던 동물들이 봄이 되어 기력을 회복하는
것처럼 도성에도 새롭고 따뜻한 기운이 번지고 있었다.

관복을 벗고 평상복으로 갈아입은 원찬식이 허름한 남포를 허리
에 휘감고서 빠르게 종루 거리를 지나쳤다. 양반촌과 중인촌을 지
나자 아침 끼니를 때우려는 장사치로 북적이는 주막이 나왔다. 길
을 바꾸어 크고 작은 골목을 지나니 나물·야채전, 어물전, 옹기
전, 목기전 등이 차례로 등장했다.

그 옆에 자리한 무교정(현 무교동)은 모전이라 불리는 상가 지역으
로 여인네의 머리 장식과 갓을 파는 장사치들이 생업을 준비하느
라 이른 새벽부터 붐비고 있었다. 기생들도 이 시간이면 얼큰하게
취하는 터라 노리개나 머리 장식이 가장 잘 팔리는 때였다. 장사치
들은 결코 이 시간을 놓치지 않았다.

무교정에 인접한 다정은 도성에서는 기생촌으로 유명한 환락 지
대다. 이곳 다정에서 명치정(현 명동)까지 길게 늘어진 한양권번은

단연 도성에서 가장 큰 기생촌이다.

늦게까지 진탕 술독에 빠져 있던 양반과 돈 많은 중인, 장사치들이 한데 섞여 기생의 마중을 받고 있었다. 비음을 섞은 기생들의 목소리와 웃음소리가 교태를 머금고 간지럽게 사방을 떠다녔다. 붉은 옷을 살랑살랑 흔드는 잔망한 몸짓에 상투가 삐뚤어진 줄도 모르는 한 양반의 입이 헤벌쭉 벌어졌다. 내일 혹은 그다음 날을 약속한 그들이 헤어지자 가마꾼이 주변에서 구름처럼 몰려왔다.

지극히 세속에 물든 양반과 기생들의 탐욕스러운 공간 사이로 서민과 민중의 생활 터전이 묘하게 공존했다. 부리는 자와 부림을 당하는 자의 세상. 이곳도 예외는 아니었다.

원찬식이 비틀거리며 지나가는 중인의 손에서 술병을 낚아챘다. 졸지에 술병을 뺏긴 중인이 균형을 잃고 넘어졌다.

원찬식은 술 한 모금을 마셨다. 그리고 술을 겨드랑이와 허리, 어깨에 뿌리자 영락없이 밤새워 술을 마신 사람처럼 보였다. 원찬식이 눈을 게슴츠레하게 뜨고 자신을 바라보는 중인에게 물었다.

"이렇게 집에 돌아가면 처자식은 알아보겠나?"

"흥! 네가 알 게 뭐야."

혀가 꼬여 알아듣지 못할 말을 중얼거리는 중인을 뒤로하고 원찬식은 기생촌 한가운데로 들어섰다. 기생의 저고리 속에서 부드럽게 손을 놀리며 젖가슴을 만지던 젊은 유생이 기우뚱하다 꼴사납게 넘어지자 주변의 기생들이 한꺼번에 까르르 웃음소리를 냈다.

기생집으로 돌아가는 작고 어린 기생을 붙잡아 원찬식이 물었다.

"안승주라는 자를 찾고 있다. 혹시 아는 게 있느냐?"

이제 열일곱이나 되었을까. 덕지덕지 바른 분으로도 나이는 숨길 수 없는 어린 기생이 의아한 얼굴로 답했다.

"기생집에 와서 남정네를 찾다니요. 별 이상한 사람 다 보겠네."

성의 없이 대꾸하며 돌아서는 어린 기생의 소맷자락을 원찬식이 붙잡았다.

"이곳에 오면 안승주라는 자를 만날 수 있다고 들었다."

"모릅니다. 몰라요."

어린 기생이 잡힌 손을 뿌리쳤다. 별 재수 없는 사람 다 보겠다는 표정으로 휙 돌아선 기생 뒤로 늙수그레한 노기老妓가 원찬식에게 농을 걸듯 말했다.

"그 작자는 무슨 일로 찾으십니까?"

원찬식이 노기에게 한 걸음 다가서며 반색했다.

"자네는 알고 있는가?"

사십 줄의 나이로 보이는 노기가 원찬식에게 유혹의 눈빛과 함께 농염한 웃음을 지어 보였다.

"그 작자를 모르면 다정의 기생이 아니지요. 그나저나 무슨 일이신지요?"

노기가 원찬식에게 바짝 다가섰다. 코를 찌르는 분 냄새가 원찬식을 괴롭혔다.

"물어볼 것이 있어서 그러니 안내해주게."

원찬식은 소매에서 엽전 몇 개를 꺼내 노기의 손에 쥐여주었다. 노기가 원찬식의 눈을 똑바로 바라보면서 웃었다.

"이쪽으로 드시지요."

노기는 그를 한 기생집으로 안내했다. 원찬식은 들어가는 내내 주변을 살폈다. 흥청거리는 기생들이 반쯤 벌거벗은 채 도망치고 있고 그 뒤를 쫓는 사내의 눈에는 욕정이 가득했다. 속이 일그러지기 시작했다.

노기가 작고 외진 방으로 안내했지만 원찬식은 방에 들지 않고 말했다.

"그자를 만나고 싶다고 했지, 술이나 먹자고 한 것이 아니다."

"술집에서 술을 안 드시면 무엇을 드시겠나이까?"

딱딱하게 굳은 원찬식의 얼굴을 노기가 손바닥으로 쓰다듬었다. 원찬식이 노기의 손목을 억세게 움켜쥐었다. 원찬식의 손아귀에 힘이 가해질 때마다 노기의 얼굴이 붉게 달아올랐지만 결코 앓는 소리를 내지는 않았다.

"수작 부리지 마라."

노기의 한쪽 입꼬리가 말려 올라갔다.

"여기서 기다리시면 반드시 안승주를 데려다드리지요."

노기가 나가고 얼마 지나지 않아 술상이 들어왔다. 기생집에서 술상이 들어오는 게 이상할 것은 없지만 원찬식은 꽤나 거북하고 불편했다.

철이 철이니만큼 도라지와 애호박, 고사리를 무친 삼색 나물에서 고소한 참기름 냄새가 솔솔 풍겼다. 무생채와 북어구이, 조개조림과 오이갑장으로 차린 소박한 오첩반상에 술병이 하나 딸려 나왔다. 언제 이렇게 밥상을 받아보았는지 기억이 가물거렸다. 유문승이 병조로 자리를 옮기면서 가공家供*이 적어 돗추렴*을 한 때

---

* 나라에서 벼슬아치, 구실아치에게 점심이나 회식 등에 드는 비용을 포목으로 주던 것.
* 돈을 모아 돼지를 잡아 회식하는 것.

이후로 처음이 아닌가. 그렇다면 일 년이 지난 셈이었다.

술 한잔을 목에 털어 넣자 뜨거운 기운이 식도를 타고 흘러내렸다. 그 순간 방문이 삐거덕거리며 열렸고, 한 사내가 원찬식의 눈치를 보며 안으로 들어섰다.

들어선 사내는 상거지 꼴을 하고 있었다. 오랫동안 씻지 못했는지 퀴퀴한 냄새가 코를 찔렀고 물을 살짝 뿌리기만 해도 땟물이 줄줄 흐를 것처럼 까맸다. 상투에 볏짚 쪼가리가 군데군데 붙어 있어 잠자리도 대충 짐작이 갔다.

사내가 원찬식에게 조심스럽게 물었다.

"뉘신데…… 소인을 찾으셨는지요?"

사내는 잠시 동안 원찬식의 얼굴을 보다가 이내 술상에 온통 정신을 빼앗긴 듯 넋을 놓고 응시했다. 자세히 보니 양손에 규칙적인 잔떨림이 있었다. 보나마나 술에 빠져 산 세월을 대변하는 것이리라.

아직 닫히지 않은 문으로 노기가 기생 둘을 넣으려 하는 것을 보고 원찬식이 큰 소리로 말했다.

"기생은 들이지 말게. 둘이 얘기할 테니."

노기가 무어라 대꾸하려 하자 원찬식이 덧붙였다.

"물론 기생 둘 넣은 값도 셈하리다."

노기가 기생과 함께 물러가며 문을 닫았다. 원찬식이 안승주를 보며 확인하듯 물었다.

"당신이 안승주요?"

"그렇습니다. 뉘시오?"

"금부에서 조사하는 사건이 있소이다. 살인 사건인데 사체가 조금 특별해서……."

"의금부 도사십니까?"

안승주의 머리가 자라의 그것처럼 쑥 들어갔다.

"아니오. 병조의 관원인데 합동 수사를 하고 있다고 생각하면 맞을 것이오."

"예."

안승주에게는 의금부의 도사나 병조의 관원이나 매한가지였다. 현재 안승주의 상태로는 둘 다 염라대왕이 찾아온 것만큼이나 걱정스럽고 달갑지 않은 상황이었다.

원찬식이 무릎에 손을 얹으며 물었다.

"살인 사건과 관련하여 내의원에 갔더니 안승주, 당신 이름을 언급하더이다."

"내의원이요?"

움츠러든 안승주의 시선은 술병에 묶여 있었다. 저승사자 앞에서도 한잔하고 저승길을 떠나자고 할 자였다.

원찬식이 헛기침과 함께 잔에 술을 채워 건넸다. 그러고는 희생자 둘의 사체에 대해 빠르게 설명했다. 사체에서 무엇이 나왔는지까지 설명을 마친 뒤 안승주를 살폈는데 오로지 술잔을 채우고 마시기를 반복할 뿐이었다.

"듣고 있소? 사체가……."

"그래서 저에게 여쭈려는 것이 무엇입니까?"

술만 탐하던 안승주의 눈빛이 일순간에 변했다. 그것은 사람이 다가와도 알 품기를 멈추지 않는 딱새의 모성 본능처럼 무언가를 보호하고자 하는 감정이었다.

"역관의 아들로 평탄한 길을 걷다가 왜국에 사절로 다녀온 뒤로……."

"이상해졌다? 아니, 미쳤다는 말씀을 하고 싶으신 건가요?"

"흠, 확실히 이상하게 행동했다고 들었소. 알 수 없는 소리를 입에 달고 다녔다지요?"

안승주가 술을 입에 털어 넣었다. 술이 몇 잔 들어가자 정신이 돌아오고 몸도 차츰 안정되는 것 같았다.

"이 년 전, 왜국 사절단에 끼어 다녀왔지요. 당시 왜국의 의학은 변혁기를 맞고 있었습니다. 고의방파古醫方派*의 대두인 산협동양山脇東洋(야마와키 도요)은 의학을 공부하면서 품은 의혹을 해부를 통해 해결하고자 했지요. 그가 펴낸 해부학 책《장지藏志》는 이러한 흐름의 한 시발점이었습니다. 쿨럭."

말을 더듬는 것은 멈추었으나 대신 기침이 찾아온 모양이다. 원찬식은 안승주의 말을 끊지 않으려 숨을 죽였다.

"《장지》는 그 시기에 불기 시작한 왜국 내 서양의학 열풍과 서양의학이 일으킨 문화적 변동을 포착해 기술한 책입니다. 저자가 특히 주목한 것은 서양의학 중에서도 해부학이었지요. 신체를 절개해 그 속을 속속들이 들여다보는 해부학이라는 새로운 분야는 당시 왜인들에게는 충격이자 공포였고 경이였습니다. 하물며 소인이 본 새로운 경지가 던진 충격은 어떻게 말로 다 표현할 수가 없을 정도였습니다. 그래서 혼자 미쳐 날뛰었는지도 모르겠습니다만."

술 한 병이 동나자 안승주의 이야기도 잠시 멈췄다.

---

* 고방파라고도 불리며 기존의 사변적 한의학 이론을 부정하고 오로지 병 자체의 진행 과정과 그에 대한 치료에 중점을 두었다.

원찬식이 새로 술을 들이자 안승주는 병아리를 낚아채는 황매처럼 잽싸게 술병을 채갔다.

"외과용 칼과 가위로 대변되는 '칼날'은 두려움과 호기심을 동시에 불러일으키는 신의학의 상징이었습니다. 물론 칼날 그 자체가 왜인에게 새로운 것은 아니었지요. 에도江戸 막부는 애초에 칼로 세운 체제였으니까요. 지배계급인 시侍●에게 칼은 계급의 상징이자 권력의 표상이었습니다. 그러나 이 상징은 말 그대로 상징으로 떨어졌지요. 그들은 외출할 때면 언제나 칼을 찼지만, 칼이 칼집에서 나와 사람을 베는 일은 찾아보기 어렵게 되었습니다. 양반에게 곰방대 같은 구실만 하게 된 칼은 칼집에서 붉게 녹슬었지요. 사람의 몸을 베고 가르는 칼의 기능이 사라진 자리에 바로 해부용 칼이 등장한 것입니다."

안승주는 긴 이야기를 하면서도 잔에 술을 채우는 일을 게을리 하지 않았다. 그의 장설은 결코 이야기의 핵심을 놓치지 않았고, 왜국과 조선의 한의학에 대한 식견은 술에 빠져 사는 사람이라고는 생각하기 힘들 만큼 깊고 두터웠다.

"아, 《장지》라는 책이 제게 준 것은 충격만이 아니었습니다. 역관이신 부친과의 인연이 미쳤다는 소문이 돌면서 끊어졌지요. 그리고 내의원 생활도 접어야 했습니다."

안승주의 얼굴에 잠시 쓸쓸함이 스쳐 지나갔다.

"아무리 목소리 높여 떠들어도 되돌아오는 것은 미쳤다는 조롱

● 사무라이의 다른 말로 사농공상의 네 신분이 고정되어, 그 가운데 사士에 속하는 자를 일반적으로 이렇게 칭했다.

사도세자 암살 미스터리 3일

뿐이었습니다. 모든 걸 잃고 그제야 제가 한 행동이 무엇이었는지 깨닫게 된 겁니다. 하지만 지금도 전 후회하지 않습니다. 비록 술이 없으면 한시도 제정신을 유지할 수 없고, 집도 절도 없는 비렁뱅이 신세가 되긴 했지만 말입니다."

황달기가 있는 안승주의 눈빛에서 진심이 엿보였다.

잠시 터울을 두었다가 원찬식이 물었다.

"내의원 부제조 영감의 말로는 조선에는 그런 해부학 지식을 가진 자가 거의 없다고 했소이다."

"한의학은 기 의학이기 때문에 몸으로 느끼는 기가 중요할 뿐, 그것을 가능하게 하는 구조적 실체로서 내장과 신경은 의미가 없고 오로지 기의 작용을 밝힐 수 있는 내경內景과 경락만이 중요합니다. 불가피하게 해부를 했더라도 내장이나 신경을 보려 하진 않았습니다. 볼 필요가 없었겠지요. 이런 점에서 외과라는 과목이 전혀 없었던 것은 아니지만 적어도 구조적 실체에서 직접적으로 발생하는 질병, 예를 들면 골절이나 자상 같은 질환에는 일정한 한계를 보였습니다."

한의학과 해부학의 쟁점에 대해 이야기할 때 안승주의 어조에는 강한 반감과 분노가 담겨 있었다. 그것은 한의학의 한계를 해부학이 채워줄 수 있다는 강한 믿음에서 비롯되는 것 같았다.

"그 해부학에서 당신은 왜국과 궤도를 같이했다는 말이군요. 그리고 조선에는 그런 식으로 사람을 죽일 수 있는 자가 없다는 말이기도 하고요."

"그렇지요."

원찬식의 눈빛이 차가워졌다. 무의식적으로 술잔으로 향하던 안승주의 손이 갑자기 멈췄다.

"지금 소인을 의심하시는 것입니까?"

"조선에는 당신 외에 그만한 해부학 지식을 가진 자가 없다는 말과 당신이 범인이라는 말은 결국 같은 뜻을 품고 있는 게 아니오?"

"그럴 리가 있습니까? 보시다시피 저는 제 몸 하나 간수하지 못하는 놈입니다."

원찬식이 고개를 끄덕이며 말했다.

"그렇지요. 당신은 확실히 몸이 망가졌을 거요. 또한 그 손을 보아하니 칼을 잡을 수 있을지도 의문이고. 그렇다면 한 명이 남겠군요."

"누구…… 말입니까?"

"당신이 가르친 제자."

안승주가 눈을 부릅떴다. 쇠뿔도 단김에 빼라 했다. 원찬식은 기세를 늦추지 않고 몰아쳤다.

"당신이 가르친 제자가 있다고 들었소. 그게 누구요?"

"물론입니다. 제자가 있었지요. 제자라고 말하기도 뭐한……. 그런 자를 가르친 적이 있습니다."

"그자가 누구요!"

원찬식은 인내심이 한계에 다다르기 직전이었다. 더 이상 말을 돌리거나 꽁무니를 뺀다면 당장에 멱살을 움켜쥐고 의금부 취조실로 끌고 갈 작정이었다.

"저도 자세히는 모릅니다. 지난해 삼월 초아흐렛날이었는데, 묘한 서신을 한 장 받았습니다."

"서신?"

"예. 장분臟分*을 가르쳐줄 수 있겠느냐는 서신이었지요."

원찬식이 눈짓으로 계속하라고 재촉했다.

"그런데 참으로 이상한 건, 서로 얼굴을 마주하고 지도하는 그런 방식이 아니었다는 것입니다."

"뭐요? 그럼 그자가 누군지 모른다는 말이오? 얼굴을 본 적도 없다는 얘기요?"

"예, 그렇습니다."

원찬식은 기가 막혀 말을 잇지 못하다 간신히 물었다.

"아니, 그렇다면 어떻게 당신에게 해부를 배웠다는 말이오?"

"저는 집에서 서신을 기다리기만 하면 됐습니다. 사체는 그쪽에서 준비를 하였고요. 간단한 의학 지식은 건너뛰었습니다."

"그 말은 어느 정도 인체에 대해 알고 있는 자였다는 말이오?"

"그렇습니다. 뼈와 관절에 대한 것은 이미 알고 있었습니다. 그래서 가르치는 시간도 얼마 걸리지 않았을뿐더러 어려운 해부 지식도 곧잘 흡수했지요. 저는 그저 선腺*이 있는 장소와 신경, 맥관脈管의 주행과 맥이 닿는 곳, 그리고 장기臟器의 형상과 그 작용을 살펴주고, 마지막으로 근육의 주행을 알려주었을 뿐입니다."

"그것을 어떻게 가르쳤다는 말이오?"

"글입니다. 제가 알려준 대로 그자가 사체를 통해 학습을 하면 제가 시비를 가려 글로 남겼습니다. 그렇게 서로 마주치지 않고 글을 통해서만 소통을 했습니다."

---

* 장을 나누어 갈라본다는 말로 해부를 가리킨다.
* 편도선같이 분비 작용을 하는 기관.

원찬식의 답답한 마음이 얼굴에 그대로 드러났다. 일그러진 원찬식의 표정을 살핀 안승주가 침을 꼴깍 삼켰다.

"얼마나 그렇게 가르쳤소?"

"여섯 달은 족히 될 것입니다."

서로 얼굴도 모르는 사제지간이라. 그렇게도 교육이 가능할까? 물론 안승주는 거짓을 말하고 있는 것 같지 않았다. 아마도 안승주가 그자의 얼굴을 알고 있다면 그 역시 무사하지 못했을 것이기 때문이다.

"대가를 받았소?"

"그랬습니다. 돈을 받았지요."

"돈을?"

"예. 비록 술 마시는 데 몽땅 쏟아붓고 지금 남은 것은 없지만 말입니다."

원찬식은 지푸라기라도 잡는 심정으로 물었다.

"무슨 돈이었소?"

"무슨 돈이라니요? 수업료를 대신한……."

"그게 아니라 통보였는지, 지전紙錢이었는지를 묻는 것이오!"

"어음이었습니다."

"어디서 발행한 어음이었소?"

뜻하지 않은 곳에서 의외의 진전이 있었다. 원찬식의 가슴이 기대감으로 부풀었다.

"기억이 나질 않습니다."

"이런!"

원찬식이 술상을 내리쳤다. 덕분에 삼색나물이 바닥에 뒹굴었다. 안승주가 헉 소리와 함께 놀란 숨을 내쉬었다.

원찬식은 심호흡과 함께 마음을 추스르며 말했다.

"혹시 다시 본다면 기억하겠소?"

"기억할 수 있을지 자신은 없습니다요."

원찬식은 안승주를 의금부로 데려가기로 마음먹었다. 어쩌면 기억할 수 있을지도 모른다. 아니, 기억해내야 한다. 원찬식은 몸을 일으켰다.

"갑시다. 금부로."

"아니, 제가……."

"몸에 손대는 일은 없을 것이오."

안승주가 병목을 움켜쥐고는 단번에 술을 털어 넣고 따라 일어섰다. 원찬식은 거칠게 기방의 문을 열어젖혔다. 멀리서 희미하게 동이 트고 있었다.

1762년 5월 21일 같은 시각

유문승은 의금부로 돌아가기 위해 몸을 움직였다. 은이 낭자는 오늘도 내의원에서 밤을 새울 모양이다. 땀과 먼지로 뒤범벅이 된 관복을 갈아입고 가볍게 얼굴과 손을 씻고 나자 잠시 정신이 돌아오는 것 같았다.

하지만 아직도 눈이 뻑뻑했다. 마치 거친 모래 한 움큼이 바람에 날려 눈에 모조리 빨려 들어간 것 같았다. 가슴은 먹먹하고 입안은 꺼끌꺼끌했다. 정신은 둔탁한 몽둥이로 한 대 얻어맞은 듯 멍했고 목은 잔뜩 말라 있었다.

긴장으로 하루가 지나자 피로가 온몸 구석구석을 누비며 그를 괴롭혔다. 막종이 떠온 숭늉으로 간신히 허기만 면한 채 자리에서 일어났다. 대청을 내려서는 그를 막아서는 그림자가 보였다. 그림자의 주인은 원찬식이었다.

"나리."

유문승은 잠시 아무 말 없이 원찬식을 응시했다. 그 역시 한숨도 못 잔 것처럼 보였다. 눈 밑이 움푹 꺼졌고 흰자위는 벌겋게 충혈된 상태였다.

가벼운 바람이 불어 쓸쓸하게 몸을 흔드는 꽃나무를 뒤로하고 원찬식은 내의원과 기생촌에 다녀온 이야기를 빠르고 간결하게 보고했다. 원찬식이 말을 이을수록 유문승의 표정이 불처럼 뜨겁게 변했다가 물처럼 차갑게 식기를 반복했다.

"그자가 지금 금부에 있다는 말인가?"

"그렇습니다. 의주의 만상灣商, 평양의 유상柳商, 개성의 송상松商뿐 아니라 동래의 내상萊商*까지 모든 상단의 어음을 살피고 있는 중입니다."

"술 마시면서 말인가?"

"……."

"취하면 이거나 저거나 다 맞다 하겠군?"

"술기운이 떨어지면 상태가 더 악화되는 터라……."

유문승은 답답한 마음을 안은 채 의금부로 향했다. 안승주는 해부를 사사한 제자의 얼굴을 모르는 상태였다. 또한 받은 어음도 정확히 기억하지 못한다. 게다가 술기운에 의지해 어음을 찾아야 한

---

* 왜국과의 무역을 주로 담당한 상단.

사도세자 암살 미스터리 3일

다. 그 세 가지 사실이 더해지자 엉망진창이 되어버렸다.

유문승의 걱정은 취조실에 들어서는 순간 사실로 확인되었다. 최동수가 안승주 맞은편에서 굳게 입술을 다문 채 인내심을 발휘하고 있었다. 안승주는 한 손으로 어음을 건성으로 넘기고 있었고 다른 손에는 술병을 쥐고 있었다. 그의 코는 이미 붉게 변했고 말투는 봉사가 뒷문 잡듯 흐리멍덩했다.

최동수가 애타게 물었다.

"아직도 잘 모르겠는가?"

"그것이……. 꺼억……. 쩝……."

유문승은 얼굴을 찌푸렸다. 의금부에 조사를 받기 위해 들어온 사람치고 안승주처럼 천하태평인 자는 본 기억이 없다.

최동수가 유문승을 보고 다가왔다.

"암호시의 필체를 알아보았습니다. 그런데 나리의 예상대로 꽤나 거물의 필체였습니다."

"누구던가?"

"김상로 대감입니다."

"확실한가?

"예, 김상로 대감의 상소문을 모조리 확인하고 오는 길입니다."

"수고했다."

사람의 얼굴이 모두 다르듯 글씨도 모두 다른 특징을 갖고 있다. 김상로 대감의 필체, 원칙적으로 둘 중의 하나다. 김상로 대감이 직접 손으로 썼거나 기막힌 필사본의 글씨이거나. 그러나 바보가 아닌 이상 자신의 필체를 대놓고 드러내는 범인은 없다. 세자 저하의 지근 인물들이 죽었다. 김상로 대감은 의심을 받을 수 있다. 필체는 일종의 덫과 같은 것일 수도 있다.

유문승은 최동수를 끌고 밖으로 나왔다. 안승주에 관련된 언질을 건네기 위해서였다.

"아무리 심문이라 해도 너무하는군. 지금 국문을 받고 있는 자가 있는가?"

국문과 심문은 하늘과 땅 차이다. 심문은 그래도 자의에 의한 진술이고 국문은 강제로 답을 받아내는 방법이다.

최동수가 재빨리 대답했다.

"예. 한양부의 도장을 위조한 죄로 잡혀온 자가 있습니다."

"그래? 그 옆 칸이 비어 있는가?"

"그렇습니다."

"그렇다면 안승주 저자를 그곳에서 심문해라. 그리고 발가락이 하나 있다면 더 좋겠구나."

"예?"

최동수가 어리둥절한 표정으로 되묻다가 이윽고 무릎을 쳤다. 유문승의 뜻을 알아차린 최동수가 안승주를 고문이 진행되고 있는 국문실 옆 칸으로 데리고 갔다.

국문실로 들어간 안승주의 표정이 단번에 변했다. 처절한 비명 소리가 여과되지 않은 채 안승주에게 바로 날아들었기 때문이다. 또한 국문실의 고문 도구는 그 자체로 살풍경했다. 사방 벽면에 치렁치렁 매달린 고문 도구를 보더니 그는 몸을 부르르 떨었다.

일반적으로 죄인을 때리는 형구라 하면 으레 곤장을 연상하는데 사실 곤장은 빙산의 일각일 뿐이었다. 가시나무로 만든 태와 장은 손잡이가 둥글고 끝은 넓적해 얌전하게 생겼지만 죄인의 볼기와

사도세자 암살 미스터리 3일

넓적다리를 자근자근 단근질하는 데 쓰이는 흉물이었다. 옆에 걸린, 태나 장보다 충격이 훨씬 큰 버드나무로 만든 곤장은 그 크기만큼이나 거대한 공포심을 불러일으켰다. 마지막으로 죄인의 몸을 사정없이 난타하는 주장당문에 쓰이는 여러 개의 붉은 몽둥이가 질서정연하게 걸려 있었다.

최동수가 원장이라 불리는 둥글고 큰 형구에 털썩 앉았다.

"시끌시끌해야 졸리지 않을 것 같아 이리로 옮겼소."

최동수가 몸을 구부려 바닥에서 작은 물건을 줍더니 청소를 깨끗이 하지 않은 모양이라며 안승주를 보고 피식 웃었다. 최동수가 바닥에서 주운 물건은 사람의 발가락이었다. 사체를 많이 보아온 안승주지만 산 자의 발가락을 뽑아버리는 난장이라는 형벌 앞에서는 여지없이 무너지고 말았다.

최동수는 안승주의 표정을 보고는 보이지 않게 만족스러운 미소를 띠었다. 유문승의 지시가 잘 먹혀들었기 때문이다. 발가락은 분명 난장으로 인해 뽑힌 것이지만 미리 들고 들어와 스리슬쩍 바닥에서 주운 척한 것이었다.

바깥과 공기부터 다른 의금부의 국문실. 이제야 안승주는 서늘하고 차가운 기운이 바닥에서 끊임없이 솟아오르고 피비린내가 사방 벽에서 뿜어져 나오는 의금부라는 지옥에 온 사람 같았다. 그의 눈동자에서 두려움과 함께 공포가 스멀거렸고 동시에 한겨울에 물벼락이라도 맞은 사람처럼 벌벌 떨며 앉아 있는 자세부터 달라졌다.

의금부의 형정刑政 행태는 많이 완화된 것이 사실이다. 영조는 끔찍한 고문과 만연한 사형 집행의 현실을 직시하고 형정을 쇄신하기 위해 여러 가지 조치를 단행했는데 영조 1년에는 압슬형을 폐지하고 영조 8년에는 불에 달군 쇠로 몸을 지지는 낙형을, 영조 16년에는 얼굴에 글자를 새기는 형벌을 금했다. 그로 인해 끔찍한 고문과 형벌은 사라졌지만 고문의 강도는 전혀 약해지지 않았고 오히려 기존 형벌이 더욱 치밀하고 은밀하며 잔인해졌다.

인간을 한계로 몰아 무너뜨리는 으드득, 뼈가 으스러지는 소리와 동물적인 신음 소리가 옆 칸에서 번져 나왔다. 조금 있으면 주리가 틀린 죄인이 고통을 못 이겨 빨리 죽여달라고 애원할지도 모른다. 자식이 아비를 죽음으로 몰아가고 부인이 지아비를 사지로 몰아넣을 수 있는 곳이 국문실이다.

이제 기억이 돌아오는 시간이 빨라지겠지. 기생집처럼 편하게 조사했다가는 언제 끝날지 모르는 일이다. 수십 장의 어음 사이에 얼굴을 파묻고 비에 홀딱 젖은 강아지처럼 애처롭게 떨고 있는 안승주의 모습에 일말의 애처로움이 일긴 했으나, 조사에 차질을 빚는 것보다는 나았다.

밤새 정보를 모으기 위해 분주하게 움직인 병사 다섯이 나름의 수확을 가지고 돌아왔다는 얘기를 듣고 유문승은 그들을 만나기 위해 걸음을 서둘렀다.

뜨거운 해가 수면을 박차고 올라와 고요하게 눈을 떴다. 소리에서 생명이 느껴지기 시작하는 아침이다. 후덥지근한 바람에 꽃잎을 틔우는 나무의 소리가 짙은 녹음을 흔드는 매미 소리와 간헐적으로 섞이며 청량한 기운과 생동감이 넘친다. 그것은 초여름에만 접할 수 있는, 절기節期와 절주節奏를 두루 갖춘 소리였다.

투명한 하늘은 금방이라도 후두두 소낙비를 쏟아낼 것만 같다. 변덕스러워 보인다. 하지만 뜨거운 뙤약볕에 있다 보면 생명을 더욱 생기 있고 활기차게 해줄 소나기가 간절해지기도 하는 법.

박필주가 무거운 발걸음을 떼며 대청을 밟고 올라섰다. 기척도 없이 그는 양쪽에 창문이 연달아 있는 가운데 공간에 잠시 멈추었다 내실로 들어갔다.

박필주는 이른 아침임에도 어둠 속에 선 한 사람에게 크게 몸을 숙였다.

"임무를 완수하였나이다."

어둠보다 더욱 어두운 목소리가 박필주의 목에서 흘러나왔다. 건너편에서는 완벽한 침묵만 흐를 뿐이었다.

"인적이 드문 폐가로 모셨사옵니다."

"눈을 달거나 의심을 살 만한 일은 없었는가?"

"그렇지 않사옵니다. 변검을 하는 소환 덕분에 얼굴을 드러내지 않아도 되었습니다."

먼 곳에서 조용히 응시하는 눈길이 느껴졌다. 박필주는 자신의 몸에 쏟아지는 시선이 부담스러워 작은 움직임도 조심스러웠다.

"다른 지시가 있을 때까지 불편함이 없도록 극진히 돌보아야 한다. 알겠는가?"

"예, 저하."

박필주가 다시 몸을 낮추었다.

"그리고 몸을 잔뜩 낮춰라. 최헌직도, 윤성환도 당했다. 이것이 무엇을 말하는지는 말하지 않아도 잘 알 것이야."

어둠 속에서 그림자가 빠져나가는 소리가 희미하게 들렸다. 양질의 비단이 바닥을 스치며 내는 소리가 귀청에서 조금씩 멀어지고 이내 조용히 잦아들자 박필주는 고개를 들었다.

'비밀은 지켜질 수 없다. 그럴 수밖에 없다.'

찡그린 이마에서 흘러내린 땀이 번들거렸다.

유문승이 탁상에 앉자 세자에 관한 정보를 수집해 돌아온 병사 다섯이 일제히 종이를 펼쳐 가운데로 모았다. 나이가 가장 많은 병사가 대표해 말했다. 민첩함과 체력이 나이와 완벽하게 반비례할 정도로 왕성한 활동력을 자랑하는 자였다.

"세자 저하와 관련된 정보를 분야별로 나누어 조사했습니다."

유문승은 고개를 끄덕이고 종이를 끌어당겨 읽어 내려갔다. 첫 장은 세자와 관련된 불온한 소문을 한데 모아놓은 것인데 무려 넉 장이나 빽빽하게 검은 글씨로 채워져 있었다.

세자가 원래 무서움증이 있어 비 오는 날에는 잠을 이루지 못하고, 신경불안증으로 나인이 귀신 같다 하여 쳐 죽이고, 꿈에 보인다 하며 눈을 감지 않고 자고, 갑갑증이 심해져 궐 밖으로 뛰쳐나가 놀다가 비구니를 얻어 수태를 시켰고, 의대증이 심하여 옷을 입을 때마다 서너 벌은 찢고 불태운 뒤에야 입을 수 있으며, 내관과 나인들을 이유 없이 마구 쳐 죽인다는 것이 주요 골자였다. 차마 입에 담기에도 더러운 소문이었다. 만약에 이런 사람이 실제로 있다면 도깨비도 그 앞에서 벌벌 떨 것이다.

격간도동膈間挑動, 세자가 앓고 있는 모든 정신병을 일컬어 그렇게 부르고 있다.

과연 이렇게 흉악한 악행을 저지른 사람이 있을까 싶을 정도다. 유문승은 세자의 창백하리만치 하얀 얼굴을 떠올렸다. 나약해 보이는 얼굴 뒤에 숨어 언뜻언뜻 모습을 드러내는 강인함과 담대함

사도세자 암살 미스터리 3일

이 겹쳐지면서 혼란스러웠다.

그에 반해 반론을 제기하는 소문에 대해서도 세세히 조사되어 있었다. 궁녀들을 시켜 일부러 세자 앞에서 그의 흉을 보게 했으며 궁녀인 척 비구니를 잠행시켜 처소에 넣었다는 풍문이었다.

무엇이 진실일까? 아니, 이 종이에 진실이 있기는 한 걸까?

두 번째 종이를 살피던 유문승의 눈이 커졌다. 세자의 여인들에 대해 이름과 나이, 어떻게 세자와 인연을 맺었는지까지 비교적 상세히 기록되어 있었는데 첫 단락에 가선의 기록이 있었기 때문이다. 그 내용은 한익모가 말해준 것과 크게 다르지 않았는데, 세자가 수태시켰다는 기록이 유문승의 눈길을 오랫동안 붙잡았다.

세자의 필체를 흉내 내어 김상로가 문 숙원에게 음탕한 내용의 서신을 보냈다는 기록에 유문승의 눈길이 멈췄다. 이에 문 숙원은 김상로에게 받은 가짜 서신을 곧장 영조에게 바쳤다고 기록되어 있었다. "이럴 수가 있단 말인가. 아비가 총애하는 후궁을 넘보다니. 천륜을 모르는 짐승이로구나." 영조는 그렇게 아무도 없는 곳에서 가슴을 치며 울었다고 쓰여 있다.

유문승은 기록을 보면서도 반신반의했다. 이런 소문은 근거는 빈약하지만 마치 금지된 유언비어처럼 묘한 신빙성을 동반하고 있는 것도 사실이다.

유문승이 병사들을 둘러보며 물었다.

"이 내용들의 증거력은 어떻게 구별할 수 있는가?"

늙은 병사가 공손하게 답했다.

"다음 장을 넘기시면 조사한 문장 앞에 표시가 있을 것입니다. 그것은 소문이었지만 기록에 남아 있는 것으로 확인된 것입니다.

믿을 만한 자료지요.”

두 장에 기록된 사실은 모두 표시가 되어 있지 않았다. 다음 장을 넘기자 검은 먹으로 점을 찍어놓은 문장이 간혹 눈에 띄었다.

유문승은 비록 신빙성이 떨어지는 기록이라 할지라도 꼼꼼히 읽어나갔다. 기록된 내용 하나하나는 그 증거력에 차이가 있었다. 점이 한 개, 혹은 두 개, 세 개까지 찍혀 있는 것이 이를 반증했다.

점이 세 개 찍혀 있는 기록을 읽던 유문승의 표정이 잠시 멍해졌다. 그것은 ‘관서關西 유람’ 혹은 ‘평양 원유 사건’이라 명명된 일 년 전의 사건을 기록한 것이었다.

조선의 선비라면 모를 수 없는 일 년 전 그 사건. 상세한 내막은 알려져 있지 않지만 세자가 대리청정 기간에 몰래 궁궐을 비우고 평양에 다녀온 일이었다.

유문승은 추가로 기술된 날짜와 관련 인원 등을 살피다가 급하게 원찬식을 불러들였다. 그리고 원찬식이 의자에 엉덩이를 붙이기도 전에 쏘아붙이듯 물었다.

“안승주가 얼굴도 모르는 제자를 받아들인 날이 삼월 초아흐레라고 하였는가?”

“그렇습니다.”

유문승의 얼굴에 긴장감이 가득 들어찼다. 원찬식은 그 이유가 궁금했지만 묻지 않고 기다렸다. 원찬식의 기다림은 그리 오래가지 않았다.

“저하께서 관서에 행하신 날이 일월이군. 돌아오신 날은 사월 이십일 일이고.”

원찬식이 신중하게 답했다.

"그렇습니다."

유문승은 검은 글씨가 가득한 하얀 종이를 뚫어져라 노려보며 말했다.

"또한 저하께서 관서에 머무르시던 때에 책문무역柵門貿易 사행이 한 차례 있었고."

책문 사행원역의 명부를 살피던 유문승이 찢어질 듯 눈을 부릅떴다. 수행 환관으로 최헌직이, 수행 화원으로 윤성환이 포함된 명부였기 때문이다.

드디어 피해자들의 또 다른 공통점을 찾은 것이다. 그들의 공통점은 세자가 관서에 있을 때 책문으로 사행을 떠난 일행이었다는 점이다. 그리고 사행에 동행한 역관 장일이라는 이름. 역관으로서 조선에서 최고 거물인 그 이름이 유문승의 머릿속을 가득 메웠다.

부리나케 활과 화살, 화살통, 그리고 단도를 패용한 유문승이 무언가를 감지하고 벌떡 일어선 원찬식과 다른 병사들에게 명했다.

"출동한다. 무기를 단단히 챙겨라. 다음 희생자가 누구일지 알겠다."

원찬식이 부랴부랴 말과 무기를 챙기라고 단속하고는 유문승의 뒤를 따랐다. 훈련에 익숙한 병조의 병사들을 데리고 의금부를 떠난 것은 채 반각에도 못 미치는 시간이 지난 뒤였다.

18

세 번째 피해자가 나타나다

청계천이 도성의 중앙을 가로지르며 도도하게 흐르고 있다. 붉은 햇빛이 천으로 쏟아지고 잦은 물결이 찰랑거린다. 물낯은 그것을 한껏 안았다가 눈이 부실 만큼 밝은 빛을 사방으로 돌려보내고 있었다.

북에서 남으로 내려올수록, 청계천에 다가갈수록 악취가 심해졌다. 아름다운 풍경과는 달리 이렇게 여름으로 접어들어 수면이 낮아지면 청계천 근방에서는 코를 마비시키는 냄새가 진동하기 시작했다. 천연 하수구 역할을 하는 천이기에 더러운 물이 사시사철 흘러들고 생활쓰레기가 넘치며, 심지어는 시체가 천 바닥에 뒹굴기도 했다. 그로 인한 악취는 모조리 남쪽으로, 남촌으로, 서민에게로 향했다.

청계천을 경계로 하여 남으로 한 골목 접어들었다 다시 북으로 말고삐를 돌렸다. 그렇게 청계천 경계를 타고 말을 달리니 길바닥에서 먼지가 미친 듯 춤추며 따라왔다.

더운 공기를 피해 물가로 모여든 사람들이 서로에게 관심도 없이 자리를 지키고 있다가 질주하는 유문승과 그 무리를 보고는 기겁을 하며 한길로 비켜섰다. 그들은 잠깐의 호기심으로 중얼거리다 이내 시들해져서 더운 공기, 그리고 역한 구린내와 싸우기 시작했다.

청계천을 건너 장통교에 다다른 유문승은 좋은 입지에 넓은 가옥들을 보며 쓰디쓴 감정을 집어삼켰다. 그사이 역한 냄새는 사라졌고, 집이 커졌으며, 잘 닦인 길이 나타났다.

중촌에 들어서자 풍경은 확실히 달라졌다. 중인들이 사는 곳이라 중촌이라는 지명이 생겼다던가. 정치에 참여하지 않고 어느 당에도 치우치지 않은 채 중립적인 입장을 고수하여 생겼다던가. 혹은 둘 다인가.

이곳은 북촌의 벌열 사대부 집에도 밀리지 않을 정도로 거대한 집이 한 집 건너 한 집이었다. 불꽃 모양으로 솟은 관악산이 멀리 보일 정도로 경관도 좋고, 물이 잘 빠지는 북고남저의 지리적 입지 조건도 확보하고 있는 좋은 땅이었다. 근원을 알 수 없는 물길이 바위 아래로 떨어지고 그 아래로 이슬 젖은 풀이 몸을 흔들어댔다.

유문승이 말에서 내린 곳은 양옆의 대궐 같은 기와집 사이에 조그맣게 웅크리고 있는 듯 상대적으로 작아 보이는 기와집 앞이었다. 유문승의 뒤를 이어 차례로 병사들이 포승줄과 혹 있을지 모를 위험에 대비해 각자의 무기를 단단히 챙기고 도열했다.

원찬식이 유문승에게 눈빛으로 물었다. 유문승이 고개를 끄덕이자 원찬식이 기둥의 높이를 행랑채의 높이에 맞춘 대문을 거칠게 걸어찼다. 대문은 잠겨 있지 않았고, 삐걱대는 소리만 울릴 뿐 딱히 다른 저항은 없었다.

장일의 집은 조용했다. 마치 한순간에 모든 사람이 물난리에 쓸려간 듯 고요했다. 유문승이 마당과 집을 쭉 훑어본 뒤 인기척을 느끼고 병사들을 뒤로 이동시켰다. 아니나 다를까, 눈이 휘둥그레진 오십에 가까운 노인이 안채를 돌아 나오며 쉰 목소리로 물었다.

"아니, 무슨 일이십니까? 무슨 일로……."

"역관 장일, 안에 있는가?"

"그렇습니다만."

유문승이 노인을 다그쳤다.

"어디 있는가? 지금 확인해봐야겠다."

갑자기 안채의 사립문이 벌컥 열렸다. 기골이 장대한 사내가 고급 비단옷을 입고 서서 유문승을 내려다보며 말했다.

"무슨 일이십니까?"

장일의 목소리는 그의 목 두께만큼이나 굵었다. 목소리만으로 대장부를 뽑는다면 충분히 첫 손가락에 꼽힐 만큼 듬직한 목소리였다.

"금부에서 나왔네. 신상에 별 이상은 없는가?"

"전혀. 적이 많긴 하지만 지금은 괜찮습니다."

유문승은 강한 의문을 느꼈다. 환관과 화원의 공통점을 찾았다. 그런데 유력한 세 번째 피해자인 장일이 멀쩡하다. 분명 다음 피해자는 장일을 가리키고 있는데. 책문 사행에 동행한 것이 피해자들의 공통점이다. 이 사실은 움직일 수 없다.

장일이 아니라면 도대체 누구란 말인가. 그것은 자신의 생각이 틀렸을지도 모른다는 것을 의미했고, 급물살을 탔다고 여긴 수사가 원위치로 돌아온 것을 뜻했다.

아니다. 유문승은 고개를 저었다. 분명 연결 고리가 있을 것이다. 그렇다면 그 연결 고리는 단 하나, 다른 존재의 개입이다. 기록에 보이지 않는 다른 인물이 존재하는 것이다.

원찬식과 병사들이 머쓱하게 유문승을 쳐다보았다. 유문승은 틀린 가설 위에서 ㄷ 자 형태의 집을 둘러봤다. 하인들이 머무르는 문간채 옆으로 안채가 경사를 이용하여 제일 높은 곳에 있으며, 맞은편에 창고가 있는 형태다. 안채와 창고 사이의 마당을 위아래로 구분하여 창고 앞마당이 훨씬 넓어 보였다. 안채와 창고 앞마당 사이 중앙과 동쪽 끝에 계단을 만들었는데 서쪽으로 경사로를 내서 수레가 오르내릴 수 있도록 한 것이 눈에 띄었다. 그 옆으로 작은 행랑채가 또 하나 있었는데 언제든지 한달음에 안채로 내달릴 수 있는 거리였다.

살짝 열린 문틈으로 안을 보니 장정 다섯이 아무렇게나 방바닥에 눕거나 앉아 있었다. 유문승은 그들을 보고 저런 왈짜들을 고용했으니 장일이 호언장담을 했구나 생각했다. 믿을 만한 구석이 있었겠지. 그러나 범인이 마음만 먹는다면 아마 저들도 무용지물일 것이다.

장일이 대청을 중심으로 왼쪽 큰방으로 들 것을 권했다. 유문승은 잠시 확인할 것이 있다고 원찬식에게 이르고는 대청에 올랐다.

이곳의 대청은 일반적인 형식에서 벗어나 중심부에 좁게 한 칸만 만들었고, 앞쪽에는 맨 오른쪽 한 칸을 제외하고 전면에 툇마루가 설치되어 있었다. 아마도 처음에 집이 한 채가 아니라 여러 채였던 것을 하나로 중건하면서 새롭게 만든 것 같았다. 상당히 독특한 구조로 양반이나 사대부들이 중요시하는 풍류나 정취와는 거리가 멀었다. 오로지 안채를 보호하기 위한 형태로 수호의 목적이 강하게 느껴졌다.

넓은 방에 들어서며 유문승이 의미심장하게 말했다.

"정말 적이 많은 모양이군."

"예?"

장일의 얼굴에 뜻을 알 수 없는 웃음이 피어났다.

"아니면 죄가 많은 것인가."

"허허, 이것 참. 들이닥칠 때는 마치 죽지 않았을까 걱정하는 듯 하시더니 막상 살아 있는 것을 보니 죄인 취급을 하시는군요."

장일의 입가 팔자 주름이 일그러졌다가 이내 제 모습을 찾았다. 웃음을 거두었는데도 주름이 완전히 펴지지 않는다. 벼슬아치에게 청탁을 넣든 혹은 지시를 받든 항시 웃음을 머금어야 했으리라. 유문승은 장일의 처지와 입장을 십분 이해했다. 사 년 전 자신의 모습이 그러했을 것이기 때문이다.

"중바닥(중촌을 낮잡아 이르던 말)에 사는 사람 중에 위아래를 막론하고 허물없는 사람이 단 하나라도 있겠습니까?"

유문승이 생글거리며 답하는 장일을 잠시 응시했다.

부드러우면서도 쉽게 제압당하지 않는 눈빛과 당당한 기세를 보니 주눅 든 모습을 보여주고 싶지 않아 부러 고압적으로 보이려는 것은 아니었다. 오히려 오랫동안 몸에 밴 강단 있는 성격이었다.

그의 말처럼 중촌에 사는 이름 있는 자들은 대부분 뒤를 조심해야 하는 자들이었다. 광통교를 중심으로 상류 우대에는 관아에 속한 서리들이 거주하며 권력에 다가가기 위해 수단과 방법을 가리지 않았다. 그리고 장통교, 수표교에는 주로 기술직 관료로 역관,

의관, 천문학자, 화원 등 전문직에 종사하는 자들이 무리를 지었는데 이들도 권력과는 떼려야 뗄 수 없는 자들이다. 대표적으로 의관들은 진료와 약재 판매의 독점권을 소유할 수만 있다면 이름 모르는 풀이나 독을 이용해 눈에 거슬리는 자를 황천으로 보내는 것쯤 손바닥 뒤집는 것보다 쉬울 것이다. 또한 효경교 아래는 하급 군인들이 거주하며 일정한 급료를 받고 있으나 조정의 만성적인 재정 부족으로 급료 지급이 여의치 않았다. 그래서 이들에게 상업과 수공업을 허락했는데 이것이 기존 상권을 쥐고 있는 상인과의 마찰을 유발하는 계기가 되기도 했다. 하급 군인과 상인들은 서로 더 힘 있는 관료와 공생관계를 만들기 위해 치열하게 부딪쳤고, 인사 사고가 있을 정도로 생존권 쟁탈은 심각했다.

유문승이 말했다.

"자네 정도면 누가 무서울까?"

"아이고, 무슨 말씀이신지요."

장일의 얼굴은 웃고 있으나 눈이 웃지 않는다. 섬뜩한 표정에서 유문승은 그의 표독스러움을 엿봤다.

"자네에 대해 조금 알아보고 왔네."

장일이 과장스럽게 팔을 벌리며 말했다.

"보이지 않으십니까? 가세가 예전만 못하지요."

장일. 그는 안동 장씨로 중인 신분이긴 하지만 대대로 역관을 배출한 명문가의 후손이었다. 스무 명 남짓한 역관을 배출했으며, 이들 중 일곱 명이 역과 수석을 차지할 정도로 안동 장씨 집안은 뼈대가 굵었다. 그의 가문은 숙종대 이후 완연하게 두각을 나타내는데 그리하여 웬만한 양반 가문도 넘볼 수 없는 재력과 영향력을 손에 쥐게 된다. 그 시발점이 바로 숙용 장씨, 장희빈이었다.

장희빈의 오촌당숙인 장현이 바로 장일의 아버지였다. 장현은 안동 장씨 가문의 가장 굵은 기둥이자 남인 세력의 물주이기도 했는데 남인이 조정에 발붙일 곳이 없어지자 자연스레 그들과 운명을 같이하게 된 것이다.

남인들과 국정을 논의할 정도로 조정에 엄청난 영향력을 행사하던 가문의 추락은 두 가지를 말하고 있었다. 권력은 십 년을 잇지 못하고(權不十年), 열흘 동안 붉은 꽃은 없다(花無十日紅)는 것.

비록 장일은 십 년 권력의 끝에, 십 일이 지나 져버린 꽃을 가지고 태어났지만 역관으로서 역량은 그대로 물려받아 재도약의 기회를 엿보고 있었다.

유문승이 일련의 살인 사건에 대해 간단하게 말한 뒤 물었다.

"작년 사월에 사행길에 오른 적이 있는가?"

장일은 한시도 머뭇거리지 않았다.

"그렇습니다. 책문으로 떠난 사행으로 일월 초순에 출발하여 사월 말엽에 돌아왔습니다."

"일월 초순에 출발하였다고?"

"예. 대단히 멀고 고된 사행길이지요. 일 년을 열두 달로 나누면 여덟 달은 사행을 준비하고 넉 달은 사행을 다녀온다 생각하시면 됩니다."

유문승은 사행역원 명부가 적힌 종이를 건넸다. 장일이 자세히 살피더니 작은 신음성을 냈다.

"맞습니다. 대신들의 명부나 직첩을 가지고 있는 인사들의 이름은 빠짐없이 맞습니다."

"그렇다면 익명으로 기재된 자들은?"

장일이 종이에서 시선을 떼고 물었다.

"잠행한 자가 있었느냐는 말씀입니까?"

"그렇다네."

"법을 어긴 자가 아니라 목적이 분명한 자들이지요. 목숨을 걸고 처자식을 먹이고자 하는."

"팔포八包*였는가?"

장일의 눈이 놀라움으로 커졌다가 경계심을 잔뜩 머금은 채 작아졌다.

"그렇습니다."

유문승이 장일을 뚫어져라 쳐다보며 물었다.

"그런가? 책문의 팔포는 일 년에 한 번뿐이고, 여태껏 사월에 팔포를 시행한 적은 없었네. 그사이 바뀌었는가?"

장일의 눈빛이 매서운 살쾡이처럼 변해갔다. 눈도 깜빡거리지 않고 유문승을 노려보기만 했다. 숨소리, 입술의 움직임, 눈꺼풀의 미동까지 놓치지 않고 유문승의 진의를 살피고 있는 것이다.

"금부의 도사들은 그런 것까지 알고 있어야 하는 모양입니다."

"난 금부의 도사가 아닐세."

장일의 눈이 더욱 작고 날카로워졌다.

유문승은 장일이 덥석 미끼를 물었다고 생각했다.

"금부에서 나왔을 뿐, 병조의 관리일세."

---

* 사행의 경비로 은전을 지급하지 않고 인삼 여든 근으로 대체하여 지급한 것으로 합법적인 무역을 상징한다.

306

장일이 고개를 갸웃거리며 말했다.

"그것도 답이 아닙니다. 책문과 팔포의 개괄을 알고서 이렇게 저를 추궁하는 자는 흔하지 않지요. 그곳이 병조라 하니 더더욱 그렇습니다."

장일이 행랑채로 난 조그만 창을 열고는 부채로 창문턱을 세 번 짧고 간결하게 내리쳤다. 그 둔탁한 소리가 울리자 행랑채의 문이 벌컥 열렸고 느슨하게 보이던 왈짜들이 눈에 쌍심지를 켜고 달려나왔다. 그 덕에 마당에 도열하고 있던 병사들이 득달같이 달려들려 했고, 유문승은 손짓으로 그들을 제지하며 단호하게 말했다.

"자네가 왜 죽자 사자 이러는 것인지 알고 있네. 나는 이곳에 살인 사건 조사차 온 것뿐일세. 정보를 캐내는 과정에서 나오는 말은 모두 비밀에 부치겠네. 하지만 나의 말을 무시하고 날붙이로 패악질치고 싶다면 당연히 응대할 것이야. 어떤가? 해보겠는가?"

장일의 관자놀이가 오랜 시간 동안 실룩거렸다. 깊은 고심을 반복하던 장일이 천천히 창문을 닫았다.

"나리의 말씀처럼 책문 후시였습니다. 정기적인 사행으로 위장한 후시였지요."

유문승은 고개를 끄덕거리며 단도직입적으로 물었다. 빠져나갈 구멍을 주지 않는 것이 낫기 때문이었다.

"무역별장인가?"

"아닙니다. 누락된 여마가 있습니다."

"그자가 누구인가?"

"의주부에서 파견된 사상私商입니다."

유문승의 짐작대로였다. 기록되지 않은 자가 분명 사행에 참여

사도세자 암살 미스터리 3일

했으리라 짐작했는데 규모가 크고 이문이 크게 남는 사행에만 참
여하는 사상이 참여한 것이다. 사상의 기록 누락. 분명 무언가가
강하게 느껴졌다.

"무역별장이 아니라 의주부에서 사상이 파견되었다?"

의문이 꼬리를 물었다.

사상이 대청 무역에 참여하는 길은 셋으로 나눌 수 있다. 첫째는
역관과 결탁하여 사행원역 중 마부, 노자, 구인 등의 명색으로 부
연하는 경우이며, 둘째는 개성부, 관향 운향 및 평안 병영, 해서 감
영 등 지방 관아의 무역별장에 뽑혀 해당 아문의 팔포무역을 수행
하는 동시에 사적인 이익을 도모하는 길로 가장 일반적인 방법이
었다. 마지막으로 셋째는 사행이 책문에 들어갈 때와 나올 때 사행
의 복물을 운반하기 위하여 의주부에서 파견하는 여마와 연복 제
도에 편승하여 책문에 들어가 무역하는 길인데 검문이 까다로워
위험한 방법이었다.

"비단? 인삼? 무엇을 밀무역하였는가?"

"아닙니다. 그자 말로는 중요한 서책이라 하더이다."

서책이라. 서책은 습기와 온도, 바람에 영향을 받는 고가의 물품
이기에 포장에 신경 써야 한다는 이유로 무게만 재어볼 뿐, 검색을
하지 않는 몇 안 되는 품목 중 하나였다.

역시 이상했다. 의주부에서 보낸 여마는 서울이나 개성에서 출
발하지 않고 책문 직전에 합류하고 돌아와서도 책문을 빠져나와
의주부로 바로 돌아가기에 행동반경이 비교적 자유로운 편에 속했
다. 운신이 자유로운 그 여마는 무엇을 하였을까.

유문승은 복잡한 마음으로 호작도를 꺼냈다. 두 장의 암호를 자

신이 제대로 해석한 것인가? 혹여 자신이 해독을 서툴게 하여 빠진 사실이 있는 것인가? 장일이 먼발치에서 유문승이 보고 있는 암호를 살피기 시작했다. 그의 시선은 암호시에 한참이나 머물러 떠날 줄을 몰랐다.

장일이 이상하다는 듯 고개를 젓고는 암호시의 네 글자를 가리키며 말했다.

"이 구절 말입니다."

유문승은 장일의 손가락이 가리키는 곳을 보았다. 두 번째 암호시의 네 글자, '辛巳己丑'이었다.

"책문에서 돌아와 그자와 헤어진 날이 사월 이십 일이었습니다."

"그 무슨……. 제기랄."

유문승이 벌떡 일어서며 말했다.

"의주부에서 파견된 자의 이름과 사는 곳을 말하게. 당장!"

장일이 유문승의 거친 하문에도 고분하게 답했다.

유문승은 피가 거꾸로 솟구치는 것을 느꼈다. 왜 그 생각을 하지 못했을까. '辛巳己丑'은 추악한 뱀 몸뚱이가 아니라 십이지신으로 표현되는 건륭 26년 사월 이십 일을 가리키는 것이었다.

장일이 일러준 자는 의외로 가까운 곳에 살고 있었다. 광통교 하나만 넘으면 되는 거리. 반각도 걸리지 않는 거리. 말에 뛰어올라 무작정 달리는 유문승의 뒤를 병사들이 놓칠세라 바짝 뒤따랐다. 거리는 비교적 한산했고 신흥 부호들이 밀집하여 사는 마을이니만큼 도로도 잘 닦여 있는 편이었다.

유문승이 당도한 집 대문 앞에는 벌써부터 사람들이 몰려들어

웅성거리고 있었다. 무슨 일인지 소리를 높이지 않고 그들만의 소통이 오가는 중이었다. 둥글게 모여 있는 사람들 사이로 쓰러져 신음하고 있는 젊은 노비가 보였다.

유문승이 모두 비키라며 빠른 걸음으로 다가섰다. 가죽신을 짓는 갖바치와 집안일을 하는 노비와 종들이 길을 터주며 유문승이 달려온 길의 반대 방향을 연신 가리켰다.

유문승은 그들이 가리키는 방향으로 고개를 돌렸다. 멀리서 먼지구름이 피어오르고 있었다. 뒤따라오던 원찬식이 유문승의 마음을 읽고 줄이던 말의 속도를 높여 뒤를 쫓았다.

정신을 잃은 젊은 노비가 서서히 깨어나고 있었다.

유문승이 다급하게 물었다.

"무슨 일인가?"

"새벽바람에 집 앞에 나왔다가 온통 검은 옷을 입은…… 놈에게 당했습니다."

젊은 노비는 말보다 신음 소리를 더 많이 냈다. 자세히 보니 정강이 부분이 뼈가 드러날 정도로 부러져 있다. 앞으로 다시는 두 발로 걷지 못할 정도의 상처다. 유문승은 문득 낙마 사고가 떠올라 끔찍한 고통을 같이 느껴야 했다.

유문승은 대문 안으로 뛰어들었다. 열린 대문 틈으로 보이던 마당은 생각보다 더 넓었고, 안채와 사랑채를 제외하고 별도로 구획된 별채가 줄지어 늘어서 있어 순간 어느 곳으로 가야 할지 갈피를 잡지 못했다.

그의 시선에 부엌일을 맡아 하는 늙은 식비食婢가 바닥에 주저앉아 있는 모습이 들어왔다. 그 옆으로 집사의 우두머리인 도집사가 안채로 향하는 길을 가로막고서 여러 집사에게 당부와 지시를 내리고 있었다.

유문승은 도집사에게 다가갔다.

"금부에서 나왔네."

도집사가 공포에 잠식당한 눈으로 되물었다.

"어떻게…… 저흰…… 연락을 드린 적이 없습니다."

대꾸할 가치를 못 느낀 유문승은 도집사를 밀쳐내고 안채로 들어섰다.

매끄럽게 처리한 흰색 회벽은 검은색 마룻바닥과 보, 서까래가 노출된 연등천장과 더불어 색깔뿐 아니라 구조나 질감에서도 확연히 청나라 기와집의 구조를 연상하게 했다. 유문승은 순식간에 청에서 지낸 세월로 돌아간 것 같은 착각을 느꼈다.

그러나 그도 잠시, 이중창과 이중문을 낸 벽면은 끝없는 미로를 연상시켰다. 사방으로 뻗어나간 방문과 창문 사이에서 그는 습하고 칙칙한 어둠의 입구로 들어선 것 같았다. 간결하고 매끈한 느낌의 아卍 자 살은 서쪽으로 계속하여 이어졌고, 살의 한 끝이 ㄱ 자형으로 돌출되어 화려한 느낌을 주는 만卍 자 살은 동쪽으로 이어져 있었다. 안채가 복채로 이뤄져 눈짐작으로도 스무 칸은 넘어 보였다.

유문승은 동쪽으로 방향을 잡고 문을 하나씩 거칠게 열어나갔다. 좁은 윗방에서 고방을 지나 안방에 다다랐지만 아무런 흔적도 보이지 않았다. 되짚어 중앙 복도로 돌아간 그는 서슴없이 서쪽으로 향하면서 문을 열었다. 급박한 나머지 유문승은 발로 걸어차 문을 넘어뜨리면서 사방으로 고개를 돌리며 상해의 흔적을 찾았다.

흔적. 피도 좋고 너부러진 가구도 좋다. 어떤 것이든 정상에서 벗어난 흔적을 찾기 위해 두리번거리던 유문승이 서쪽의 마지막 방문을 열었다.

흔적은 없었다. 사방의 문을 굳게 걸어 잠근 탓에 모든 것이 짙은 어둠에 둘러싸여 있었지만 흐릿한 피비린내를 맡을 수 있었다.

유문승은 방 안으로 조심스럽게 들어섰다. 두 칸을 이어놓은 실내는 방문에 인접해 두 개의 사방탁자가 시립하듯 서 있고 중앙에는 방석이 두 개 놓여 있으며, 앞마당 쪽의 벽에는 문갑과 탁자, 그보다 긴 장탁자와 책장이 늘어서 있고, 사랑대청으로 나가는 윗목은 빈 공간이었다.

역시 이자도 넘쳐나는 돈으로 양반 놀음에 세월 가는 줄 몰랐던 것일까. 방 안의 물품이나 가구의 배치가 사대부의 그것과 완벽하게 같았다. 양반의 신분을 제외하고는 모든 것을 가진 자의 한풀이일까. 집의 구조와 특징이 중앙 조정의 벼슬아치가 살았다고 해도 믿을 정도로 흡사했다.

방장房帳*이 하나도 눈에 띄지 않는 사랑에는 감색으로 채색한 능화지를 꼼꼼하게 발라놓아 유문승을 따라 들어온 햇빛에 비쳐 황금색으로 빛났다. 빛 때문이 아니라 실제 돈으로 사방을 두른 듯한 착각을 불러일으켰다.

방석을 넘어선 유문승은 병풍 앞 보료에 앉아 있는 한 그림자를 보았다. 연상硯床과 서안, 그리고 재판을 넘어선 순간 그는 눈앞의 광경에 눈을 질끈 감았다가 긴 숨을 들이쉬고는 쭈그려 앉았다.

---

* 종이가 매우 귀했기 때문에 상류 대갓집에서도 벽에 도배를 하는 대신 휘장을 쳤다.

사상은 이미 죽어 있었다. 비단 속곳을 입고서 편안한 표정으로 안석에 기대어 잠들듯 죽었다. 입에는 귀룽나무 가지를 문 채. 이불로 덮여 있는 하체를 보기 위해 들춰내자 순식간에 피비린내가 자욱하게 그를 덮쳤다. 왼쪽 가슴, 정확히 심장에서 흘러나온 것으로 보이는 피가 보료에 넓게 퍼져 웅덩이처럼 고여 있었다. 갑자기 속이 뒤집히고 어지러운 토악질이 목구멍을 비집고 나오려 했다.

몇 번 헛구역질을 한 후 유문승은 사상의 목에 손을 대어 맥을 짚었다. 고요하다. 혹여 숨이 붙어 있을까 하여 코 밑에 손을 댔다. 역시 고요하다.

유문승은 심장 깊숙한 곳에서 치밀어 오르는 분노를 느꼈다. 그것은 범인을 향한 것이기도 했지만 무능한 자신을 향한 것이기도 했다. 왜 네 글자를 그렇게밖에 해석해보지 않은 것일까. 한 번만 더 생각해봤더라면. 조금만 더 사건을 객관적으로 바라보았더라면.

멀리서부터 따라온 햇살이 대각으로 내리쬐면서 서서히 사상의 얼굴이 드러났다. 평온해 보이던 얼굴은 마치 잠든 두 살배기 어린아이가 악몽을 꾸는 것처럼 묘하게 일그러져 있다.

돈벌레로 일생을 살다 보니 적이 많아진 것이냐. 책문에 다녀온 이유로 죽은 것이냐. 그렇다면 그 이유가 무엇이더냐. 대체 무엇을 하였기에 죽어 나자빠진 것이냐. 진실로 책을 들여오다 죽은 것이냐. 너를 죽인 자가 누구더냐. 얼굴은 보았느냐. 회오리치듯 수많은 질문이 유문승의 머릿속에서 거칠게 서로 부딪치다가 한 줌의 먼지처럼 차갑게 흩어졌다.

마룻바닥을 구르는 소리가 어지럽게 들려왔다. 방에 들어선 원찬식의 눈에는 유문승의 등이 잔잔히 떨리고 있는 것 같았다.

“놓쳤습니다.”

그 말과 동시에 유문승이 방바닥에 주저앉았다. 사상의 다리가 보료를 눌러 작은 개울 같은 골을 만들었다. 툭, 툭, 후두두. 피가 흘러내려 발목을 적시기 시작했지만 유문승은 얼어버린 듯 움직일 줄 몰랐다.

〈2권에서 계속〉

사도세자 암살 미스터리 **3일** ①

초판 1쇄 발행 2010년 7월 30일   초판 2쇄 발행 2010년 9월 20일

지은이 이주호 펴낸이 연준혁

기획 강병국

출판 1분사 편집장 이효선
편집 조지혜 디자인 하은혜
제작 이재승 송현주

펴낸곳 (주)위즈덤하우스 출판등록 2000년 5월 23일 제13-1071호
주소 (410-380) 경기도 고양시 일산동구 장항동 846번지 센트럴프라자 6층
전화 031) 936-4000 팩스 031) 903-3891
전자우편 yedam1@wisdomhouse.co.kr 홈페이지 www.wisdomhouse.co.kr
출력 엔터 종이 화인페이퍼 인쇄·제본 (주)현문

값 10,000원 ⓒ이주호, 2010 ISBN 978-89-5913-456-4 04810
                              978-89-5913-455-7(세트)

* 잘못된 책은 바꿔드립니다.
* 이 책의 전부 또는 일부 내용을 재사용하려면
  사전에 저작권자와 (주)위즈덤하우스의 동의를 받아야 합니다.

국립중앙도서관 출판시도서목록(CIP)

3일 : 사도세자 암살 미스터리. 1 / 지은이: 이주호. --   고양 : 위즈덤하우스, 2010   p. ; cm   ISBN 978-89-5913-456-4 04810 : ₩ 10000   ISBN 978-89-5913-455-7(세트)   역사 소설[歷史小說]   한국 현대 소설[韓國現代小說]   813.7-KDC5   895.735-DDC21　　　　CIP2010002638